질 블라스 이야기 3

나남
nanam

한국연구재단 학술명저번역총서
서양편 422

질 블라스 이야기 3

2021년 6월 25일 발행
2021년 6월 25일 1쇄

지은이 알랭-르네 르사주
옮긴이 이효숙
발행자 趙相浩
발행처 (주) 나남
주소 10881 경기도 파주시 회동길 193
전화 (031) 955-4601 (代)
FAX (031) 955-4555
등록 제 1-71호 (1979. 5. 12)
홈페이지 http://www.nanam.net
전자우편 post@nanam.net
인쇄인 유성근 (삼화인쇄주식회사)

ISBN 978-89-300-4087-7
ISBN 978-89-300-8215-0 (세트)

책값은 뒤표지에 있습니다.

'한국연구재단 학술명저번역총서'는 우리 시대 기초학문의 부흥을 위해
한국연구재단과 (주)나남이 공동으로 펼치는 서양명저 번역간행사업입니다.

한국연구재단
학술명저번역총서
422

질 블라스 이야기 3

알랭-르네 르사주 장편소설
이효숙 옮김

Histoire de Gil Blas de Santillane

by

Alain-René Lesage

차 례

— 3권 —

제 10 부

제 11 부

제 12 부

제 10 부

1

질 블라스가 아스투리아스로 떠나다

바야돌리드를 지나다가 옛 스승인 상그라도 의사를 보게 되고, 구호소 행정관리자 마누엘 오르도네스라는 귀족을 우연히 만나다

내가 아스투리아스로 가기 위해 에시피온과 마드리드에서 출발 준비를 하던 시기에 바울 5세가 레르마 공작을 추기경직에 임명했다. 그 교황은 나폴리공화국에 종교재판소를 설치하고 싶어서 그 장관에게 자줏빛 성직자복을 입혔다. 펠리페 왕으로 하여금 그 찬양할 만한 계획을 받아들이도록 만드는 일을 레르마 공작에게 시키려는 거였다. 추기경 회의의 새 구성원이 된 공작을 완벽히 아는 사람들은 모두 나처럼 가톨릭교회가 참 '대단한' 획득을 했다고 생각했다.

에시피온은 내가 고독 속에 파묻히기보다는 궁정에서 빛나는 자리에 있는 것을 더 좋아할 터이므로, 내게 추기경을 만나 보라고 충고했다. 그는 말했다. "어쩌면 그 추기경 예하는 나리가 왕령으로 감옥에서 나오신 것을 보고, 나리에 대해 화난 척해야 한다고는 더 이상 생각하지 않고, 자기가 하던 일을 나리에게 넘길 수도 있을 겁니다." 그래서 내가 말했다. "에시피온 씨, 내가 두 카스티야를 당장 떠나는 조건으로 자유를 얻었다는 것을 벌써 잊었나 보구려. 게다가 리리아스 성에 대해 내가 벌써 역겨워한다고 생각하는 거요? 내가 이미 말했지만 또 말하건대, 레르마 공작이 내게 다시 호의를 보인다 해도, 심지어 돈 로드리게스 데 칼데론의 자리를 내게 제안한다 할지라도 나는 거절할 거다. 이미 결심했으니까. 나는 오비에도로 가서 부모님을 만나고 싶고, 그분들과 함께 발렌시아로 가고 싶어. 그런데 친구야, 네 운명을 내 운명과 엮은 것이 후회된다면, 그저 말만 하렴. 너에게 내 현금의 절반을 줄 준비가 돼 있으니까. 그러면 너는 마드리드에 머물면서 네 행운을 최대한 멀리까지 밀어붙이게 될 거야."

그러자 내 비서가 그 말에 좀 타격을 받고 반박했다. "아니, 도대체! 제가 나리의 은거지로 따라가는 것을 싫어할 거라고 의심하시는 겁니까? 그 의심이 제 열성과 애정에 상처를 입히는군요. 세상에나! 나리의 괴로움을 함께 나누기 위해서라면 세고비아탑에서 나리와 함께 기꺼이 여생을 보냈을 이 충직한 하인이 수많은 즐거움이 기다리는 곳으로 나리를 따라가면서 후회를 할 거라뇨! 아닙니다, 아니네요. 저는 나리가 결심을 바꾸시게 하려는 게 아닙니다. 나리에게 저의 영악함을 고백해야겠네요. 제가 나리에게 레르마 공작에게 가보시라고 충고 드린 이유는, 나리에게 아직도 야망의 씨앗들이 얼마간 남아 있는지 알기 위해 나리의 마음을 살펴보고 싶었던 겁니다. 그런데 이제 나리께서 그런 권세와 영화에 대해 그토록 마음이 멀어지셨으니 얼른 궁궐을 버리기로 해요. 우리가 그토록 매력적으로 여기는 순수하고 감미로운 즐거움을 찾으러 가요."

정말로 우리는 곧 출발했다. 우리 둘 다 두 마리의 훌륭한 노새가 끄는 마차를 탔으며, 내가 수행원을 늘려야겠다는 판단하에 고용한 하인이 그 마차를 몰았다. 첫날은 알칼라 데 에나레스에서 숙박을 했고, 둘째 날에는 세고비아에서 묵었다. 거기서 그 너그러운 토르데시야스 성주를 보려고 멈추는 일도 없이 두에로 강변의 페냐피엘에 도달했고, 그 다음 날 바야돌리드에 도착했다. 그 도시를 보자 나도 모르게 깊은 한숨이 나왔다. 그 소리를 들은 내 동반자는 왜 그러느냐고 물었다. 그래서 내가 말했다. "애야, 나는 여기서 오랫동안 의사 노릇을 했단다. 지금 이 순간, 내 양심이 남모르게 나를 비난하는구나. 내가 죽게 만든 모든 환자들이 무덤에서 나와 나를 갈기갈기 찢어 놓는 것만 같아." 그러자 내 비서가 말했다. "무슨 그런 상상을! 데 산티아나 나리, 사실 나리는 너무 선하십니다. 그저 직업을 수행하신 건데 왜 회개를 하시는 겁니까? 아주 늙은 의사들을 보세요. 그들이 그렇게 후회하던가요? 오! 아니지요! 그들은 여전히 더할 수 없이 평온히 잘 지내고, 흉흉한 의료사고들을 자연의 탓으로 돌리고, 행복한 사건들만 자신의 공으로 돌리죠."

그래서 내가 말했다. "나는 상그라도 의사의 방법을 충실히 따랐는데, 사실 그 의사가 바로 그런 성격이었어. 그는 자기 손으로 매일 스무 명씩 죽게 만들면서도 팔의 사혈과 다음(多飮)이 훌륭한 효과를 낸다고 너무 확신하는 바람에 그것을 모든 종류의 질병에 대한 자신의 특효제라고 부르곤 했지. 자신의 치료법을 탓하기는커녕 환자들이 물을 충분히 마시거나 사혈을 충분히 하지 않은 탓에 죽은 것일 뿐이라고 믿었어." 그러자 에시피온이 폭소를 터뜨리며 소리쳤다. "맙소사! 그 누구하고도 비견될 수 없는 인물을 얘기하시는군요." 이에 내가 말했다. "네가 그를 보고 싶다거나 그의 말을 듣고 싶다면, 내일 당장 호기심을 만족시킬 수 있을 거다. 상그라도가 아직 살아 있고, 바야돌리드에 있다면 말이다. 그런데 그러기는 힘들 것 같다만…. 왜냐하면 내가 그를 떠날 때 이미 연로했고, 그 이후로 세월이 꽤 흘렀으니까."

투숙하러 간 여인숙에 도착한 뒤 우리가 제일 먼저 한 일은, 그 의사에 관해 알아보는 것이었다. 그가 아직 죽지는 않았지만, 그 나이에는 더 이상 진찰을 할 수 없고 거동도 크게 하지 못해서, 그의 치료법보다 더 나을 것도 거의 없는 새로운 치료법으로 명성을 얻은 서너 명의 다른 의사들에게 자기 몫을 넘겨주었다고 한다. 그래서 우리는 바로 다음 날 바야돌리드에서 멈추기로 했다. 우리의 노새들을 쉬게 해주고, 상그라도 나리도 보기 위해서였다. 우리는 오전 10시쯤 그의 집으로 갔다. 그는 안락의자에 앉아서 책 한 권을 손에 쥐고 있었다. 그는 우리를 알아보자 얼른 일어나서 70대치고는 꽤 꼿꼿한 걸음으로 우리를 마중 나왔다. 그리고 무엇을 원하느냐고 물었다. 그래서 내가 그에게 말했다. "의사 나리, 저를 기억 못 하십니까? 영광스럽게도 저는 나리의 제자들 중 하나였는데요. 예전에 나리와 식사도 같이하고, 나리의 일을 대신하기도 했던 질 블라스를 더 이상 기억 못 하시나요?" 그러자 그가 나를 포옹하며 말했다. "아니! 자넨가, 산티아나? 못 알아보겠구먼. 자네를 다시 보게 되어 아주 기쁘구먼. 우리가 헤어진 이후로 무엇을 했는가? 어쩌면 여전히 의술을 행했겠지." 그래서 내가 말했다. "그 일을 꽤 좋아하긴 했습니다만, 어쩔 수 없는 이유들 때문에 계속하지 못했습니다."

그러자 상그라도가 말했다. "거 참 안됐군. 자네가 나로부터 받은 원칙들이 있으니, 화학에 대한 위험한 사랑으로부터 자네를 보호하는 은혜를 하늘이 베풀었다면 자네는 유능한 의사가 되었을 텐데." 그러더니 괴로운 표정으로 말을 이었다. "아! 아들아, 몇 년 사이에 의술에서 얼마나 큰 변화가 있었는지 모른다! 의술에서 명예와 품위를 없애 버리고 있어. 의술은 그 모든 세월 동안 인간의 생명을 존중했는데, 이제는 무모함과 오만과 '무능'에 사로잡혀 있구나. 왜냐하면 사실들이 그런 현상을 증언해 주고 있고, 곧이어 돌들이 새로운 의사들의 강도짓에 대해 외치게 될 거다. *lapides clamabunt*.● 이 도시에는 안티몬의 승리의 수레에 매여 있는 의사들 또는 의사로 자처하는 자들이 있단다. *Currus triumphalis antimoni*.●● 파라켈수스 유파에서 빠져나온 자들, 케르메스●●● 애호가들, 우연히 병을 고치게 된 자들이 화학약품 제조를 의학의 전부로 여기게 하고 있다네. 뭐라고 해야 할까? 그들의 방법을 들여다보면 모든 것이 알아보기 힘들어. 예를 들어 예전에는 발을 사혈하는 경우가 아주 드물었는데, 오늘날에는 거의 유일한 치료법이 되어 버렸거든. 예전에는 부드럽고 순하던 하제들이 구토제와 케르메스로 바뀌었네. 각자 자기 좋을 대로 사

● "돌들이 소리칠 것이다"라는 뜻의 라틴어. 여기서 기독교 설교가들의 태도를 비유한 것이기도 하다(GF-Flammarion 판본의 주석).

●● "안티몬의 승리에 찬 수레"라는 뜻의 라틴어. 1677년에 출간된 연금술 관련 책의 제목. 바실리우스 발렌티누스가 저자로 되어 있지만, 이 인물은 15세기 독일인 수도사의 이름이다.

●●● 산황화합물 안티모니.

용하고, 우리의 첫 스승들이 제시했던 질서와 지혜의 한계를 넘어 비렸네."

그렇게 희극적인 과장을 들으면서 나는 웃음이 터져 나오려 했지만, 그래도 참을 여력이 있었다. 게다가 나는 케르메스가 뭔지도 모르면서 비난했고, 그것을 발명한 자들을 어찌됐건 꺼져 버리라고 했다. 에시피온은 그 장면에서 내가 즐거워하는 것을 알아채고는 자기도 한몫하려고 상그라도에게 말했다. "의사 선생님, 저는 예전 유파의 의사의 종손이므로 나리와 함께 그 화학치료제들에 대해 분노할 수 있을 겁니다. 신께서 저희 종조부를 불쌍히 여기시기를 바라며 말씀드리는데, 그분은 히포크라테스의 열혈 추종자였기에 그 의학의 왕에 대해 충분한 존경심을 갖고 말하지 않는 경험주의자들에 맞서 자주 싸우셨습니다. 핏줄은 속일 수가 없네요. 저는 나리께서 그토록 정당하고도 웅변적으로 한탄하시는 그 무지한 개혁가들에게 기꺼이 형리 노릇을 하렵니다. 그 형편없는 자들이 시민사회를 온통 무질서하게 만드네요!"

그러자 상그라도 의사가 말했다. "그 무질서는 자네가 생각하는 것보다 훨씬 심각하다네. 의술의 강도질에 대해 반박하는 책을 내가 펴내 봤자 아무 소용없었다네. 그 반대로 그 강도질은 날이 갈수록 늘어가기만 해. 외과의들은 의술을 행하고 싶어 난리여서, 케르메스와 구토제만 주면 거기에 발의 사혈을 마음대로 곁들여서 자기들도 의술을 펼칠 수 있다고 믿고 있지. 심지어 탕약과 강장제 속에도 케르메스를 섞으려 들고, 그렇게 하여 의학계에서 위대한 전문가들과 어깨를 나란히 하려 든다네. 그런 일이 심지어 수도원에까지 퍼져 있지. 수도사들 가운데는 약제사이면서 외과의인 신부들이 있다네. 그 의술 원숭이들은 화학에 전념하고, 위험한 약들을 만들어서, 그것들로 신부님들의 생명을 단축시키지. 그런데 바야돌리드에는 남자수도원과 여자수도원 다 합쳐서 60여 개의 수도원이 있다네. 그러니 구토제와 발의 사혈에 더해지는 케르메스가 그 수도원들에서 얼마나 큰 피해를 초래할지 판단해 보게나!" 그때 내가 말했다. "상그라도 나리, 독살을 일삼는 그자들에게 화내시는 것이 옳습니다. 저도 나리처럼 한탄스럽고, 나리의 방법과는 너무 다른 방법으로 인간들의 생명이 명백히 위협당하고 있다고 느껴서 경각심이 드는군요. 화학이 언젠가 의술에 손실을 초래할까 봐 몹시 두렵습니다. 위조화폐가 국가의 패망을 초래하는 것처럼 말입니다. 그런 불행한 날이 곧 닥치지 않기를 바랍니다!"

우리가 이렇게 말하고 있을 때 늙은 하녀가 나타났다. 그녀는 의사에게 받침접시를 가져왔다. 거기에는 부드러운 작은 빵 하나, 물병 두 개와 유리잔 하나가 있었는데, 물병 하나에는 물이 가득 차 있었고, 다른 병에는 포도주가 가득 들어 있었다. 상그라도는 빵 한 조각을 먹고 나서 물을 한 모금 마셨다. 그 한 모금이라는 것이 사실은 물병의 3분의 2를 마신 거였다. 그렇다고 해서 나의 질책을 면할 수는 없었다. 그 구실을 제공한 사람은 그였으니까. 나는 말했다. "아! 아! 의사 선생님, 제가 선생님을 현장에서 붙잡았네요. 선생님은 포도주를 마시는군요. 포도주에 대해 늘 반대하셨고, 인생의 4분의 3 동안은 오로지 물만 마셨다고 하셨는데! 언제부터 그렇게 자기모순에 빠지신 건가요? 선생님의 연세에는 용납되지 않을 겁니다. 선생님은 어떤 글에서 노화란 우리를 마르게 하고 소모시키는 자연적인 폐병이라고 정의하셨습니다. 그리고 포도주를 노인들의 우유라고 부르는 사람들의 무지를 한탄하십니다. 그러니 자기변호를 위해 뭐라고 하시렵니까?"

그러자 그 늙은 의사가 말했다. "자네는 아주 부당하게 싸움을 걸어오는군. 내가 순수한 포도주를 마신다면 나 자신의 방법을 충실히 지키지 않는 사람으로 여기는 것이 옳을 걸세. 하지만 내 포도주는 잘 희석시킨 것임을 자네는 아네." 그래서 내가 반박했다. "다른 모순이 있습니다, 친애하는 스승님. 세디요 참사원이 포도주에 물을 많이 섞었는데도, 그에게 포도주를 마시는 것은 나쁘다고 하셨던 것을 떠올려 보세요. 스승님의 착오를 인정하시고, 포도주는 스승님이 저서들에서 제시하신 것처럼 해로운 술은 아니라는 것을 고백하세요. 적당히 마시기만 하면 말입니다."

이 말이 그 의사를 좀 당황케 했다. 그는 자신의 저술에서 포도주 마시는 것을 금지했던 사실을 부정할 수가 없었다. 하지만 부끄러움과 허영심 때문에 내가 온당한 질책을 한다는 것을 인정하지 못했고, 내게 뭐라고 대답해야 할지 모르고 있었다. 그토록 몹시 당혹스러워해서 나는 그를 구제해 주기 위해 대화 주제를 바꾸었다. 잠시 후 나는 그에게 하직 인사를 하면서 새로운 의사들에 맞서서 여전히 잘 버티시라고 격려했다. "용기를 내세요, 상그라도 나리. 케르메스를 헐뜯는 일을 지치지 말고 하시고, 발의 사혈에 대해 계속 야유하세요. 나리, 의학의 원리에 대한 나리의 열의와 사랑에도 불구하고 실험주의자 패거리가 의술을 끝장내면, 최소한 나리는 의술을 보존하기 위해 모든 노력을 기울였다는 점을 위안으로 삼으시게 될 겁니다."

내 비서와 나는 여인숙으로 돌아오면서 둘 다 그 의사의 유쾌하고 독특한 성격에 대해 얘기하였다. 그러던 터에 거리에서 55세에서 60세가량 되어 보이는 남자가 우리 가까이 지나갔다. 그는 눈을 내리뜨고, 커다란 묵주를 손에 쥐고서 걸었다. 나는 그를 주의 깊게 살펴보고는 그가 구호소의 훌륭한 행정관리인인 마누엘 오르도녜스 씨라는 것을 어렵지 않게 알아챘다. 그에 관해서는 내 이야기의 제 1권에서 아주 훌륭한 사람으로 언급해 놓았다. 나는 매우 존경심을 표하며 그에게 다가가 말했다. "존경스럽고 사려 깊으시며, 가난한 자들의 행복을 지키기에 가장 적절하신 분인 마누엘 오르도녜스 나리, 인사드립니다." 이 말에 그가 내게 시선을 고정하더니, 내 용모가 낯설지는 않지만 어디서 봤는지는 기억할 수가 없다고 대답했다. 그래서 내가 말했다. "나리께서 파브리시오 누녜스라는 제 친구를 하인으로 두셨을 때, 제가 나리 댁에 들르곤 했습니다." 그러자 그 행정가가 짓궂은 미소를 지으며 대꾸했다. "아! 이제 생각납니다. 당신들 둘 다 너무 착한 청년들이었기에…. 당신들은 장난을 꽤 쳤지요. 그래! 그 불쌍한 파브리시오는 어떻게 되었소? 그를 생각할 때마다 그의 자잘한 일들에 대해 염려가 되는구려."

그래서 나는 마누엘 씨에게 말했다. "바로 그의 소식을 알려 드리려고 제가 무람없이 길에서 나리를 멈추시게 한 겁니다. 파브리시오는 마드리드에 있으면서 잡다한 작품들을 만드는 일에 전념하고 있습니다." 그러자 그가 물었다. "무엇을 '잡다한 작품들'이라고 부르는 거요?" 이에 내가 대답했다. "그가 운문이나 산문으로 글을 쓴다는 뜻입니다. 연극작품과 소설을 쓰고 있어요. 한마디로 재능이 있고, 좋은 집안들에서 매우 기분 좋게 환영받는 젊은이입니다." 그러자 구호소 행정관리인이 말했다. "그런데 빵집 주인과는 어떻게 지냅니까?" 내가 대답했다. "귀족들과는 잘 지내는데, 그 빵집 주인과는 그리 잘 지내지 못하죠. 우리끼리 얘기지만, 저는 그가 욥만큼 불쌍하다고 생각합니다." 그러자 오르도네스가 말했다. "오! 당연히 그럴 거요. 그가 그러고 싶은 한 고관대작들에게 잘 보이려 하고, 환심을 사려 하거나 아첨을 하거나 비굴하게 군다 해도, 그래봤자 작품으로 얻는 수익보다 더 낫지 못할 거요. 내가 예상컨대, 언젠가 그를 구호소에서 다시 보게 될 거요."

그래서 내가 말했다. "그럴 수도 있지요. 시는 그에게 아주 다른 것들을 가져다주었어요. 제 친구 파브리시오는 나리 곁에 머물러 있는 것이 훨씬 잘하는 일이었을 텐데요. 그랬다면 지금 황금 위에서 뒹굴고 있을 텐데 말입니다." 그러자 마누엘이 말했다. "최소한 아주 편하기는 할 거요. 나는 그를 좋아했소. 그러므로 그를 이 직책에서 저 직책으로 승진시키면서 '빈자들의 집'에서 탄탄한 지위를 마련해 주려 했을 때, 그가 그렇게 작가가 되겠다는 기이한 생각을 하게 된 거라오. 그는 희곡을 한 편 써서 그 당시 이 도시에 있던 배우들로 하여금 공연하게 했소. 그 연극이 성공을 했고, 그때부터 그가 작가가 되겠다는 생각을 한 거라오. 그는 자신을 새로운 로페 데 베가로 여겼소. 그리고 내 우정이 그를 위해 준비하고 있던 실질적 이득보다는 대중의 박수갈채라는 덧없는 것을 선호하여 내게 사직서를 냈다오. 내가 그에게 헛것을 쫓느라 중요한 것을 내려놓는 짓이라고 지적해 봤자 아무 소용없었소. 글을 쓰고 싶은 격렬한 열정이 그를 끌어갔기에, 나는 그 미치광이를 붙들 수가 없었소." 그러더니 덧붙였다. "그는 자신이 행복하다는 것을 알지 못했소. 그가 나간 뒤 내가 고용한 하인이 그 점에 대해 좋은 증인이 될 수 있소. 파브리시오보다 덜 똑똑하지만, 더 합리적이어서 오로지 자신의 임무를 잘 수행하는 것과 나를 기쁘게 하는 일에만 전념하고 있다오. 그래서 나는 그가 받아 마땅한 만큼 밀어 주었다오. 그는 현재 두 가지 직책을 수행하고 있는데, 그 둘 중 더 낮은 직책으로도 대가족을 책임지는 신사의 생계를 꾸려 가는데 충분하고도 넘친다오."

2

질 블라스는 여행을 계속하여 다행히 오비에도에 도착하다

부모와의 재회. 아버지의 죽음과 그 여파

우리는 바야돌리드로부터 나흘 만에 오비에도로 갔다. "도둑은 여행자의 돈을 멀리서부터 느낀다"는 격언에도 불구하고 나쁜 만남은 전혀 없었다. 그런데 고약한 일을 겪을 수도 있었을 테고, 음지의 주민 두 명만 있어도 우리의 도블론 금화를 힘들이지 않고 빼앗을 수 있었을 것이다. 나는 궁정에서 용감무쌍해지는 법은 배운 적이 없고, 우리의 노새 부리는 청년 베르트란은 주인의 돈주머니를 수호하기 위해 죽음을 불사할 만한 기질로는 보이지 않았으니까. 그나마 검객 노릇을 좀 할 사람은 에시피온밖에 없었다.

우리가 오비에도에 도착했을 때는 이미 밤이었다. 우리는 내 외삼촌 힐 페레스 참사원의 집에서 아주 가까운 여인숙에 묵었다. 나는 부모님 앞에 나서기 전에 그들이 어떤 상태에 놓여 있는지 알아보고 싶었다. 그러기 위해서는 내가 아는 여인숙 주인 내외에게 물어보는 것이 최선일 수밖에 없었다. 이웃들의 일을 모를 수가 없는 사람들이니까. 실제로 그 주인은 나를 찬찬히 살펴보더니 내가 누구인지 알아보고 소리쳤다. "맙소사! 그 훌륭한 시종인 블라스 데 산티아나 씨의 아들이로구먼." 그러자 그의 아내가 말했다. "어머, 정말로 그 사람이네요. 거의 안 변했어요. 덩치에 비해 똑똑했던 그 영리한 꼬마 질 블라스네요. 자기 삼촌의 저녁 식사를 위해 병을 들고 포도주를 사러 오던 그 아이를 또 보는 것만 같아요."

그래서 내가 그녀에게 말했다. "아주머니, 기억력이 좋으시네요. 그런데 부디 제 가족의 소식 좀 알려 주세요. 제 아버지와 어머니가 어쩌면 괜찮은 상황에 계시지 못할 것 같은데요…." 그러자 주인 여자가 대답했다. "정말로 그렇답니다. 당신이 그 어떤 안 좋은 상태를 상상한다 해도 그분들보다 더 불쌍한 처지에 놓인 사람들은 상상도 못 할 겁니다. 그 힐 페레스 노인은 반신불수가 되셨고, 멀리 가시지도 못하는 듯 보였어요. 당신의 아버지는 바로 얼마 전부터 그 참사원 댁에 거주하시는데, 폐렴에 걸리셨고, 더 정확히 말하면 지금 생사의 기로에 놓여 있으셔요. 당신의 어머니도 몸이 별로 좋지 않으신데, 그런데도 그 두 사람을 번갈아 간호하고 계셔요."

나로 하여금 누군가의 아들임을 느끼게 하는 이 말에 나는 베르트란을 노새들과 짐과 함께 여인숙에 놔두고, 내 비서만 데리고 외삼촌 댁으로 갔다. 내 비서가 나를 혼자 두지 않으려 했기 때문이다. 우선 어머니 앞에 나타나자, 어머니의 눈이 내 용모를 식별하기도 전에 감정이 먼저 복받치면서 내 존재를 알렸다. 어머니는 나를 포옹하시더니 서글프게 말하셨다. "내 아들, 이리 와서 아버지의 임종을 지켜보렴. 마침 이때 와서 이 잔인한 광경을 보게 되었구나." 어머니는 이 말을 마치면서 나를 어느 방으로 데려갔다. 거기에는 불행한 블라스데 산티아나가 시종의 곤궁함을 여실히 드러내는 침대에 누워서 마지막 순간을 맞이하고 있었다. 죽음의 그림자들에 싸여 있음에도 불구하고 아직 의식은 있었다. 내 어머니가 그에게 말했다. "여보, 당신의 아들 질 블라스가 왔어요. 당신에게 초래했던 슬픔에 대해 용서를 구하고, 당신의 축복을 청하고 있어요." 이 말에 내 아버지가 영원히 감기 시작하던 눈을 뜨고는 나를 뚫어져라 바라보았다. 아버지는 몹시 쇠약함에도 불구하고 내가 아버지의 임종에 충격받은 것을 알아채고는 나의 괴로움을 측은해했다. 그는 말을 하려 했으나 그럴 힘이 없었다. 나는 그의 손을 잡았다. 내가 단 한 마디도 내뱉지 못한 채 그 손을 눈물로 적시고 있는 동안 그는 숨을 거두었다. 마치 그 마지막 숨을 거두기 위해 오로지 내가 오기만을 기다리기라도 한 것처럼 ….

어머니는 그 죽음에 대해 진작 준비가 돼 있었기에 과도하게 상심하지는 않았다. 아버지가 내게 평생토록 애정 표시를 한 적이 없음에도 불구하고 그 죽음에 대해 어쩌면 내가 더 타격을 받았던 것 같다. 그의 아들이라는 사실만으로도 애도할 만했을 뿐 아니라, 그를 구해 주지 못한 것에 대한 자책 때문이기도 했다. 나의 비정함을 생각하자 나 자신이 배은망덕한 괴물이거나, 아니 그보다 부친살해범처럼 여겨졌다. 이어서 보게 된 외삼촌도 누추한 침대에서 가련한 상태로 있었다. 그를 보자 다시 회한이 느껴졌다. 나는 속으로 말했다. '천륜도 모르는 놈, 네 부모가 처한 비참함을 네 형벌로 여겨라. 네가 감옥에 가기 전에 갖고 있던 필요 이상의 재산들 중 얼마간을 그분들에게 보내 주었다면, 성직 녹봉 수입이 제공하지 못하는 안락함을 네가 제공

해줄 수 있었을 텐데 … . 어쩌면 아버지의 생명도 연장시킬 수 있었을 텐데 … .'

불행한 힐 페레스는 다시 어린애가 되어 있었다. 더 이상 기억도 없고, 판단력도 없었다. 내가 그를 힘껏 안고 애정 표시를 해도 아무 소용없었다. 그런 것을 느끼지 못하는 듯 보였다. 어머니가 나를 가리키며 조카 질 블라스라고 말해 줘봤자 소용없었다. 그는 멍청한 표정으로 나를 쳐다보더니 아무 대답도 하지 않았다. 내가 너무 많은 빚을 진 외삼촌이라서 혈연과 고마움 때문에 측은히 여길 수밖에 없었지만, 그렇지 않을지라도 그토록 가련한 상황에 놓인 모습을 보면 불쌍히 여기지 않을 수 없었을 것이다.

그러는 동안 에시피온은 침울하게 침묵을 지키면서 내 괴로움을 함께 느꼈다. 그리고 우정으로 내 한숨에 자신의 한숨을 섞곤 했다. 그토록 오랜만에 만났으니 어머니가 나와 얘기하고 싶을 테고, 어머니가 잘 알지 못하는 사람이 곁에 있는 것이 거북스러우실 것 같아서 나는 에시피온을 따로 잡아끌어서 말했다. "가라, 얘야, 여인숙에 가서 쉬어라. 나는 어머니와 여기서 함께 있을게. 가족 문제로만 대화가 흘러갈 텐데, 네가 있으면 아마도 부담스러우실 거다." 그러자 에시피온은 우리를 불편하게 할까 봐 염려되어 물러갔다. 나는 실제로 어머니와 밤새도록 얘기를 나누었다. 내가 오비에도를 떠난 이래 각자에게 일어난 일들을 서로 사실대로 얘기했다. 어머니는 샤프롱으로 있던 집들에서 견뎌 내야 했던 슬픔들에 대해 자세히 잔뜩 얘기하셨다. 내가 내 비서에게 숨기는 것이 아무것도 없다 할지라도, 그가 들게 되면 내 기분이 안 좋았을 무수히 많은 얘기들을 하셨다. 어머니의 기억력은 대단히 존경스러웠다. 그 기억력을 발휘하여 장황하게 이야기를 하셨다. 불필요한 정황들을 제거했다면 이야기의 4분의 3은 안 하셔도 됐을 것이다.

어머니는 마침내 이야기를 끝냈고, 이어서 내가 이야기를 시작했다. 나는 나 자신이 겪은 일들에 관해서는 가볍게 지나갔다. 하지만 오비에도의 식료품상 베르트란 무스카다의 아들이 마드리드에서 나를 방문했던 일에 관해서는 아주 길게 얘기했다. 나는 말했다. "사실, 그 청년을 홀대해서 보냈어요. 그래서 아마도 그 일에 대해 복수하려고 어머니에게 저에 관해 나쁘게 얘기했을지도 몰라요." 그러자 어머니가 대답했다. "그래, 그랬다. 그가 말하기를, 네가 이 나라 총리대신의 총애를 받는 것에 대해 너무 자부심이 강해서 자기를 아는 척하는 둥 마는 둥 했다고 하더라. 그가 너한테 우리의 곤궁을 자세히 말했을 때도 네가 냉랭하게 들었다는 말도 하더라." 그러더니 어머니는 덧붙였다. "부모들은 자식들을 늘 용서하려 들게 마련이니까, 우리는 네가 그렇게 나쁜 마음을 가졌다고는 생각하지 않았다. 네가 오비에도에 온 것을 보면 너에 관해 좋게 생각한 것이 옳았고, 네가 괴로워하는 모습이 너를 충분히 변호해 주는구나."

그래서 내가 반박했다. "어머니는 저에 대해 너무 좋게 판단하시는 겁니다. 그 젊은 무스카다가 한 말이 어느 정도 사실이에요. 그가 저를 보러 왔을 때 저는 그저 출세에만 관심이 있었고, 야망에 사로잡혀서 부모님 생각은 거의 하지 못했습니다. 그런 상태에 있던 저에게 교양 없이 다가와서, 제가 유대인보다 더 부자라는 것을 알고는 어머니 아버지가 매우 궁핍하시니 돈을 보내 드리라고 충고하는 사람에게 별로 상냥하지 않게 대한 것이 놀라운 일은 아니지요. 그는 심지어 과도한 표현을 써가면서 가족에 대한 저의 무관심을 비난했어요. 저는 그의 무람없는 태도에 놀랐고, 참을성을 잃어서, 그의 어깨를 밀치며 제 서재 밖으로 쫓아 버렸지요. 그와 만났을 때 제가 잘못했다는 것을 인정합니다. 그 식료품상이 예의가 없었던 것이 어머니의 탓도 아니고, 설사 그가 무례하게 굴긴 했어도, 그의 충고를 따르는 것이 좋은 일이라는 것을 제가 생각했어야 할 겁니다."

"무스카다를 쫓아 버리고 나자 잠시 후 떠올랐던 생각이 바로 그것입니다. 피의 목소리가 들렸어요. 부모님에 대한 모든 의무가 생각났지요. 그러고는 그 의무들을 제대로 해내지 못한 것이 부끄러워서 후회가 느껴졌지만, 그러면서도 어머니에게는 그 후회를 구실로 댈 수가 없네요. 왜냐하면 그 후회가 곧이어 탐욕과 야망에 의해 억눌렸으니까요. 하지만 그다음에 왕의 명령으로 세고비아의 탑에 갇히자 저는 위험할 정도로 아프게 되었어요. 그 불행한 병이 이 아들을 어머니에게 돌려준 겁니다. 그래요, 바로 질병과 감옥이 자연으로 하여금 모든 권리를 되찾게 만들었어요. 그리고 궁정으로부터 완전히 벗어나게 해주었지요. 저는 이제 고독만 열망하고, 오로지 어머니에게 은둔하는 삶의 달콤함을 함께 나누자고 부탁하기 위해 아스투리아스에 온 것입니다. 어머니가 저의 간청을 물리치지 않으신다면 저는 발렌시아 왕국에 있는 땅으로 어머니를 모시고 가려 합니다. 우리는 거기서 아주 편안하게 살게 될 거예요. 아버지도 모시고 갈 작정이었습니다. 하지만 그 일에 관해서는 하늘이 다르게 결정하였네요. 최소한 저는 어머니를 제 집에 모시게 되고, 어머니에게 도움이 되지 못한 채

보낸 세월에 대해 온 마음을 다해 사죄할 수 있게 되어 기쁩니다."

그러자 어머니가 말했다. "그토록 칭찬할 만한 의도를 갖고 있다니 아주 고맙구나. 내게 어려운 일이 없다면 주저 없이 너와 함께 갈 것이다. 그런데 내 동생인 네 외삼촌을 저 지경으로 놔두지는 않으련다. 그리고 나는 이곳에 너무 익숙해 있어서 멀리 갈 수가 없구나. 하지만 이런 일은 심사숙고해야 하므로 여유 있게 생각해 보고 싶다. 지금은 너희 아버지의 장례식에 관한 일만 신경 쓰자." 그래서 내가 말했다. "저와 함께 있던 그 젊은이에게 그 일을 맡기기로 해요. 그는 제 비서인데, 똑똑하고 열성적입니다. 그런 일에 관해서는 그를 믿으면 돼요."

내가 그 말을 하자마자 에시피온이 다시 왔다. 아직 낮이었다. 그는 우리가 그토록 당혹스러운 상황에 놓여 있는데 자신이 도울 일은 없는지 물었다. 나는 그에게 내가 중요한 지시를 내리려던 참에 마침 잘 왔다고 대답했다. 그는 무슨 일인지 알자마자 말했다. "됐어요. 제가 머릿속에 장례식을 어떻게 치를 건지 다 정리해 놓았습니다. 저를 믿으셔도 됩니다." 그러자 어머니가 그에게 말했다. "성대하게 보이지 않도록 주의하세요. 내 남편은 온 도시에 가장 형편이 안 좋은 시종으로 알려져 있었으니 아무리 조촐해도 지나치지 않을 겁니다." 이제 에시피온이 대답했다. "어머님, 그분께서 이보다 더 가난하셨다 하더라도, 저는 장의사에게 단 두 푼도 깎지 않을 겁니다. 그 점에 관해서는 제 주인님만 고려하겠습니다. 주인님은 레르마 공작이 총애하던 분이셨습니다. 그분 아버님의 장례식은 고귀하게 치러져야 합니다."

나는 내 비서의 계획을 수락했고, 심지어 돈을 조금도 아끼지 말라고 권하기까지 했다. 내가 아직까지 갖고 있던 허영심의 찌꺼기가 그런 기회에 또 깨어났다. 나는 아무 유산도 남겨주지 않은 아버지를 위해 돈을 쓰면서 일종의 기대를 했던 것이다. 사람들이 나의 너그러운 태도를 찬양하게 되리라는 기대…. 어머니 쪽에서는 검소한 태도를 가장하긴 했어도, 자기 남편이 화려하게 안치되는 것이 유감스럽지는 않았다. 그러므로 우리는 에시피온에게 마음껏 하라고 백지수표를 주었다. 에시피온은 시간낭비 하지 않고, 장례식을 호화롭게 하는데 필요한 온갖 조처를 취하러 갔다.

그는 그저 너무 잘 해냈을 뿐이다. 장례를 너무 훌륭히 치르게 해서 온 도시와 근교에서 나에 대해 격분케 만들었다. 가장 대단한 사람부터 가장 미미한 사람까지 오비에도의 모든 주민이 나의 과시에 대해 분노했다. 어떤 사람은 "졸지에 대신(大臣)이 된 그자가 자기 아버지를 매장할 돈은 있으면서, 아버지를 먹여 살릴 돈은 없었나 보네"라고 말했고, 또 어떤 사람은 "아버지가 죽은 다음에 그렇게 영예롭게 해주느니 살아 있을 때 즐겁게 해주는 것이 나았을 텐데"라고 말했다. 결국 온 주민이 나에 대해 입방아를 찧어 댔고, 각자 화살을 쏘아댔다. 그들은 거기서 그치지 않고, 에시피온과 베르트란과 내가 교회에서 나올 때 우리를 모욕했다. 그들은 우리에게 욕설을 퍼부어 댔고, 야유를 퍼부었으며, 베르트란에게 돌을 던지며 여인숙까지 쫓아왔다. 내 외삼촌의 집 앞에 모여든 그 너절한 인간들을 흩어지게 하려고 내 어머니가 모습을 드러내면서 어머니 자신은 나에 대해 몹시 만족한다고 공언해야만 했다. 내 마차가 있던 선술집으로 그 마차를 부쉬 버리려고 달려온 자들도 있었는데, 여인숙 주인 내외가 그 격분한 자들을 진정시켜서 생각을 바꾸게 하지 않았더라면, 필시 그렇게 하고야 말았을 것이다.

내가 겪어야 했던 그 모든 수모는 그 젊은 식료품상이 그 도시 사람들에게 나에 관해 한 얘기들 때문이기도 했는데, 그 모욕들로 인해 나는 고향 사람들에 대해 정나미가 떨어져서 오비에도를 곧 떠나기로 결심했다. 그런 일만 없었다면 아마 꽤 오래 머물렀을 텐데 … . 나는 그 결심을 어머니에게 단호히 말했다. 어머니도 사람들이 내게 가한 푸대접에 매우 모욕감을 느껴서 내가 그렇게 신속히 떠나는 것에 반대하지 않았다. 내가 어머니에게 어떻게 해야 하는지는 더 이상 문제가 안 되었다. 나는 어머니에게 말했다. "어머니, 외삼촌에게는 어머니의 도움이 필요하니 저와 함께 가시자고 더 이상 조르지 않겠어요. 하지만 외삼촌의 임종이 멀지 않아 보이니, 그분께서 이 세상을 떠나시는 즉시 저의 땅으로 오셔서 함께 사시겠다고 약속해 주세요."

그러자 어머니가 대답했다. "네게 그런 약속은 하지 않겠다. 나는 여생을 아스투리아스에서 완전히 독립적으로 살고 싶구나." 그래서 내가 반박했다. "저의 성에서 절대적인 여주인이 되고 싶지 않으신 거예요?" 그러자 어머니는 대답했다. "모르겠다. 너는 어느 아가씨와 사랑하면 된단다. 그러면 너는 결혼을 할 테고, 그 아가씨는 내 며느리가 되고, 나는 그녀의 시어머니가 될 테고, 그러면 우리는 함께 살 수 없을 거다." 이에 내가 말했다. "어머니는 너무 멀리 있는 불행까지 내다보시는군요. 저는 결혼할 마음이 조금도 없어요. 하지만 혹시라도 변덕이 나서 그리 된다면 아내로 하여금 어머니의 뜻에 맹목적으로 따르게 하겠다고 장담하죠." 그러자 어머니가 말했다. "그것은 무모한 장담이다. 내가 확실한 보증을 요구할지도 모르는데 …. 며느리와 나 사이에 불화가 생기면, 며느리가 어떤 잘못을 하건 간에 너는 나보다 네 아내 편을 들 것이 확실하지만, 그것을 단언하는 것조차 하고 싶지 않구나."

그러자 내 비서가 대화에 끼어들며 소리쳤다. "어머님, 참으로 훌륭한 말씀을 하시네요. 저도 어머님과 같은 생각입니다. 유순한 며느리는 아주 드무니까요. 하지만 어머님과 주인님이 의견의 일치를 보시려면, 어머님께서는 절대적으로 여기 남고 싶어 하시므로, 어머님은 아스투리아스에 계시고, 주인님은 발렌시아 왕국에 계시면서, 주인님이 어머님께 1백 피스톨라의 연금을 제공하시는 게 좋을 듯합니다. 그 돈은 해마다 제가 이곳으로 가져오겠습니다. 그 방법을 통해 어머니와 아들이 서로 2백 리 떨어진 곳에서 각자 매우 만족스럽게 사실 겁니다." 관련자 양쪽은 제안된 협약을 받아들였고, 그 후 나는 첫 해의 연금을 미리 지불했다. 그러고 나서 바로 다음 날 동이 트기 전에 오비에도를 떠났다. 그 천민들이 나를 성 에스테반•처럼 대할까 봐 두려워서였다. 내가 고향에서 받은 대접은 그러했다. 고향을 떠나 부자가 된 후 고향에 돌아가 거드름을 피우려 하는 서민층 사람들에게는 아주 좋은 교훈이 될 것이다!

• 《신약성서》 〈사도행전〉에 등장하는 인물로서 사울에게 죽임을 당하는 기독교의 첫 순교자 스테반을 가리킨다.

3

질 블라스가 발렌시아 왕국으로 떠나 마침내 리리아스에 도착하다

리리아스성에 대한 묘사. 주민들의 환영과 만난 사람들

우리는 레온 가는 길로 들어섰다가 이어서 발렌시아로 향하는 길로 천천히 여행하여 열 번째 날이 끝나갈 즈음에 세고르베시에 도착했다. 그리고 바로 다음 날 오전 그곳을 출발해 거기로부터 3리밖에 안 떨어져 있는 나의 땅으로 갔다. 그곳으로 가까이 갈수록 내 비서가 들판에서 여기저기 눈에 띄는 성들을 매우 주의 깊게 관찰하는 것을 나는 눈치챘다. 웅장해 보이는 성 하나가 보이자 그가 손가락으로 가리키며 말했다. "저 성이 우리의 은거지이면 좋겠네요."

그래서 내가 말했다. "네가 우리의 거주지에 대해 무슨 생각을 하는지 모르겠으나, 멋진 집이나 영주의 땅이 우리 것일 거라고 상상한다면, 내가 경고하건대, 너는 굉장히 착각하고 있는 거다."

"네가 너의 상상에 속고 싶지 않다면, 호라티우스가 티볼리 근처 사비나 사람들의 지방에서 소유하던 작은 집을 생각해 봐라. 마에케나스가 주었던 집…. 돈 알폰소는 거의 그런 선물을 해준 거다." 그러자 에시피온이 소리쳤다. "그렇다면 저는 그저 초가집이나 기대해야겠네요." 그래서 내가 말했다. "우리가 살 집에 대해서 내가 늘 아주 소박하게 묘사했다는 것을 떠올리렴. 내가 그 집에 대해 제대로 묘사했다면, 이제부터는 네가 스스로 판단할 수 있단다. 과달비아르 쪽으로 눈길을 던져 봐. 그 강가에 아홉 내지 열 세대쯤 있는 촌락 곁에 작은 건물 네 채가 있는 집을 보렴. 저게 내 성이란다."

그러자 내 비서가 감탄 어린 목소리로 말했다. "아니, 세상에! 보석 같은 집이네요! 건물들이 풍기는 고상한 분위기에다 위치도 좋고, 잘 지었고, 지상의 낙원이라고 불리는 세비야의 인근보다도 더 매력적인 촌락으로 둘러싸여 있어요. 우리가 여기 머물기로 한다 해도 딱 내 취향일 겁니다. 강이 이 고장을 적셔 주고, 한낮에 산책을 하고 싶을 때면 빽빽한 숲이 그늘을 빌려주니 말이에요. 기분 좋은 고독이에요! 아! 주인님, 우리는 여기서 오래 살 것 같네요!" 그래서 내가 대꾸했다. "네가 우리 피난처의 좋은 점을 아직 다 알지도 못하면서 그렇게 만족하다니 매우 기쁘구나."

우리는 그렇게 얘기를 나누며 그 집으로 다가갔다. 에시피온이 그 성을 소유하러 온 질 블라스 데 산티아나라고 말하자 문이 열렸다. 그 이름을 들은 사람들이 매우 존경심을 표하면서 내 마차를 큰 마당으로 들여보내 주었고, 그 마당에서 우리는 내렸다. 그러고 나서 에시피온에게 한껏 기대고 등을 구부린 자세로 어느 방으로 들어갔다. 내가 들어서자 일고여덟 명의 하인들이 나타났다. 그들은 새로운 주인에게 그러듯 내게 경의를 표하러 왔다고 말했다. 그리고 돈 세사르와 돈 알폰소 데 레이바가 나를 섬기라고 그들을 고용했다고 말했다. 한 명은 요리사 자격으로, 다른 한 명은 보조요리사, 또 한 명은 조수, 그리고 문지기, 하인인데, 나한테서는 돈을 전혀 받지 못하게 돼 있고, 데 레이바 나리들이 내 살림에 드는 모든 비용을 대준다고 말했다. 호아킨 세프라는 요리사가 그 하인들의 우두머리였고, 그가 발언권을 쥐었다. 그는 스페인에서 가장 인정받는 포도주들을 잔뜩 구비해 두었다고 알려 줬으며, 맛있는 음식으로는 발렌시아 대주교님의 요리사를 6년간 했던 자기 같은 사람이 나의 식욕을 북돋울 만한 스튜들을 만들 수 있을 거라고 말했다. 그러더니 덧붙였다. "저는 제 능력의 본보기를 제공할 준비를 하겠습니다. 점심 식사를 기다리시는 동안 산책을 하십시오, 나리. 나리의 성을 둘러보세요. 나리께서 거주하실 만한지 보세요."

내가 그 성을 둘러보는 것을 등한시했는지에 대해서는 생각할 여지를 남겨 두겠다. 그런데 에시피온은 나보다 구경하고 싶은 마음이 훨씬 컸기에 나를 이 방 저 방으로 끌고 다녔다. 우리는 그 집을 꼭대기에서부터 맨 아래까지 온통 다 돌아다녔다. 적어도 우리가 믿는 바로는, 우리의 관심 어린 호기심을 끌지 않은 곳은 단 한 군데도 없었다. 나는 곳곳에서 돈 세사르와 그의 아들이 베푸는 친절에 감탄하였다. 그중에서도 특히 화려하지 않으면서도 가구가 잘 갖춰진 두 거처가 인상적이었다. 한 곳에는 네덜란드산 타피스리, 침대, 벨벳 의자들이 있었는데, 무어인들이 발렌시아 왕국을 점령하고 있던 시절에 만들어진 것인데도 불구하고, 그 모든 것이 아직도 세련되었다. 다른 거처의 가구들도 같은 취향이었다. 오래된 제노바산 노란색 물결무늬 벽지에다 파란 실크 술 장식이 달린 같은 천의 침대와 안락의자들이 있었다. 재산목록에서는 별로 높이 평가되지 않았을 그 모든 재산이 거기서는 아주 대단해 보였다.

모든 것을 다 살펴본 후, 내 비서와 나는 식탁이 차려진 방으로 들어갔다. 두 사람을 위해 차려진 식탁이었다. 우리가 식탁에 앉았더니 '오야 포드리다'가 즉각 나왔다. 너무 맛있어서 우리는 그것을 만든 요리사를 더 이상 곁에 두지 못하는 발렌시아 대주교를 불쌍히 여겼다. 우리는 사실 굉장히 배가 고팠기에 그 음식을 맛없다고 생각할 수는 없었다. 우리가 고기를 먹을 때마다 최근 들어온 하인들이 큰 잔들을 내와서 거기에다 라만차 포도주를 찰랑찰랑 가득 따라 주었다. 에시피온은 마음속으로 느끼는 만족감을 차마 터뜨리지 못하고 내게 눈으로 표현했다. 나 또한 그만큼 만족한다는 것을 눈짓으로 알려 주었다. 기름진 메추라기 두 마리로 만든 구운 고기 요리는 매우 향기가 좋은 산토끼 새끼가 곁들여져서 우리는 잡탕을 놔두고 그것을 먹었다. 마침내 배가 잔뜩 불렀다. 굶주린 사람들처럼 먹고 그만큼 마셔 대고 나서는 식탁에서 일어나 정원으로 가서 시원하고 쾌적한 곳에서 기분 좋게 낮잠을 잤다.

내 비서는 그때까지 본 것들에 매우 흡족한 듯 보였는데, 정원을 보자 훨씬 더 좋아했다. 그는 그 정원이 마드리드의 엘에스코리알에 있는 정원에 견줄 만하다고 보았다. 사실은 리리아스에 가끔씩 오곤 했던 돈 세사르가 그 정원을 가꾸고 아름답게 만드는 것을 즐겼다. 모든 가로수 길에는 모래가 곱게 깔려 있고, 가장자리에는 오렌지나무들이 심어져 있으며, 흰 대리석으로 된 큰 분수가 있고, 그 한가운데에서 청동 사자가 물을 콸콸 쏟아 내고 있었다. 아름다운 꽃들과 과일

등 모든 것이 에시피온을 황홀케 했다. 하지만 그를 특히 매료시킨 것은 긴 가로수 길이었는데, 계속 내리막길인 그 길은 소작인의 집으로 이어졌다. 그 집을 빽빽한 나무들이 두터운 잎사귀들로 뒤덮고 있었다. 더위를 피하는 데 딱 적격인 장소라고 찬양하면서, 우리는 거기서 멈추어 어린 느릅나무 밑동에 앉았다. 방금 잘 먹은 건장한 남자들을 졸음이 힘들이지 않고 기습했다.

두 시간쯤 후 우리는 소총 소리가 여러 차례 나서 퍼뜩 깨어났다. 그 소리가 너무 가까이 들려서 우리는 겁에 질렸다. 그래서 벌떡 일어나 무슨 일인지 알아보려고 소작인의 집으로 갔다. 거기에 여덟 내지 열 명의 마을 사람들이 있었는데, 모두 그 촌락 주민들이었다. 그들은 거기 모여서 자기네 무기들의 방아쇠를 당기고 풀고 하면서 나의 도착을 축하하고 있었다. 내가 왔다는 소식을 방금 전해 들은 것이다. 그들은 대부분 나를 알았다. 내가 집사 일을 수행하느라 그 성에 몇 번 왔을 때 봤기 때문이다. 그들은 나를 알아보자 다 함께 소리쳤다. "우리의 새 주인 만세! 리리아스에 오신 것을 축하합니다!" 그러고 나서 자기네 소총들을 다시 장전하고는 다 함께 쏘아 대면서 축하했다. 나는 그들에게 최대한 우아하게, 그러면서도 엄숙하게 응대했다. 그들과 너무 친해져서는 안 된다고 판단했기 때문이다. 나는 그들을 내가 보호해 주겠다고 확언했고, 심지어 20여 피스톨라를 풀기까지 했다. 내 생각에 그들은 그런 태도를 더 좋아하는 것 같았다. 그런 후 그들이 마음껏 화약을 터뜨리도록 내버려두었고, 나는 내 비서와 함께 숲으로 가서 밤이 될 때까지 산책했다. 그런데도 나무들을 보는 것이 진력나지 않았다. 새로 얻은 재산을 소유하게 된 것이 그 정도로 우선 매력적이었기 때문이다.

그러는 동안 요리사, 보조요리사, 조수는 한가로이 있지 않았다. 우리가 점심에 먹은 것보다 더 좋은 식사를 준비하는 일에 전념했다. 점심 식사를 했던 그 방에 다시 들어갔을 때 우리는 더할 수 없이 놀랐다. 식탁에 구운 자고새 새끼고기 네 마리에 한쪽에는 토끼고기 스튜, 다른 쪽에는 닭고기 스튜가 차려져 있었다. 이어서 돼지 귀, 절인 닭고기, 크림 곁들인 초콜릿을 내왔다. 우리는 루세나산 포도주와 다른 여러 종류의 맛있는 포도주들을 잔뜩 마셨다. 그래서 더 마셨다가는 건강을 해칠 것 같아서 잠자리에 들러 갔다. 그러자 시종들이 횃불을 들고 나를 가장 아름다운 거처로 데려갔고, 거기서 그들이 내 옷을 서둘러 벗겨 줬다. 하지만 그들이 내게 실내복과 수면모자를 주었을 때, 나는 주인 같은 태도로 "제군들, 이제 물러가시오. 나머지 일에는 자네들이 필요 없으니"라고 말하며 그들을 보냈다.

나는 모두 나가게 하고 나서, 에시피온과 얘기를 좀 나누려고 붙들어 놓고는 데 레이바 나리들의 지시에 따라 나에게 그런 대접을 하는 것에 대해 어떻게 생각하느냐고 물었다. 그는 대답했다. "맹세코 저는 그보다 더 잘해 줄 수 없다고 생각해요. 저는 그저 그런 대접이 오래 지속되기를 바랄 뿐입니다." 그래서 내가 말했다. "나는 그러지 않기를 바란다. 내게 은혜를 베풀어 주신 분들이 나 때문에 또 그렇게 많은 지출을 하시는 것을 참고 있는 것은 온당치 못해. 그분들의 관대함을 남용하는 짓일 거다. 게다가 다른 사람이 내주는 돈으로 하인들을 받아들이지는 않겠다. 그러면 내 집에 있는 것 같지 않을 거야. 그리고 나는 그렇게 요란 떨며 살려고 여기 온 것이 아니다. 우리한테 그렇게 많은 하인이 필요하니? 이니다. 우리한테는 그저 베르트란과 요리사 한 명, 조수 한 명, 시종 한 명만 있으면 된다." 내 비서는 설사 여전히 발렌시아 총독의 돈으로 생계를 이어가는 것을 애석해하지 않는다 하더라도, 그 점에 관해 내가 예민하게 구는 것에 대해 반박하지는 않았다. 그리고 내 감정에 맞춰 주면서 내가 개선하려는 것을 수긍해 주었다. 그렇게 결정하고 나서 그는 내 거처에서 나가 자기 거처로 물러났다.

4

질 블라스가 발렌시아로 가서 데 레이바 나리들을 만나다 그들과 나눈 대화와 세라피나의 융숭한 대접

나는 옷을 벗고 침대에 누웠으나 자고 싶지 않아서 이 생각 저 생각에 빠져들었다. 내가 데 레이바 나리들에 대해 가졌던 애착에 대해 그들이 우정으로 보답한 일에 대해 생각해 보았다. 그 새로운 우정 표시에 감동한 나는 그들에게 빨리 고마움을 전하고 싶어서 바로 다음 날 그들을 찾아가기로 마음먹었다. 세라피나를 다시 보게 되어 벌써부터 즐겁긴 했지만, 마냥 좋기만 한 것은 아니었다. 로렌사 세포라 부인의 시선이 따가울 거라는 생각이 들어서였다. 아마도 세포라 부인은 따귀 사건이 떠올라서 나를 보는 것이 그다지 달갑지 않을 것이다. 그 모든 갖가지 생각들로 정신이 피로해져서 마침내 졸음이 왔고, 다음 날 해가 뜬 다음에야 잠에서 깨어났다.

나는 곧바로 일어나서, 엊저녁에 계획한 여행 생각에 푹 빠져 서둘러 옷을 입었다. 몸단장을 다 마쳤을 때 내 비서가 방으로 들어왔다. 나는 그에게 말했다. "에시피온, 네가 보다시피 나는 발렌시아로 떠날 채비를 했단다. 나의 조촐한 재산을 빚지고 있는 그 나리들에게 감사 인사를 드리러 가는 일은 아무리 빨리 해도 지나치지 않을 듯싶구나. 이 의무를 나중으로 미루면 매 순간이 나에게 배은망덕하다고 비난할 것만 같아. 친구야, 너는 안 따라와도 된단다. 내가 떠나 있는 동안 너는 여기 있어라. 내가 일주일 후 돌아오마." 그러자 그가 대답했다. "네, 가셔서 돈 알폰소 나리와 그분의 아버님에게 문안 인사를 드리세요. 그분들은 다른 사람이 보이는 성의에 민감하시고, 또 남들이 그분들에게 해준 일에 대해서도 매우 고마워하시는 것 같습니다. 그런 성격을 가진 귀족들은 너무 드물어서 그런 분들은 아무리 배려해 드려도 지나치지 않을 겁니다." 나는 베르트란에게 떠날 채비를 하라고 시켰고, 그가 노새들을 준비하는 동안 코코아를 마셨다. 그러고 나서 내 식솔들에게 권고했다. 내 비서를 또 하나의 나로 여기면서 그의 지시를 내 지시인 양 따르라고…. 그러고 난 후 마차에 올라탔다.

발렌시아에 도착하기까지 네 시간도 채 안 걸렸다. 나는 총독의 마구간으로 곧장 가서 거기서 내렸다. 그리고 내 노새들을 거기에 놔두고, 총독의 거처로 안내해 달라고 하였다. 총독은 자기 아버지 돈 세사르와 함께 있었다. 나는 예의 차리지 않고 문을 열고 들어가서 두 사람에게 다가가 말했다. "시종들에게는 제가 왔다는 말을 주인님들께 알리라는 말을 하지 않았어요. 나리들께 존경심을 표하러 온 옛 종복이 여기 있으니까요." 이 말을 하며 그들에게 몸을 숙여 절하려 했다. 그러나 그들이 그러지 못하게 막았고, 둘 다 나를 포옹하면서 진정한 애정의 표시를 했다. 돈 알폰소가 말했다. "아니, 친애하는 산티아나, 당신의 땅을 점유하러 리리아스에 가긴 했던 거요?" 그래서 내가 대답했다. "네, 나리, 제가 나리에게 그 땅을 돌려 드리는 게 낫다고 생각됩니다." 그러자 그가 말했다. "아니, 도대체 왜? 마음에 안 드는 어떤 불쾌한 점이라도 있는 거요?" 그래서 내가 대답했다. "땅 자체가 그런 것이 아닙니다. 그 반대로 아주 홀딱 반해 버렸습니다. 제가 마음에 안 드는 점은, 대주교의 요리사들과 하인들입니다. 제게 필요한 숫자보다 세 배나 많아서, 그저 나리들에게 쓸데없이 막대한 지출만 하시게 할 뿐입니다."

그러자 돈 세사르가 말했다. "우리가 마드리드에서 제안했던 2천 두카도의 연금을 자네가 받아들였다면 우리는 그 성을 지금처럼 가구나 마련해 주는 것으로 만족했을 걸세. 하지만 자네가 그 연금을 거절했으니, 그 대신 그렇게 해야 한다고 생각했던 거라네." 그래서 내가 대답했다. "그래도 너무 지나치십니다. 나리의 은혜는 그 땅을 주시는 것으로 그쳐야 합니다. 그것만으로도 제가 바라는 것을 채우고도 남으니까요. 나리들께서 큰 비용으로 그렇게 많은 사람을 관리하셔야 하는 것과는 별개로, 그 사람들이 저를 거북스럽게 하고 불편하게 만드는 것에 대해 나리들께 항의하렵니다." 그러고는 덧붙였다. "한 마디로 말씀드리자면, 나리들의 재산을 다시 거두시거나, 아니면 그 재산을 제가 원하는 대로 누리게 해주십시오." 나는 이 마지막 말을 너무 격렬하게 내뱉어서, 그 부자(父子)는 더 이상 강요하려 들지 못하고, 마침내 내 성에서 나 하고 싶은 대로 하라고 허락했다.

나는 그런 자유를 허락해 줘서 고맙다고 했다. 그러지 않으면 행복할 수가 없다고 말하려는데 돈 알폰소가 내 말을 가로막으며 말했다.

"친애하는 질 블라스, 자네를 보면 아주 좋아할 여인에게 자네를 소개하고 싶네." 그렇게 말하면서 내 손을 잡고 나를 세라피나의 처소로 데려갔다. 그녀는 나를 보더니 기뻐서 소리를 질렀다. 그러자 총독이 그녀에게 말했다. "우리의 친구 산티아나가 발렌시아에 온 것이 나 못지않게 당신에게도 즐거운 일일 거라고 생각하오." 그러자 그녀가 대답했다. "그도 그런 줄 알고 있을 거예요. 세월이 흘렀어도 나는 그가 해준 일을 잊지 않았어요. 당신이 고마워하는 사람에게 나도 응당 고마워해야 할 테니, 내가 갖고 있던 고마움에 그 고마움이 더해지네요." 그래서 내가 총독부인에게 말했다. 그녀를 자유롭게 해준 사람들과 함께 겪은 위험은 이미 충분히 보상받았다고…. 그녀를 위해 내 목숨을 내건 것이 바로 그 보상이었다고…. 그러고 나서 우리는 서로 찬사를 늘어놓았다. 그런 후 돈 알폰소가 나를 세라피나의 처소에서 데리고 나왔고, 돈 세사르가 있는 방으로 다시 갔다. 그는 거기에 점심 식사를 하러 온 귀족들 여럿과 함께 있었다.

그 귀족들 모두가 내게 매우 정중히 인사했다. 내가 레르마 공작의 주요 비서들 중 하나였다고 돈 세사르가 말했으니 더욱 예의를 차린 것이다. 심지어 그들 중 대부분이 돈 알폰소가 발렌시아 총독 자리를 얻은 것이 내 신용 덕분이라는 것을 모르지 않을 수도 있었다. 왜냐하면 무슨 일이건 알려지게 마련이니까. 어찌됐건 식탁에 앉게 되자 우리는 그저 새 추기경이 된 레르마 공작에 관한 얘기만 했다. 어떤 사람들은 대단히 칭송하거나 그러는 척을 했고, 어떤 이들은 그저 찬사만 해댔는데, 말하자면 반쯤 설탕을 쳐댔다는 얘기다. 그렇게 함으로써 나로 하여금 추기경에 관한 얘기를 펼쳐놓게 만들려는 것이고, 내가 그를 험담하면서 그들을 즐겁게 해주기를 바란다는 것을 나는 잘 알아챘다. 내가 생각하는 바를 나도 기꺼이 말할 수는 있었겠지만, 나는 말을 삼갔다. 이로써 나는 그 모인 사람들의 머릿속에 몹시 조심스런 젊은이로 새겨졌다.

그 자리에 모인 사람들은 점심 식사 후 낮잠을 자려고 각자 자기 집으로 물러갔고, 돈 세사르와 그의 아들도 같은 욕구로 인해 자기네 처소로 가서 틀어박혔다.

나는 아름답다는 얘기를 자주 들은 바 있는 그 도시를 구경하고 싶어서 아주 조급한 마음에 거리를 산책할 생각으로 총독 관저를 나섰다. 그런데 문에서 어떤 남자가 내게 다가와 말했다. "데 산티아나 나리께 제가 인사를 드려도 될까요?" 그래서 나는 누구시냐고 물었다. 그러자 그가 대답했다. "저는 돈 세사르의 하인입니다. 나리께서 그 댁의 집사이시던 시절에 저는 그분의 하인들 중 하나였습니다. 제가 나리께 아침마다 문안 인사를 드렸고, 나리께서는 제게 많은 친절을 베푸셨습니다. 저는 그 집에서 일어나는 일들에 관해 나리께 알려 드렸는데요, 어느 날 레이바 마을의 외과의가 로렌사 세포라 부인의 방에 몰래 침입했던 것을 나리께 알려 드렸던 것을 기억하시나요?" 나는 그에게 대답했다. "잊지 않았다네. 그런데 그 샤프롱은 어찌 되었는가?" 그러자 그가 대답했다. "아아! 그 불쌍한 부인은 나리께서 떠나신 후 슬픔에 빠져 돌아가셨습니다. 이에 대해 세라피나 아씨께서는 돈 알폰소 나리보다 더 애석해하셨죠. 돈 알폰소 나리는 로렌사 부인의 죽음에 대해 별로 타격을 받지 않으신 듯 보입니다."

돈 세사르의 시종은 세포라의 슬픈 마지막을 그렇게 알려 주고 나서, 나를 멈춰 세운 것에 대해 사과하고 내 길을 가도록 놔두었다. 나는 그 불행한 샤프롱을 떠올리면서 한숨을 내쉬지 않을 수 없었다. 그녀의 운명을 측은히 여기면서 그 불행을 내 탓으로 돌렸다. 내 탓이기보다는 그녀가 암에 걸려서 그런 거라는 생각은 하지 않았다.

나는 도시에서 눈여겨봐야 할 만한 것은 뭐든 다 즐겁게 관찰했다. 대리석으로 된 대주교의 궁전이 기분 좋게 시선을 끌었고, 증권거래소의 아름다운 주랑(柱廊)도 그러했다. 하지만 멀리 보이는 어떤 집에 많은 사람들이 들어가기에 내 관심이 온통 그리로 쏠렸다. 왜 거기에 그토록 많은 남녀가 앞다투어 들어가는지 알아보려고 그곳으로 가까이 갔다. 곧이어 그 집 문 위 검은 대리석 판에 금박 글씨로 적힌 말을 읽고서 왜 그런지 알게 되었다. '*La Posada de los Representantes*'(연극배우들의 집). 그리고 게시판에는 배우들이 그날 돈 가브리엘 트리아케로의 새로운 비극을 처음으로 공연할 거라고 알려놓았다.

5

질 블라스가 극장에 가서 새로운 비극의 공연을 보다 그 연극의 성공. 발렌시아 관객의 자질

나는 그곳에 들어가는 사람들을 살펴보려고 문에서 잠시 멈춰 섰다. 그들의 다양한 태도가 눈에 띄었다. 안색도 좋고 옷도 잘 입은 신사들도 보였고, 옷도 잘못 입고 생김새도 평범한 인물들도 있었다. 호화로운 사륜 포장마차에서 내려와 미리 잡아 둔 칸막이 좌석으로 가려는 고관대작 부인들도 보였고, 잘 속아 넘어가는 남자들을 유혹하러 가는 자유분방한 여인들도 보였다. 온갖 부류의 관객들이 뒤섞여 모여드는 모습을 보니 나도 거기에 끼어들고 싶다는 마음이 들었다. 내가 표를 한 장 사려 하는데, 돈 알폰소 총독이 그의 아내와 도착했다. 그들이 군중 속에서 나를 알아보았고, 나를 불러들여서 자기네 칸막이 좌석으로 데리고 갔다. 그리고 서로 쉽게 말할 수 있도록 자기네 뒤쪽에 자리를 잡아 주었다.

객석이 꼭대기에서부터 맨 아래까지 관객들로 다 차 있었고, 1층 입석은 아주 빽빽하게 들어차 있었다. 원형 객석에는 세 기사단의 기사들이 잔뜩 있었다. 내가 돈 알폰소에게 말했다. "사람들이 아주 많네요." 그러자 그가 대답했다. "놀랄 필요 없네. 이제 공연할 연극은 '인기 많은 시인'이라는 별명을 가진 돈 가브리엘 트리아케로가 만든 작품이거든. 배우들의 게시판에 그 작가의 새 작품이 예고되는 즉시 온 발렌시아가 들썩거린다네. 여자들뿐만 아니라 남자들도 오로지 그 연극 얘기만 하고, 모든 칸막이 좌석들은 예약되고, 1층 입석을 제외하고는 모든 좌석의 가격이 두 배로 뛰는데도 문에서는 여전히 들어오려고 아귀다툼을 벌인다네. 1층 입석 관객들의 기분을 상하게 할 수 없어서 그들을 존중하는 차원에서 그들의 가격은 그대로라네." 그래서 내가 총독에게 말했다. "대단한 열기네요! 돈 가브리엘의 새 작품이라면 뭐든지 다 들어 보고 싶어 하는 대중의 그 열렬한 호기심, 저 안달복달하는 열광…. 그 시인의 재능이 정말 대단한가 봐요."

우리가 그 말을 하고 있을 즈음 배우들이 등장했다. 우리는 즉각 말을 멈추고 그들의 대사를 주의 깊게 들었다. 주제 제시부에서부터 박수가 시작되었다. 관객은 각 대사마다 환호했으며, 각 막이 끝날 때마다 극장이 떠나가도록 손뼉을 쳐댔다. 연극 후 돈 알폰소가 내게 작가를 가리켜 보였다. 그는 칸막이 좌석마다 다니면서 겸손히 인사했다. 그의 머리에는 귀족 남녀들이 준비해서 씌워 준 월계수가 얹어져 있었다.

우리는 총독 관저로 돌아왔고, 곧이어 거기로 서너 명의 기사들이 도착했다. 그리고 자기네 분야에서 인정받는 다른 작가들 두 명이 마드리드의 어느 신사와 함께 왔다. 그 신사는 재기도 있고 심미안도 있었다. 그들은 모두 그 연극을 보러 갔던 사람들이었다. 저녁 식사 동안 오로지 새 연극에 대해서만 얘기들을 나눴다. 산티아고 기사단의 기사 한 명이 말했다. "여러분, 그 비극에 대해 어떻게 생각하십니까? 완성도 있는 작품이라 불릴 만하다는 것이 그런 것 아닐까요? 숭고한 사상, 부드러운 감정, 남성적인 작시법, 부족한 것이 아무것도 없습니다. 한마디로, 상류사회의 분위기를 띤 시입니다." 그러자 알칸타라의 기사가 말했다. "그 연극에 대해 다르게 생각하는 사람은 있을 수 없을 것 같습니다. 그 연극에는 아폴로 신이 불러 준 것 같은 긴 독백들과 굉장히 예술적으로 짜인 상황들이 가득하네요." 그러더니 카스티야 귀족에게 말을 걸며 덧붙였다. "저는 그 얘기를 당신에게 하는 겁니다. 그 분야에 식견이 있어 보이시고, 저와 같은 생각이실 거라고 장담합니다." 그러자 그 귀족은 짓궂은 미소를 지으며 대답했다. "장담하지 마세요, 기사님. 저는 이 지방 출신이 아닙니다. 우리 마드리드에서는 그렇게 섣불리 단정하지 않지요. 우리는 처음 본 연극에 대해 판단하기보다는 그 아름다움에 대해 의심을 합니다. 그 연극이 배우들의 입에서 그런 것일 뿐이니까요. 그리고 우리가 그 연극에서 아무리 감동을 받는다 할지라도 그 연극을 글로 읽을 때까지 판단을 미뤄 둡니다. 무대가 우리에게 준 즐거움이 종이 위에서도 늘 똑같은 것은 정말 아니거든요."

그러고 나서 그는 말을 이었다. "그러므로 우리는 시를 평가하기 전에 세심하게 점검해 보죠. 저자의 명성이 아무리 크다 할지라도, 그것이 우리를 현혹시키지 못해요. 심지어 로페 데 베가나 칼데론이 새로운 것들을 내놓는다 할지라도, 그것들을 예찬하는 사람들 속에 준엄하게 판단하는 사람들이 있게 마련이었고, 그런 사람들은 그 작품들이 그럴 만한 가치가 있다고 판단되어야 영광의 자리로 올려놓지요.”

이때 산티아고 기사단의 기사가 말을 중단시켰다. “오! 아무렴요, 우리는 당신만큼 그렇게 소심하지는 않습니다. 우리는 어느 연극이 인쇄되기를 기다렸다가 판단하지는 않아요. 우리는 초연에서 그 연극의 온갖 가치를 다 파악합니다. 우리가 그 연극을 매우 주의 깊게 들을 필요조차 없지요. 그 연극이 결점이 없다고 확신하기 위해서는 그저 돈 가브리엘의 작품이라는 것을 아는 것으로 충분합니다. 이 시인의 작품들은 좋은 취향이 생겨나게 하는 역할을 합니다. 로페나 칼데론 같은 작가들은 이 위대한 대가에 비하면 견습생들에 불과했습니다.” 그러자 로페와 칼데론을 스페인의 소포클레스와 에우리피데스로 여기던 마드리드 귀족은 그 무모한 발언에 충격을 받았다. 그는 소리쳤다. “연극에 대한 굉장한 신성모독이네요! 제가 초연에 관해 여러분처럼 판단하도록 강요하므로, 저는 여러분의 돈 가브리엘의 새 비극이 만족스럽지 않다는 소견을 피력하렵니다. 견고하기보다는 겉만 번쩍거리는 표현들로 꽉 찬 시입니다. 그 구절들 중 4분의 3은 형편없거나 운율이 맞지 않고, 인물들의 성격도 잘못 설정되었거나 설득력이 없으며, 관념들은 매우 모호한 경우가 자주 있습니다.”

두 작가는 식탁에 같이 있으면서도, 자신들의 의견을 말했다가는 질투한다는 의심을 받을까 봐 염려되어 참을성 있게 아무 말 않고 있었다. 그런 참을성은 원래 드문 만큼 칭찬할 만한 것이기는 했다. 그런데 그들은 그 귀족의 의견에 대해 눈으로라도 박수를 보내지 않을 수 없었다. 이로써 나는 그들의 침묵이 돈 가브리엘의 작품이 완벽해서가 아니라 정치적인 태도 때문이라는 것을 알아챘다. 기사단의 기사들은 돈 가브리엘을 다시 찬양하기 시작했다. 그들은 심지어 그를 신의 반열에까지 올려놓았다. 그렇게 도를 벗어난 신격화와 맹목적인 우상화가 카스티야 귀족에게 참을성을 잃게 하여, 그 귀족은 갑자기 두 손을 하늘로 쳐들면서 열렬히 외쳤다. "오, 희귀하고 숭고한 천재인 신성한 로페 데 베가, 당신에게 도달하고 싶어 할 모든 가브리엘들과 당신 사이에 무한한 공간을 남겨놓았군요. 그리고 서사적인 것을 걷어 낸 우아한 부드러움이라는 면에서 다른 이들은 흉내도 낼 수 없는 당신, 감미로운 칼데론…. 당신들의 제단이 뮤즈들의 그 젖먹이 때문에 무너지지는 않을 테니 염려 마십시오! 당신들이 우리에게 기쁨을 주듯이 후대에게도 기쁨을 줄 테고, 그 후대가 혹시라도 그 젖먹이에 관한 얘기를 듣게 된다면 그 젖먹이는 아주 행복해할 것입니다."

아무도 예기치 못했던 그 재미있는 폭언으로 인해 모두가 웃어 대다가 식탁에서 일어나 가버렸다. 나는 돈 알폰소의 지시로 미리 준비된 거처로 안내되었다. 거기에 좋은 침대가 마련돼 있었다. 나, 질 블라스 씨는 자리에 눕자, 무지한 자들이 로페와 칼데론에게 가한 부당한 처사를 카스티야 귀족과 마찬가지로 한탄하며 잠들었다.

6

질 블라스가 발렌시아의 거리에서 산책하다가 누군지 알 것 같은 종교인을 만나다

그 종교인은 누구였나

나는 전날 그 도시를 다 돌아보지 못했으므로, 다음 날 일어나는 즉시 또 시내를 돌아다닐 작정으로 밖으로 나갔다. 그러다가 거리에서 샤르트뢰즈 수도회의 신부 한 명을 보게 되었다. 아마도 자기네 공동체 일을 돌보러 가는 것 같았다. 그는 눈을 내리뜨고 걷고 있었고, 너무도 신앙심에 찬 모습으로 가고 있었기에 모두의 눈길을 끌었다. 그는 나와 아주 가까이 지나가고 있었다. 내가 그를 유심히 쳐다보았더니 그의 모습이 돈 라파엘 같았다. 내 이야기의 첫 두 권에서 아주 영예로운 자리를 차지하던 그 건달 말이다.

나는 너무 놀랐고, 그 뜻하지 않은 만남에 너무 흥분되어 그 수도사에게 다가가지 않고 잠시 꼼짝 않고 있었다. 그러다 보니 그가 멀어져 있었다. 나는 생각했다. "맙소사! 저렇게 똑같은 얼굴이 있을 수 있는 걸까? 이를 어찌 생각해야 하는 거지? 저 사람이 라파엘이라고 믿어야 하나? 그가 아니라고 생각할 수 있을까? 나는 사실이 무엇인지 너무 궁금하여 그냥 있을 수가 없었다. 그래서 샤르트뢰즈 수도원 가는 길이 어디인지 알아보고 당장 그리로 가면서 아까 그 수도사가 돌아올 때 다시 보게 될 거라는 기대를 했다. 그리고 그를 다시 보면 붙들어 놓고 말을 걸기로 작정했다. 그런데 사실을 알기 위해 그를 기다릴 필요도 없었다. 수도원 문에 도착하니 내가 아는 다른 얼굴이 나의 의혹을 확실한 사실로 바꾸어 주었으니까. 문지기 신부가 바로 나의 예전 하인인 암브로시오 데 라멜라였으니 말이다.

그런 장소에서 서로 다시 보게 되어 우리는 둘 다 똑같이 놀랐다. "이게 환영인가?"라고 말하며 내가 인사했다. "내가 지금 보고 있는 사람이 정녕 내 친구란 말인가?" 그는 나를 얼른 알아보지 못했거나, 아니면 나를 기억하지 못하는 척했거나 했을 거다. 하지만 그렇게 위장하는 것이 소용없다고 여기고는 잊었던 어떤 것을 갑자기 떠올린 사람인 척했다. 그는 소리쳤다. "아! 질 블라스 나리, 나리를 못 알아본 것을 용서하세요. 이 성스런 장소에서 우리의 규칙에 규정된 의무들을 이행하느라 애쓰며 살게 된 이후로는 세상에서 봤던 것들을 저도 모르게 잊어버립니다."

그래서 내가 말했다. "10년이 지난 후에 자네를 그렇게 존경스런 복장을 하고 있는 모습으로 다시 보게 되니 정말 기쁘오." 그러자 그가 대꾸했다. "제가 이끌었던 죄 많은 생활을 보셨던 분 앞에서 이런 복장으로 있으니 부끄럽네요. 이 수도복이 그 죄 많은 과거에 대해 저를 끊임없이 질책합니다." 그러더니 한숨을 내쉬며 덧붙였다. "아아! 이 옷을 입을 자격이 있으려면 늘 순결한 삶을 살아야 했을 텐데 말입니다." 그 매력적인 말에 내가 대꾸했다. "친애하는 신부님, 구주(救

主)의 손가락이 당신에게 가 닿은 것이 확실히 보이네요. 다시 말하지만, 그렇게 되어 정말 기쁘고, 당신과 돈 라파엘이 어떻게 그토록 기적적으로 올바른 길로 들어서게 되었는지 알고 싶어 죽겠네요. 왜냐하면 시내에서 내가 방금 만난 샤르트뢰즈 수도복 차림의 남자가 바로 돈 라파엘이라는 확신이 들어서요. 길에서 그를 붙잡고 말을 걸지 않은 것이 후회되어 그가 돌아오면 아까 한 잘못을 바로잡아 보려고 여기서 기다리고 있는 거랍니다."

이에 라멜라가 말했다. "잘못 보신 게 아닙니다. 나리께서 보신 사람이 바로 돈 라파엘입니다. 상세한 내용을 물으시니 말씀드리지요. 우리가 나리와 세고르베 근처에서 헤어지고 난 후 루신다의 아들과 나는 발렌시아에서 하던 일을 다시 하려고 길을 나섰습니다. 그러던 어느 날 우연히 샤르트뢰즈성당에 들어가게 되었어요. 수도사들이 다 함께 시편을 낭독하던 때였지요. 우리는 그들을 유심히 보고는 악인들도 덕을 공경하게 될 수 있다는 것을 경험했어요. 그들이 신에게 기도할 때의 그 열렬함, 이 시대의 쾌락들에 초연한 그 금욕적인 태도, 그들의 얼굴에 만연해 있는 평온함에 우리는 경탄했지요. 그 평온함이 의식의 편안함을 너무 잘 드러내 주었어요."

"그런 관찰을 하자 우리는 몽상에 빠지게 되었고, 그 상념이 우리에게 구원의 길이 되었습니다. 우리의 품행을 그 선한 수도사들의 품행과 비교해 보니, 거기서 드러나는 차이가 우리를 혼란과 불안에 휩싸이게 했습니다. 그때 돈 라파엘이 제게 말했어요. '라멜라, 우리가 교회 밖에 있으면 우리가 방금 본 것들의 영향을 어떻게 받을 수 있겠니? 나로서는 네게 숨길 수가 없구나, 나는 마음이 편치가 않다. 알

수 없는 움직임들이 나를 흔들어 놓고 있어. 생전 처음으로 나의 타락이 후회스럽구나.' 그래서 제가 대답했죠. '나도 같은 생각입니다. 내가 했던 나쁜 짓들이 이 순간 제게 반기를 드네요. 후회라고는 느껴 본 적 없던 내 마음이 지금은 후회로 찢어지는 것 같아요.' 그러자 제 동료가 '아! 암브로시오, 우리는 하늘의 아버지께서 불쌍히 여겨 다시 데려가고 싶어 하는 길 잃은 두 마리 어린 양들이구나! 얘야, 바로 그분이, 그분이 우리를 부르시는구나. 그분의 목소리를 듣기로 하고, 사기행각은 그만두고, 우리가 빠져 살던 그 방탕을 떠나서 오늘부터 진지하게 우리의 구원이라는 대단한 일에 매진하자. 우리의 여생을 이 수도원에서 보내며 회개에 바쳐야 한다'라고 말했어요."

그러더니 암브로시오 신부는 말을 계속했다. "저는 라파엘의 감정에 찬성했어요. 그리고 우리는 샤르트뢰즈 수도사가 되기로 용감한 결심을 했지요. 이를 실행하기 위해 수도원장님에게 말했더니, 원장님께서는 우리의 의도를 아시자마자 우리의 소명을 시험해 보시려고 각자에게 독방을 주고 우리를 1년 내내 수도사로 대하게 하셨어요. 우리는 규율들을 매우 정확하고 꾸준하게 따라서 급기야 수련수도사로 받아들여졌어요. 우리는 그렇게 된 것이 너무 만족스럽고 너무 열의에 차 있어서 수련 기간의 노동을 꿋꿋이 버텨 냈지요. 이어서 서원을 했고, 그런 다음 돈 라파엘은 사업에 적합한 재능을 타고난 듯 보여서 당시 재무담당관이던 연로한 신부님의 짐을 덜어 주도록 선택되었죠. 돈 라파엘은 수도원에서 내내 있는 것을 더 좋아했겠지만, 수도원에서 그를 필요로 하는 자리에서 직무를 수행하느라 그가 좋아하는 기도는 좀 희생해야 했지요. 그는 수도원의 이익 문제에 관해 완벽히 익혀서 수도원에서는 그가 연로한 재무담당관을 대신할 수 있다고 판단하던 터에 연로한 재무담당관이 3년 후 돌아가셨어요. 그래서 돈 라파엘은 현재 그 일을 수행하고 있지요. 그의 업무능력에 대해 우리 수도원의 모든 신부님들이 대단히 만족해하신다고 할 수 있어요. 우리의 수입 관리에서 그가 보이는 처신에 대해 신부님들이 매우 칭찬하고 있어요. 더 놀라운 것은, 그가 우리의 수입을 거둬들이는 일을 정성스레 하는데도 불구하고, 그는 오로지 영원에만 관심이 있는 듯 보인다는 점이죠. 잠깐 여유가 생기면 깊은 묵상에 빠진답니다. 한마디로, 이 수도원의 가장 훌륭한 구성원들 중 하나랍니다."

이 대목에서 라파엘이 돌아오는 것이 보여서 나는 기뻐 흥분하느라 라멜라의 말을 중단시켰다. 나는 소리쳤다. "그가 왔구먼, 내가 초조히 기다리던 그 성스런 재정담당관이 왔어!" 이와 동시에 그를 맞으러 달려가서 그를 포옹했다. 그는 그 포옹에 기꺼이 응했고, 나를 만난 것에 조금도 놀라는 기색이 없이 부드러움이 가득한 목소리로 말했다. "참으로 고마운 일이네요, 데 산티아나 씨, 당신을 다시 보게 되는 즐거움에 대해 신께 찬양을 올려야겠어요!" 그래서 내가 말했다. "친애하는 라파엘, 자네가 진정으로 행복하니, 나도 더할 수 없이 기쁘네. 암브로시오 신부가 자네의 회심에 관해 얘기해 주었고, 나는 그 얘기에 매료되었다네. 친구들이여, 영원한 기쁨을 누리게 될 소수의 선민들에 속할 거라는 소망이 있으니, 당신들 둘 다에게 얼마나 잘된 일인가!"

그러자 루신다의 아들이 매우 겸손한 티를 내며 말했다. "우리처럼 불쌍한 사람들은 그런 기대를 품지 말아야 할 테지만, 죄인들의 회개는 긍휼의 아버지에게서 은총을 찾게 해줍니다." 그러더니 덧붙였다. "그런데 질 블라스 씨, 당신도 그 아버지에게 지은 죄를 용서받을 만한 자격이 되고 싶다는 생각을 하지 않나요? 어쩐 일로 발렌시아에 온 건가요? 혹시 불행하게도 어떤 위험한 일을 수행하는 건 아닌지요?" 그래서 내가 대답했다. "아니라오, 다행히도, 내가 궁정을 떠난 후부터는 점잖게 살고 있다오. 어떤 때는 도시에서 몇 리 떨어져 있는 내 땅에서 시골의 온갖 즐거움을 맛보고, 또 어떤 때는 서로를 완벽히 알고 있는 내 친구 발렌시아 총독과 즐기러 이 도시로 오거나 한다오."

그러고 나서 나는 돈 알폰소 데 레이바에 관한 이야기를 그들에게 했고, 그들은 주의 깊게 들었다. 나는 우리가 사무엘 시몬에게서 훔쳤던 3천 두카도를 그 총독의 이름으로 사무엘 시몬에게 갖다주었다는 얘기도 했다. 그랬더니 라멜라가 내 말을 가로막으며 라파엘에게 말했다. "일라리오 신부님, 그렇다면 사무엘 시몬은 원래보다 더 많이 돌려받았으니 도둑맞은 일에 대해 더 이상 한탄하지 말아야 하고, 이제 우리는 둘 다 그 문제에 관해 마음 편히 있어도 되겠네요." 그러자 재무담당관이 말했다. "사실상 암브로시오 신부와 나는 이 수도원에 들어오기 전에 어느 성실한 성직자를 통해 사무엘 시몬에게 1천 5백 두카도를 몰래 전해 주었어요. 그 성직자는 그 돈을 돌려주러 수고스럽게 첼바에 가시겠다고 했습니다. 데 산티아나 나리를 통해 모두 다 돌려받고 나서도 그 돈을 받은 거라면 할 수 없죠!" 그래서 내가 그들에게 말했다. "당신들의 그 1천 5백 두카도가 제대로 잘 전해졌소?" 그러자 돈 라파엘이 소리쳤다. "분명히 그랬겠죠. 그 성직자의 청렴함에 대해서는 저의 청렴함처럼 보증하겠어요." 그러자 라멜라가 말했다. "저도 보증하겠어요. 그런 종류의 심부름에 익숙한 성스런 신부님이신 걸요. 그분은 자기에게 맡겨진 위탁물과 관련하여 두세 차례 소송도 치렀는데, 비용을 들여서 그 소송들을 이겼답니다."

대화가 얼마간 더 이어지고 나서 우리는 헤어졌다. 그들은 내게 구주에 대한 경외심을 항상 떠올리라고 권면했고, 나는 그들에게 나를 위해 기도해 달라고 부탁했다. 그러고 나서 당장 돈 알폰소를 보러 갔다. 나는 그에게 말했다. "내가 방금 누구와 긴 대화를 나누었는지 결코 짐작 못 하실 겁니다. 나리도 아시는 존경스런 샤르트뢰즈 수도사 두 명과 헤어지고 오는 길입니다. 한 명은 일라리오 신부라고 불리고, 다른 한 명은 암브로시오 신부라고 불립니다." 그러자 돈 알폰소가 말했다. "당신이 착각하고 있는 거요. 나는 샤르트뢰즈 수도사는 한 명도 모른다오." 그래서 내가 말했다. "죄송하지만 나리는 첼바에서 종교재판소의 판무관인 암브로시오 신부를 본 적 있으십니다." 그러자 총독이 놀라며 소리쳤다. "오 맙소사! 라파엘과 라멜라가 샤르트뢰즈 수도사가 될 수가 있는 거요?" 이에 내가 대답했다. "네, 정말로 몇 년 전에 서원을 했다는군요. 라파엘은 그 수도원의 재무담당관이고, 라멜라는 문지기 신부랍니다."

돈 세사르의 아들은 잠깐 상념에 잠기더니 머리를 흔들며 말했다. "종교재판소의 판관 위원과 그의 서기가 여기서 새로운 연극을 연기하는 줄 알았소." 그래서 내가 대답했다. "나리는 그들에 대해 편견으로 판단하시는 겁니다. 그들과 대화를 나눈 저로서는 더 좋게 생각하고 있어요. 사람의 마음속이 보이지 않는 것이 사실이긴 합니다만, 그들은 둘 다 사기꾼에서 전향한 것 같아 보입니다." 그러자 돈 알폰소가 말했다. "그럴 수도 있겠지. 방탕한 짓들로 세상을 떠들썩하게 한 후 그 일들에 관해 혹독히 회개한답시고 수도원에 틀어박히는 자유분방한 자들이 꽤 있으니까."

그래서 내가 말했다. "그들이라고 왜 그렇게 못 하겠어요? 그들은 수도원 생활을 기꺼이 선택했고, 훌륭한 종교인으로 살아온 지 벌써 오래되었답니다." 그러자 총독에 내게 말했다. "당신은 마음 내키는 대로 다 말하시오. 하지만 나는 그 수도원의 금고가 그 일라리오 신부 손에 들어가는 것이 마음에 안 들고, 그자를 경계하지 않을 수가 없소. 그가 우리에게 자기가 겪은 일에 대해 아주 그럴싸하게 얘기하던 것을 떠올리면 샤르트뢰즈 수도사들이 걱정되오. 그가 선의로 수도사가 되었기를 나도 당신처럼 바라고 싶지만, 황금을 보면 그의 탐욕이 되살아날 수가 있소. 포도주를 포기한 술꾼을 포도주 저장고에 두어서는 안 되는 법이오."

돈 알폰소의 경계심은 며칠 안 되어 여실히 증명되었다. 재무담당 신부와 문지기 신부가 금고를 갖고 사라져 버렸으니 말이다. 온 도시에 즉각 퍼진 그 소식은 빈정거리기 좋아하는 자들로 하여금 신나게 떠들게 해주었다. 연금 받는 수도사들에게 일어난 불행에 관해서는 다들 즐거워하니까. 총독과 나는 샤르트뢰즈 수도사들을 측은히 여겼지만, 두 변절자들을 안다고 떠벌리지는 못했다.

7

질 블라스가 리리아스의 성으로 돌아가다

에시피온이 알려준 기분 좋은 소식과 그들의 하인 재편성

나는 발렌시아에서 상류사회에 들어가 백작이나 후작처럼 살며 일주일을 보냈다. 공연, 무도회, 연주회, 향연, 여인들과의 대화, 이 모든 즐거움거리를 총독 부부가 제공해 주었고, 나는 그들에게 너무 잘 맞춰 주었기에 내가 리리아스로 돌아가려 하자 그들은 아쉬워했다. 그들은 내가 떠나기 전에 심지어 약속을 하게 만들었다. 일 년 중 얼마간은 그들과 함께 지내겠다는 약속…. 그래서 겨울 동안에는 발렌시아에서 지내고, 여름 동안에는 내 성에서 지내기로 결정되었다. 그렇게 합의하고 나자, 그 은인들은 자기네가 베푼 은혜를 내가 누리러 가도록 놔주었다.

내가 돌아오기를 초조히 기다리던 에시피온은 나를 보자 몹시 기뻐했고, 나는 여행 이야기를 소상히 들려주어 그를 더욱 기쁘게 해주었다. 그러고 나서 그에게 말했다. "그런데, 친구야, 내가 없는 동안 너는 무엇을 했느냐? 재미있게 지냈니?" 그러자 그가 대답했다. "오로지 주인이 계시는 것만 소중할 뿐인 종복이 할 수 있을 만한 일을 했지요. 우리의 작은 국가에서 이리저리 돌아다녔어요. 어떤 때는 우리 숲에 있는 샘의 가장자리에 앉아서, 알부네아●의 광활한 숲에 물소리를 쩌렁쩌렁 울리게 하는 신성한 샘물의 아름다움만큼이나 순수한 우리 샘물의 아름다움을 감상하며 즐거워했고, 어떤 때는 나무 밑동에 누워서 이런저런 꾀꼬리들의 노랫소리를 들었어요. 말하자면 저는 사냥도 했고, 낚시도 했어요. 그런데 그 모든 즐거움거리보다 더 만족스러웠던 것은, 유익하면서도 재미있는 책을 여러 권 읽은 것입니다."

나는 내 비서의 말을 급히 중단시키면서 그 책이 어디서 났느냐고 물었다. 그러자 그가 말했다. "이 성에 있는 좋은 서가에서 발견했어요. 조리장 호아킨이 내게 보여 주었거든요." 그래서 내가 대꾸했다. "아니! 그 서가라는 것이 어디 있을 수가 있는 거지? 우리가 도착하던 날 온 집안을 다 돌아보지 않았니?" 그러자 그가 말했다. "그랬다고 상상하시는 거죠. 하지만 우리는 건물 세 채밖에 돌아보지 않았고, 건물 하나를 빼놓고 안 봤어요. 돈 세사르 나리가 리리아스에 오실 때마다 틈틈이 책 읽으며 시간을 보내시곤 하던 곳이 바로 거기였어요. 그 서가에는 아주 좋은 책들이 있어요. 우리 정원에 꽃들이 다 떨어지고 숲에는 나뭇잎들이 더 이상 남아 있지 않을 때 지루함을 덜어 줄 자원으로 나리에게 남겨놓으신 모양입니다. 데 레이바 나리들께서는

● 로마 신화에 등장하는 무녀 또는 요정으로서, 현재의 티볼리 근처의 숲에서 신탁을 전했다.

일을 대충 하시지 않아요. 몸의 양식만큼 정신의 양식도 잘 생각하신 겁니다."

이 소식에 나는 정말로 기뻤다. 네 번째 건물로 안내되어 가 보았더니 매우 기분 좋은 광경이 펼쳐졌다. 방이 하나 보이기에 나는 당장 그곳을 내 거처로 삼기로 결정했다. 돈 세사르가 그랬던 것처럼 …. 그 나리의 침대가 모든 가구들과 함께 아직 그대로 있었다. 그래서 로마인들에 의해 납치되는 사비나족 사람들이 그려진 타피스리도 있었다. 그 방에서 나는 어느 서재로 넘어갔다. 거기에는 낮은 가구들 주위로 책들이 가득했고, 그 책들 위로는 우리의 역대 왕의 초상화들이 모두 있었다. 그리고 아주 아름다운 들판이 내다보이는 창문 곁에는 흑단 책상이 있고, 그 앞에는 검은색 가죽으로 된 큰 소파가 있었다. 하지만 내 눈길은 주로 서가에 가 닿았다. 철학서들, 시들, 역사서들, 많은 기사도 소설들이 꽂혀 있었다. 나는 돈 세사르가 특히 기사도 소설을 좋아했을 거라고 판단했다. 그렇게 많이 구입해 놓았으니 말이다. 그런 책들에는 온통 기상천외한 것들이 잔뜩 담겨 있음에도 불구하고, 나는 그런 소설을 비판적인 눈으로 자세히 들여다보는 독자가 아니어서인지, 아니면 그런 초자연적인 것들이 스페인 사람들을 너무 너그럽게 만들어 놓아서인지, 부끄럽게도 나 또한 그런 작품들을 싫어하지 않았다고 고백하련다. 하지만 나를 변호하자면, 나는 경쾌한 인간 탐구서들을 더 좋아하긴 했다. 그리고 내가 좋아하는 저자들은 루키아노스, 호라티우스, 에라스무스였다고 말하련다.

나는 서가를 눈으로 다 훑어본 다음 에시피온에게 말했다. "친구야, 우리를 즐겁게 해줄 것들이로구나. 하지만 지금은 우리의 하인들을 재편성해야 할 때다." 그러자 그가 대답했다. "나리께서 그 일을 안 하셔도 되게 해드리고 싶어요. 나리께서 안 계실 때 제가 하인들을 잘 점검해 봤고, 그래서 이제는 그들을 잘 안다고 감히 자부합니다. 호아킨 조리장부터 시작할까요. 제 생각에 그는 완벽한 사기꾼입니다. 그가 지출계산서에 계산을 올바르게 하지 않은 탓에 대주교관에서 쫓겨난 것이 틀림없어요. 하지만 두 가지 이유에서 그를 그대로 두셔야 합니다. 첫째, 그가 좋은 요리사라는 점 때문이고, 둘째, 제가 그를 늘 살펴볼 거니까요. 제가 그의 행동을 몰래 감시할 거니까 그가 저를 속이려면 아주 영특해야 할 겁니다. 나리께서 하인들 중 4분의 3을 해고하실 생각이라는 것을 그에게 이미 말했습니다. 그래서 그가 힘들어했어요. 그는 나리를 섬기고 싶다는 의향을 제게 밝혔고, 그러므로 나리를 떠나느니 지금 받는 급료의 절반으로도 만족할 겁니다. 아마도 어떤 아가씨 때문인 것 같은데, 그 아가씨가 이 촌락에 있나 봅니다." 그러더니 에시피온은 말을 계속했다. "보조요리사로 말할 것 같으면 술꾼이고, 문지기는 우리에게 필요 없는 난폭한 자이고, 포수도 마찬가지로 필요 없습니다. 그 일이라면 제가 충분히 잘할 테고, 나리께 내일 당장 보여 드리겠습니다. 여기에 총들, 화약, 탄환들이 있으니까요. 시종들로 말할 것 같으면, 아라곤 출신이 하나 있는데 착한 아이 같아 보입니다. 그 애는 데리고 있기로 해요. 다른 시종들은 모두 너무 나쁜 인간들이어서, 설사 나리에게 백여 명의 시종이 필요하더라도 데리고 있지 마시라고 충고드리겠습니다."

우리는 그 일에 관해 상세히 토의하고 나서 요리사, 보조요리사, 아라곤 출신 시종으로 만족하고 나머지 사람들은 좋게 내보내기로 결정했다. 에시피온은 우리의 금고에서 몇 피스톨라를 꺼내어 내 대신 그들에게 주었다. 우리는 그렇게 우리 성에서 일할 사람들을 재편성하고 나서 질서를 세웠고, 우리 비용으로 살기 시작했다. 나는 간소한 보통 식사로 기꺼이 만족할 테지만, 내 비서는 스튜와 맛있는 고기들을 좋아해서, 호아킨 셰프의 요리지식을 쓸데없는 것으로 만들지는 않았다. 에시피온은 요리사를 너무 잘 이용해서 우리의 점심과 저녁 식사는 마치 시토 수도회 수사들의 식사처럼 되었다.

8

질 블라스와 아름다운 안토니아의 연애

내가 발렌시아에서 리리아스로 돌아오고 나서 이틀 후, 아침에 일어났을 때 내 소작인인 경작자 바실레가 자기 딸 안토니아를 내게 소개하겠다며 찾아왔다. 그 딸이 새 주인에게 인사하는 영광을 갖고 싶다는 거였다. 나는 그러면 기쁘겠다고 대답했다. 그는 나가더니 곧이어 아름다운 안토니아와 다시 들어왔다. 이 '아름다운'이란 형용사는 열여섯에서 열여덟 살의 나이에 있는 아가씨에게 붙일 수 있을 수식어라고 생각한다. 그녀는 단정한 용모에 피부도 아주 곱고, 눈은 더할 수 없이 아름다웠다. 옷차림은 서지 천으로 된 옷을 입었을 뿐인데도, 키가 크고 당당한 풍모에, 젊은이에게 늘 있는 것은 아닌 우아한 매력까지 있어서 소박한 의복이 오히려 돋보였다. 머리는 손질하지 않았고, 머리카락은 스파르타풍으로 그저 꽃가지로 뒤에서 묶어 놓기만 했다.

내 방으로 들어오는 그녀의 모습을 보았을 때, 나는 샤를마뉴 대왕의 궁정에서 편력기사들이 안젤리카●의 매력에 놀랐을 때만큼이나 놀랐다. 그래서 나는 안토니아를 편안한 태도로 맞지도 못하고, 기분 좋은 얘기를 하지도 못하고, 그녀의 아버지에게 그토록 매력적인 딸을 두어 행복하겠다는 축하의 말도 하지 못한 채, 놀라고 당황하고 어안이 벙벙한 상태로 있었다. 즉, 단 한 마디도 내뱉지 못했다. 내가 혼란스러워하는 것을 눈치챈 에시피온이 내 대신 말을 했다. 내가 그 사랑스런 사람에게 해야 했을 찬사를 그가 도맡아 한 것이다. 실내복과 수면모자 차림이었던 내 용모에 매혹되었을 리 없는 그녀는 전혀 당황하는 기색 없이 내게 인사했다. 그리고 내게 찬사의 말을 했는데, 아주 평범한 말이었는데도 나는 황홀해지고야 말았다. 그렇지만 내 비서, 바실레, 그녀의 딸, 이렇게 셋이 서로 인사치레를 하는 동안 나는 마침내 정신을 차렸다. 그래서 내가 그때까지 보였던 멍청한 침묵을 보상하기라도 하려는 듯 양극단으로 치달으며 좌충우돌했다. 나는 환심을 사려는 듯이 보일 말들을 쏟아 내고 너무 열렬한 태도로 말을 하여 바실레가 경각심을 가지게 되었다. 그는 벌써부터 나를 자기 딸 안토니아를 유혹하기 위해 온갖 수단을 다 이용할 남자로 여기면서, 딸과 함께 서둘러 내 거처에서 나갔다. 아마도 자기 딸을 내 눈에 영원히 띄지 않도록 하겠다고 작정했을 것이다.

에시피온은 나와 단둘이 있게 되자 미소를 지으며 말했다. "나리로서는 권태를 이기게 해줄 또 다른 자원이 생겼네요. 나리의 소작인에

● 이탈리아 작가 아리오스토의 《광란의 오를란도》에 등장하는 인물로서, 인도 카타이 왕국의 공주.

게 그렇게 예쁜 딸이 있는 줄 몰랐어요. 저는 본 적이 없거든요. 그 집에 두 번이나 갔는데도 말이죠. 정성스레 잘 숨겨 놓았던 게 틀림없어요. 그래도 용서하죠, 뭐. 제기랄! 아주 구미가 당기는데…." 그러더니 덧붙였다. "그런데 누가 나리에게 말할 필요도 없이, 그녀가 나리를 완전히 홀려 놓은 것 같네요." 그래서 내가 대답했다. "부인하지는 않겠다. 아! 얘야… 나는 천상에서 내려온 존재를 보는 줄만 알았다. 갑자기 그녀가 나를 사랑으로 불타오르게 했어. 번개도 그녀가 내 마음에 쏜 화살보다는 덜 빠를 거다."

그러자 내 비서가 말했다. "나리께서 마침내 사랑에 빠졌다고 알려 주시니, 참 황홀하네요. 이 고독 속에서 완벽한 행복을 누리기에는 애인 하나만 빠져 있었는데, 천만다행히 이제 안락을 위한 온갖 것들이 다 구비되었어요." 그러더니 말을 계속했다. "우리가 바실레의 감시를 속이기가 좀 힘들 거라는 점을 저도 잘 압니다만, 그건 제가 맡아서 해야 할 일이죠. 제가 안토니아와의 비밀 만남을 사흘 내로 주선해 드리겠습니다." 그래서 내가 말했다. "에시피온 씨, 어쩌면 그 약속을 지키지 못하실 수도 있을 텐데, 그것은 내가 겪고 싶지 않은 일입니다. 나는 그 아가씨의 덕성을 시험해 보고 싶지 않구려. 그녀에게는 다른 감정을 가져야 할 것 같으니 말일세. 그래서 자네가 나를 도우려고 그녀의 명예를 실추시키도록 애쓰라는 것이 아니라, 자네의 중매를 통해 그녀와 결혼할 계획이라네. 그녀의 마음을 다른 남자에게 이미 빼앗긴 게 아니라면…." 그러자 그가 말했다. "나리께서 그렇게 갑작스레 결혼을 생각하시리라고는 예상 못 했어요. 마을의 그 어떤 귀족도 나리 처지라면 그렇게 점잖게 처신하지는 않을 겁니다. 그들은 안토니아를 쓸데없이 다른 시각으로 보고 난 후에야 올바른 시각을 가질 것입니다." 그러더니 덧붙였다. "그런데 제가 나리의 사랑을 비난한다거나 나리로 하여금 계획을 바꾸시게 하려는 거라고는 생각 마십시오. 소작인의 딸이 나리의 친절에 감동하여 완전히 순결한 마음을 준다면, 나리가 주시려는 그 영예를 받을 자격이 있습니다. 바로 그것이 오늘부터 제가 그녀의 아버지와, 그리고 어쩌면 그녀하고도 대화를 나눠 보며 알아내려는 것입니다."

내 심복은 약속을 꼭 지키는 사람이었다. 그는 비밀리에 바실레를 보러 갔고, 저녁에 서재로 나를 찾아왔다. 나는 불안과 초조에 사로잡혀 그를 기다리고 있었다. 그런데 그가 명랑해 보여서 좋은 조짐이라는 생각이 들었다. 내가 그에게 말했다. "너의 밝은 얼굴을 보아하니 내가 바라는 일이 곧 이루어진다는 얘기를 하러 오는 모양이로구나." 그러자 그가 대답했다. "예, 주인님. 모든 것이 나리에게 활짝 웃고 있습니다. 제가 바실레와 그의 딸과 얘기해 봤어요. 그들에게 나리의 의향을 알려 줬지요. 그녀의 아버지는 나리께서 자기 사위가 되고 싶어 한다는 것을 아주 좋아하셨어요. 그리고 제가 장담컨대, 나리는 안토니아의 취향에도 맞아요." 그래서 내가 기뻐 어쩔 줄 모르며 그의 말을 막았다. "오 맙소사! 뭐라고! 내가 그 사랑스런 여인의 마음에 드는 행복을…?" 그러자 그가 대꾸했다. "확실해요. 그녀는 나리를 벌써 사랑하고 있는걸요. 사실 그녀의 입에서 그 고백을 끌어낸 것은 아니지만, 그녀가 나리의 계획을 알았을 때 명랑해지는 것을 보니 그렇게 믿을 만해요." 그러더니 그는 말을 계속했다. "그런데 나리에게는 경쟁자가 하나 있어요." 이에 나는 얼굴이 창백해지면서 소리쳤다. "경쟁자라고!" 그러자 그가 말했다. "그러나 걱정하실 필요 없어요. 그 경쟁자가 나리의 연인에게서 마음을 채가지는 못할 겁니다. 그자는 바로 나리의 요리사 호아킨 조리장이니까요." 그래서 내가 웃음을 터뜨리며 말했다. "아! 불한당 같은 놈, 왜 그 일을 그토록 그만두고 싶어 하지 않았는지 이제야 알겠구나!" 이에 에시피온이 대꾸했다. "바로 그겁니다. 그는 요 며칠 동안 안토니아에게 청혼을 했고, 그녀는 예의 바르게 거절했어요." 그래서 내가 대꾸했다. "네가 그를 두둔하지만 않는다면, 내가 바실레의 딸과 혼인하고 싶어 한다는 사실을 그 건달이 알기 전에 그자를 해고하는 것이 적절할 것 같구나. 너도 알다시피 요리사는 위험한 경쟁자니까." 그러자 내 심복이 대꾸했다. "나리 말이 맞아요. 우리 집에서 그를 내보내야 해요. 제가 내일 아침에 그가 일을 시작하기 전에 해고할게요. 그러면 나리는 그가 만든 소스건 그의 사랑이건 아무것도 더 이상 두려워하실 것이 없을 겁니다." 그러더니 그가 말을 계속했다. "하지만 좋은 요리사를 잃게 되어 좀 애석하네요. 저는 나리의 안전을 위해 제 식탐을 희생시키겠습니다." 그래서 내가 말했다. "그를 그렇게 아쉬워할 필요가 없다. 그를 잃는다 해도 회복 불가능한 일은 아니야. 내가 발렌시아로부터 그만한 요리사를 오게 할 테니까." 실제로 나는 즉각 돈 알폰소에게 편지를 써서 내게 요리사 한 명이 필요하다고 전했다. 그러자 바로 다음 날 요리사 한 명을 보내 줘서 우선 에시피온에게 위로가 되었다.

안토니아가 자기네 영주를 정복한 것에 대해 마음속 깊이 기뻐하고 있는 걸 자신이 눈치챘다고 그 열성적인 비서가 말했음에도 불구하고, 나는 그 보고를 차마 전적으로 믿지는 못했다. 에시피온이 그녀의 거짓된 겉모습에 속은 것은 아닐까 염려되었기 때문이다. 그래서 그 점에 관해 좀더 확신을 갖기 위해 내가 직접 그 여인에게 말해 보기로 작정했다. 나는 바실레의 집으로 가서 나의 전령이 한 말을 다시 확인시켜 주었다. 소박하고 아주 솔직한 그 선량한 농부는 내 말을 듣고 나서 자기는 매우 만족스러워하며 딸을 허락하는 것이라고 말했다. 그러더니 덧붙였다. "하지만 나리가 이 마을의 영주라는 직함 때문에 허락한 것이라고는 믿지 마십시오. 나리께서 아직 돈 세사르와 돈 알폰소의 집사라 할지라도, 저는 다른 그 어떤 구혼자보다 나리를 선호할 것입니다. 나리를 늘 좋아했으니까요. 저에게 애석한 점이라고는 그저 안토니아가 나리에게 갖다 드리기에 적절할 큰 지참금이 없다는 점입니다." 그래서 내가 말했다. "지참금은 전혀 요구하지 않소. 내가 바라는 것은 오로지 그녀가 내 곁에 와주는 것뿐이오." 그러자 그가 소리쳤다. "감사드립니다, 나리, 그런데 제 얘기는 그게 아닙니다. 저는 딸을 그런 식으로 결혼시킬 만큼 가난뱅이는 아닙니다. 바실레 데 부에노트리고는 천만다행히 딸에게 지참금을 줄 형편은 됩니다. 나리께서 그 아이에게 점심 식사를 주신다면, 저는 그 애가 나리께 저녁 식사를 드리게 하고 싶습니다. 한마디로, 이 성의 수익은 5백 두카도밖에 안 되는데, 저는 이 결혼을 기뻐하므로 그 수익을 1천으로 올려놓겠습니다."

그래서 내가 대꾸했다. "친애하는 바실레, 나는 당신의 뜻에 따르겠소. 우리가 수익 다툼을 하게 되지는 않을 거요. 우리는 결혼에 대해 합의한 겁니다. 이제 문제는 당신 딸의 동의만 남았구려." 그러자 그가 말했다. "제 동의를 받으셨잖아요. 그거면 충분합니다." 그래서 내가 대꾸했다. "완전치 않소. 당신의 동의가 필요한 것은 당연하오만, 그녀의 동의 또한 필요하오." 이에 그가 말했다. "그녀의 동의는 제 동의에 달린 겁니다. 우리 딸이 제 앞에서 과감하게 그 일에 관해 속삭이기라도 하면 좋겠네요!" 그래서 내가 말했다. "안토니아는 아버지의 권위에 순종적이어서 맹목적으로 따를 준비가 돼 있나 보구려. 하지만 이런 경우 그녀가 내키지도 않으면서 그렇게 하는 것일지도 모르겠소. 만약 조금이라도 그렇다면 나는 그런 불행을 안겨 준 것에 대해 결코 위로받지 못할 거요. 그러므로 당신으로부터 그녀의 손을 얻어 내는 것만으로는 충분치 않고, 이 결혼으로 인해 그녀의 마음이 흐느끼지 말아야 하오." 이에 바실레가 말했다. "오, 저런! 그 철학적인 말들을 저는 하나도 이해하지 못합니다. 나리께서 직접 안토니아에게 말해 보세요. 제가 아주 착각한 것이 아니라면, 그 아이는 나리의 아내가 되기를 말할 수 없이 바라고 있다는 것을 아시게 될 겁니다." 그는 이 말을 마치고, 딸을 불러서 잠시 나와 단둘이 있게 놔두었다.

그토록 귀한 시간을 이용하기 위해 나는 우선 본론으로 들어갔다. "아름다운 안토니아, 당신이 내 운명을 결정해 주시오. 내가 당신 아버지로부터 허락을 받긴 했으나, 그 허락을 이용하여 당신의 감정을 강요하려 든다고는 생각 마시오. 당신을 얻게 되는 것이 아무리 매력적이라 하더라도, 오로지 아버지에게 복종하느라 그러는 거라고 한다면 나는 그 결혼을 포기하겠소." 그러자 그녀가 대답했다. "그런 말은 결코 하지 않을 겁니다. 나리께서 저를 찾으셔서 저는 너무 기뻐서 결코 힘들 수가 없습니다. 제 아버지의 선택에 대해 불평하기는커녕 손뼉을 치고 있습니다." 그러더니 그녀는 말을 계속했다. "나리께 그렇게 말씀드리는 것이 잘하는 일인지 아닌지 모르겠습니다만, 나리를 마음에 들어 하지 않았다면, 저는 꽤 솔직한 사람이므로 사실대로 말씀드렸을 겁니다. 하물며 그 반대인데 왜 자유로이 말하지 못하겠어요?"

내가 매혹되지 않을 수 없는 그 말에 나는 안토니아 앞에 무릎을 꿇었다. 그리고 극도로 황홀해서 그녀의 아름다운 손을 잡고 다정하면서도 열렬하게 입을 맞추고 말했다. "나의 소중한 안토니아, 당신의 솔직함이 나를 홀리는군요. 계속하세요. 전혀 개의치 마시고요. 당신은 배우자에게 말하는 것이니, 당신의 영혼이 두 눈에 온전히 드러나게 하세요. 당신의 행운과 나의 행운이 엮이는 것을 보며 기쁘지 않을 수 없을 겁니다." 바로 그 순간 바실레가 와서 나는 말을 계속하지 못했다. 그는 자기 딸이 내게 뭐라고 대답했는지 알고 싶어 안달이 났다. 만약 그녀가 나에게 조금이라도 싫은 내색을 했다면 그녀를 야단칠 태세로 내게 와서 말했다. "자! 안토니아에 대해 만족하시나요?" 그래서 내가 대답했다. "너무 만족하므로 이 순간부터 오로지 결혼식 준비에만 전념할 겁니다." 그러고 나서 나는 결혼에 관해 내 비서와 의논하러 가기 위해 그 부녀 곁을 떠났다.

9

질 블라스와 아름다운 안토니아의 결혼식 진행과정과 참석자들과 축연

결혼을 하기 위해 데 레이바 나리들의 허락을 받을 필요는 없는데도 불구하고, 나와 에시피온은 바실레의 딸과의 결혼계획을 그들에게 전하고 예의상으로라도 그들의 승인을 요청하지 않는다면 점잖지 못한 일일 거라고 판단했다.

나는 즉각 발렌시아로 갔다. 그들은 내가 왜 왔는지 이유를 듣고 역시나 놀라워했다. 돈 세사르와 돈 알폰소는 안토니아를 몇 번 봐서 알기에, 그녀를 아내로 선택한 것에 대해 축하해 주었다. 특히 돈 세사르는 매우 열렬히 찬사를 퍼부었다. 그래서 그가 이제는 여인을 만나는 즐거움 같은 것에는 더 이상 관심이 없다는 것을 내가 몰랐다면, 그가 가끔씩 자기 성에 왔던 것이 리리아스성보다는 소작인의 딸을 보려고 그랬던 것이 아닐까 의심스러울 정도였다. 세라피나도 나와 관련된 일이라면 늘 끼어들겠다고 하면서, 자기도 안토니아에 대해 매우 호의적인 얘기를 들었다고 말했다. 그러더니 짓궂게도 내가 세포라의 사랑에 무관심했던 것을 질책이라도 하려는 양 덧붙였다. "그런데 그녀의 미모에 대해 사람들이 늘어놓지 않더라도 당신의 취향이 섬세하다는 것은 내가 이미 알고 있으니, 그녀는 아름다울 게 틀림없어요."

돈 세사르와 그의 아들은 내 결혼에 동의하는 것으로 그치지 않고, 결혼에 드는 모든 비용을 자기네가 대겠다고 우겼다. 그들은 말했다. "이제 리리아스로 돌아가서, 우리가 하는 대로 놔두고, 자네는 그냥 편안히 있게나. 자네는 결혼 준비를 전혀 하지 말게나. 우리가 맡을 테니." 나는 그들의 뜻에 맞추려고 내 성으로 돌아왔다. 그리고 바실레와 그의 딸에게 우리 후견인들의 의도를 전해 주었다. 나는 가능한 한 인내심을 가지고 그들의 소식을 기다렸다. 그런데 일주일 동안 아무 소식도 받지 못했다. 그러다가 아흐레째 되던 날, 노새 네 마리가 끄는 마차가 도착하는 것을 보았다. 그 안에는 신부에게 입힐 아름다운 비단 천들을 가져오는 여성복 재단사들이 있었다. 그리고 제복을 입은 하인들 여럿이 노새를 타고 호위하고 있었다. 그들 중 한 명이 내게 돈 알폰소의 편지를 건네주었다. 돈 알폰소는 바로 다음 날 아내와 아버지와 함께 올 것이며, 내 결혼식은 바로 그 다음 날 발렌시아 주교총대리의 주례로 행해질 거라고 전했다. 이윽고 돈 세사르, 그의 아들, 세라피나가 그 성직자와 함께 내 성으로 왔다. 그 네 명은 여섯 마리의 말들이 끄는 호화로운 마차를 타고 왔다. 그 뒤에는 네 마리 말이 끄는 마차에 세라피나의 하녀들이 타고 있었고, 또 그 뒤에는 총독의 근위병들이 따라왔다.

총독부인은 그 성에 도착하자마자 안토니아를 보고 싶어서 안달했다. 안토니아 쪽에서도 세라피나가 도착했다는 소식을 듣자마자 달려와서 인사하고 손에 입을 맞추었다. 그런 예절을 너무 우아하게 해내서 모인 사람들 모두가 그녀를 칭찬했다. 돈 세사르가 자기 며느리에게 말했다. "자, 안토니아에 대해 어떻게 생각하느냐? 산티아나가 더 좋은 선택을 할 수 있었을까?" 그러자 세라피나가 대답했다. "아뇨, 그들은 둘 다 서로에게 딱 맞는 짝이네요. 그들의 결합이 아주 행복할 게 틀림없어요." 마지막으로 그들은 각자 내 배우자감에게 찬사를 했다. 그녀가 서지 천으로 된 옷을 입고 있음에도 몹시 칭찬했으니, 더 좋은 옷을 입고 나타났을 때는 훨씬 더 감탄했다. 그녀는 그 옷 말고는 다른 옷을 결코 입어 본 적이 없는 것만 같았다. 그 정도로 그녀의 분위기가 고상했고, 행동은 자연스러워 보였다!

내가 감미로운 결혼을 통해 내 운명을 그녀의 운명과 엮는 순간이 드디어 왔을 때, 돈 알폰소가 내 손을 잡고 제단으로 데려갔고, 세라피나는 신부를 데려가는 영예를 안았다. 우리는 둘 다 그런 식으로 촌락의 작은 성당으로 갔다. 거기서 주교총대리가 우리를 혼인시키기 위해 기다리고 있었다. 예식은 바실레가 딸의 결혼식에 초대한 리리아스 주민들과 인근의 모든 부유한 농부들이 환호하는 가운데 진행됐다. 그런 다음 우리는 성으로 돌아왔다. 잔치의 주관자인 에시피온은 정성을 다해 식탁 세 개를 차려 놓았다. 하나는 귀족들을 위해, 또 하나는 그들의 수행원들을 위해, 세 번째는 초대된 모든 사람들을 위해 준비되었는데, 세 번째 식탁에 사람들이 제일 많았다. 안토니아는 첫 번째 식탁에 있었다. 총독부인이 그것을 원했기 때문이다. 나는 두 번째 식탁에 있었고, 바실레는 마을 사람들의 식탁에 자리했다. 에시피온은 그 어느 식탁에도 자리 잡지 않았다. 그저 이 식탁 저 식탁을 오가면서 대접을 잘하여 모두를 만족시키는 일에 관심을 쏟았다.

음식 준비를 맡은 것은 총독의 요리사들이었다. 이는 아무것도 부족한 것이 없었음을 의미한다. 호아킨 조리장이 나를 위해 준비해 놓았던 좋은 포도주들이 그날 아낌없이 제공되었다. 손님들이 열기를 띠기 시작하면서 잔칫상이 온통 환희에 차 있던 터에, 갑자기 일어난 사고가 나를 놀라게 했다. 돈 알폰소의 주요 관리들과 세라피나의 시녀들이 함께 식사를 하고 있던 방에서 내 비서가 갑자기 기력을 잃고 쓰러져서 의식을 잃었던 것이다. 나는 얼른 일어나 그를 도우러 갔다. 에시피온이 정신을 차리도록 내가 애쓰는 동안 여인 중 한 명이 또 기절했다. 모인 사람들 모두가 그렇게 두 명씩이나 기절하는 것은 뭔가 수상쩍다고 판단했다. 그리고 실제로 그럴 만한 이유가 있었다. 그 이유는 얼마 안 되어 밝혀졌다. 이윽고 정신을 차린 에시피온이 아주 조그만 소리로 내게 이렇게 말했기 때문이다. "나리의 인생에서 가장 아름다운 날이 제 인생에서 가장 불쾌한 날이 되어야 하다니요!" 그러더니 덧붙였다. "자신의 불행은 피할 수가 없지요. 세라피나의 시녀 중에 제 아내가 있다는 것을 방금 알았어요."

그래서 내가 소리쳤다. "지금 무슨 소리를 하는 거니? 말도 안 돼! 뭐라고! 방금 너와 동시에 기절한 그 여인의 남편이 바로 너라고?" 그러자 그가 대답했다. "네, 나리, 제가 그녀의 남편입니다. 맹세코, 그녀가 내 눈앞에 나타나는 것보다 더 고약한 일은 없을 겁니다." 그래서 내가 말했다. "네가 네 아내에 대해 어떤 이유로 그렇게 한탄하는지 모르겠구나. 그녀가 무슨 짓을 하였기에 그러는지는 모르겠지만, 제발 자제하려무나. 내가 너한테 소중한 사람이라면, 네 원한을 표출하느라 이 잔치를 망치는 일은 없게 해 다오." 그러자 에시피온이 말했다. "나리는 저에 대해 만족하실 겁니다. 제가 잘 감출 줄 안다는 것을 보시게 될 겁니다."

그는 그런 식으로 말하면서 자기 아내 쪽으로 갔다. 그녀의 동반자들이 그녀의 의식도 돌아오게 해준 터였다. 그는 마치 그녀를 다시 봐서 기쁘기라도 한 것처럼 그녀를 열렬히 포옹하며 말했다. "아! 친애하는 베아트리스, 우리가 헤어진 지 10년이나 된 후에야 마침내 하늘이 우리를 다시 만나게 해주다니! 오, 나로서는 한없이 감미로운 순간이구려." 그러자 그의 아내가 대답했다. "당신이 나를 만나서 실제로 기쁜지 어쩐지 나는 모르겠네요. 하지만 최소한 나는 당신이 나를 버려도 될 만한 그 어떤 이유도 제공한 적이 없다고 확신하는데요. 세상에! 당신은 어느 날 밤 내가 돈 페르난도 데 레이바 나리와 함께 있었다고 여기는 거죠. 그분은 내 여주인인 훌리아를 사랑하고 계셨고, 나는 훌리아의 열정을 돕고 있었죠. 그런데 당신은 내가 당신의 명예와 나의 명예를 해치면서 데 레이바의 요구를 따른다고 생각하기 시작했어요. 그래서 질투로 정신이 나가서 톨레도를 떠났고, 나를 괴물처럼 여기고 피하면서 내게 해명조차 요구하지 않았어요! 도대체 우리 둘 중 누가 더 한탄스러울까요?" 그러자 에시피온이 대답했다. "반박의 여지 없이 당신이오." 그러자 그녀가 말했다. "물론이죠, 나예요. 돈 페르난도 나리는 당신이 톨레도를 떠난 지 얼마 안 되어 훌리아와 결혼했고, 나는 그녀가 살아 있는 동안 그녀 곁에 머물렀어요. 그녀가 너무 일찍 죽는 바람에 이제는 그녀의 자매 시중을 들고 있어요. 그분의 하녀들 모두가 그럴 테지만, 그분도 나의 품행이 순수하다는 것을 보증하실 수 있어요."

내 비서는 그 말이 거짓이라고 반박할 수가 없었다. 그래서 그 말을 호의적으로 받아들이기로 하고, 그녀에게 말했다. "이번에도 내 잘못을 인정하오. 그리고 여기 계신 존경하는 분들 앞에서 당신에게 용서를 구하겠소." 그때 나는 그를 위해 끼어들면서 베아트리스에게 과거를 잊으라고 부탁하며, 그녀의 남편은 이제 그녀에게 오로지 만족을 주는 일만 생각할 거라고 장담했다. 그녀는 내 부탁에 따랐고, 모인 사람들 모두가 그 부부의 재결합에 박수를 보냈다. 그리고 그 일을 축하하기 위해 그들을 식탁에 나란히 앉혀 놓고, 그들을 위해 건배했다. 각자 그들에게 축하의 말도 했다. 마치 내 결혼식보다 그들의 화해를 위한 잔치인 것만 같았다.

세 번째 식탁에 있던 사람들이 제일 먼저 자리를 떴다. 마을의 젊은이들은 남녀끼리 춤을 추기 위해 식탁을 떠났고, 바스크 지방의 북소리로 그들을 따라 춤추고 싶게 만들어서 곧이어 다른 식탁의 사람들도 끌어들였다. 그렇게 해서 모두가 다 함께 움직이게 되었다. 총독의 관리들은 총독부인의 시녀들과 춤을 추기 시작했고, 귀족 나리들조차 춤추는 사람들 틈에 섞였다. 돈 알폰소는 세라피나와 사라반드 춤을 추었고, 돈 세사르는 안토니아와 다른 춤을 추었다. 안토니아는 이어서 나를 붙잡으러 왔다. 그녀는 알바라신에 있을 때 어느 부르주아 친척의 집에서 춤에 관해 몇 가지 규칙만 배운 사람치고는 꽤 잘 추었다. 내가 이미 말했듯이 나는 차베스 후작의 집에서 춤을 배운 사람이다. 그래서 그 자리에 모인 사람들에게는 대단한 춤꾼으로 보였다.

베아트리스와 에시피온은 춤보다는 둘이서 따로 이야기하는 쪽을 택하여, 헤어져 있는 동안 그들에게 일어난 일을 서로 얘기했다. 하지만 그들이 우연찮게 만나 화해했다는 얘기를 방금 전해 들은 세라피나가 와서 그들의 대화를 중단시키고, 그들에게 자신의 기쁨을 표현했다. 그녀는 말했다. "이렇게 기쁜 날에 당신들 둘이서 다시 만나게 되다니 나로서는 더더욱 기쁘다오." 그러더니 덧붙였다. "친구 에시피온, 그녀가 언제나 나무랄 데 없는 처신을 해왔다는 것을 내가 보증하면서 당신의 아내를 돌려 드리겠소. 그녀와 여기서 사이좋게 사시오. 그리고 당신, 베아트리스, 안토니아에게 헌신하시오. 당신의 남편이 데 산티아나 나리에게 그랬던 것 못지않게 그녀에게 헌신하시오." 그러고 나자 에시피온은 자기 아내를 더 이상 페넬로페●처럼 여길 수가 없으므로, 그녀를 더할 수 없이 존중하겠다고 약속했다.

마을 사람들은 하루 종일 춤추고 나서 자기네 집으로 물러갔지만, 성에서는 축제가 계속되었다. 훌륭한 저녁 식사가 있었고, 모두 잠자리로 가야 했을 때 주교총대리는 신혼의 침대를 축성해 주었고, 세라피나가 신부의 옷을 벗겨 주었으며, 데 레이바 나리들도 내게 같은 명예를 안겨 주었다. 재미있는 것은, 돈 알폰소의 관리들과 총독부인의 시녀들이 재미 삼아 똑같은 의식을 치를 생각을 했다는 점이다. 그들은 베아트리스와 에시피온의 옷을 벗겨 주었고, 이 부부는 그 장면을 더 희극적으로 만들기 위해 그 의식을 엄숙히 치르고 침대에 누웠다.

● 오디세우스의 아내.

10

질 블라스와 아름다운 안토니아의 결혼 이후 에시피온의 이야기의 시작

내 결혼식 다음 날 데 레이바 나리들은 나에게 또 숱한 우정 표시를 하고 나서 발렌시아로 돌아갔다. 그래서 내 비서와 나는 아내들, 하인들과 함께 우리끼리만 있게 되었다.

우리 둘 다 각자 자기 여인에게 들인 정성이 쓸데없지 않았다. 얼마 안 되어 내 아내는 내가 그녀에게 쏟았던 사랑만큼 나를 사랑했고, 에시피온은 자기가 초래했던 슬픔을 아내로 하여금 잊게 해주었다. 베아트리스는 유연한 정신과 부드러운 마음의 소유자여서 새로운 여주인의 자비로움 속에 자연스레 스며들었고, 그녀의 신뢰도 얻었다. 마침내 우리 넷은 더할 수 없이 잘 화합했으며, 남들이 아주 부러워할 만한 처지에서 즐겁게 살았다. 우리의 모든 날들은 아주 감미로운 즐거움거리들 속에 흘러갔다. 안토니아는 몹시 진지했으나 베아트리스와 나는 아주 명랑했다. 설사 우리가 명랑하지 않더라도 에시피온이 함께 있기만 하면 우리는 우울할 일이 없었다. 그는 모임에서는 그 누구와도 견줄 수 없이 훌륭했고, 그가 나타나기만 하면 좌중이 즐거워지는 희극적인 인물이었다.

우리가 점심 식사 후 숲에서 가장 쾌적한 곳으로 낮잠을 자러 가고 싶다는 생각이 들던 어느 날, 기분이 너무 좋아진 내 비서가 우리에게 즐거운 얘기를 하여 우리는 잠자고 싶은 생각이 달아났다. 그래서 내가 그에게 말했다. "입 다물어, 친구야. 정 그러지 못하겠으면 네가 우리의 잠을 방해했으니, 이제 흥미로운 얘기나 해보렴." 그러자 그가 대답했다. "기꺼이 그렇게 하죠, 나리. 제가 펠라기우스 왕의 이야기를 해드릴까요?" 그래서 내가 말했다. "그보다는 네 얘기를 듣고 싶구나. 그런데 그 얘기가 나한테는 즐거움이겠지만, 우리가 함께 지내게 된 이래 너는 네 얘기를 하는 것이 별로 적절치 못하다고 판단해 왔으니 내가 듣지는 못하겠지." 그러자 그가 말했다. "어째서요? 제가 나리에게 제 이야기를 해드리지 않은 것은, 나리께서 알고 싶어 하시는 티가 전혀 나지 않았기 때문입니다. 제가 겪은 일을 나리가 모르신다고 해서 그게 제 잘못인가요? 나리께서 조금이라도 궁금해하신다면 저는 그 호기심을 만족시켜 드릴 준비가 돼 있어요." 안토니아와 베아트리스와 나는 얼른 그 말을 받아들이며 그의 얘기를 들을 태세를 갖추었다. 그 얘기가 우리를 즐겁게 해주건 아니면 우리를 졸리게 만들건, 어쨌든 둘 다 좋은 일이니까.

에시피온은 말했다.

저는 고위층 귀족의 아들이거나 최소한 산티아고 기사단 아니면 알칸타라 기사단의 아들일 테지요. 그런 것이 나한테 달린 일이었다면 말입니다. 그러나 아버지를 자기가 선택하는 것이 아니므로, 내 아버지 토리비오 에시피온은 성 에르만다드 동맹단체의 점잖은 궁수였습니다. 직업상 거의 늘 대로를 오가다가 어느 날 우연히 쿠엥카와 톨레도 사이에서 아주 예뻐 보이는 보헤미안 아가씨를 만납니다. 그녀는 혼자 걷고 있었고, 등에 짊어진 일종의 배낭 안에는 자신의 온 재산이 들어 있었지요. 천성적으로 매우 거칠었던 아버지는 목소리를 부드럽게 내면서 그녀에게 말했어요. "그런 차림으로 어디 가십니까, 귀여운 아가씨?" 그러자 그녀가 대답했어요. "기사님, 저는 톨레도로 가고 있어요. 거기서 성실히 살면서 어떻게든 생활비를 벌고 싶어요." 그러자 그가 말했습니다. "그런 생각을 하다니 칭찬할 만하군요. 당신은 틀림없이 빈털터리겠네요." 그러자 그녀가 대꾸했습니다. "네, 하지만 다행히 제게는 여러 가지 재능이 있어요. 여인들에게 몹시 유용한 머릿기름과 향유를 만들 줄 알지요. 그리고 점술도 본답니다. 잃어버린 것들을 다시 찾아보려고 점을 치는 거지요. 사람들이 원하는 것을 거울이나 유리구슬을 통해 보여 주는 거예요."

토리비오는 자기 일을 매우 잘 해낼 줄 알았음에도 그 직업으로 먹고살기가 힘들었으므로 자기 같은 남자에게는 그런 여자가 매우 유리한 혼처라고 판단하여 결혼하자고 제안했어요. 그녀는 그 제안을 받아들였지요. 그리고 그들 둘은 서둘러 톨레도로 가서 결혼을 했어요. 그 고귀한 결혼의 훌륭한 결실이 바로 저랍니다. 그분들은 어느 성문 밖에 정착하였고, 거기서 내 어머니는 머릿기름과 향유를 팔기 시작했어요. 하지만 그 장사는 벌이가 신통치 않아서 점쟁이 일을 했어요. 어머니의 집에 은화(銀貨)와 금화가 비 오듯 쏟아진 것은 그때였죠. 잘 속아 넘어가는 숱한 남녀들이 곧이어 그 코스콜리나[●]를 유명하게 만들었어요. 보헤미안인 제 어머니 이름이 코스콜리나였어요. 그런데 사람들이 매일 찾아와서는 저마다 자기를 위해 그녀의 능력을 사용해 달라고 간청했죠. 어떤 때는 자기가 삼촌의 유일한 상속자인데 그 삼촌이 언제 저세상으로 떠나는지 알고 싶어 하는 궁핍한 조카이기도 했고, 어떤 때는 자기에게 관심을 보이고 결혼을 약속한 기사가 있는데 그 약속을 언제 지킬 건지 알고 싶어 하는 아가씨이기도 했어요.

그렇게 찾아오는 사람들에게 제 어머니의 예언이 늘 맞아떨어진 것은 아니라는 점을 알아두세요. 예언이 이루어지면 다행인 거고, 어머니가 말한 것과 반대로 일이 진행되어 어머니에게 따지러 오면 어머니는 그런 사람들에게 악령을 탓해야 하는 거라고 냉랭하게 대답했어요. 악령이 미래를 밝혀주게 하려고 주술의 힘을 이용했는데, 때로는 그 악령이 영악하게 어머니를 속인 거라고 말했답니다.

제 어머니가 직업상 악마를 등장시켜야 할 필요가 생기면 그 역할을 한 사람이 바로 토리비오 에시피온이었어요. 아버지는 그 일을 완벽히 잘 해냈대요. 거친 목소리와 추한 얼굴이 그 역할에 딱 맞는 분위기를 띠게 해주었으니까요. 좀 잘 믿는 사람이기만 하면 아버지의 얼굴에 질겁했던 겁니다. 하지만 어느 날 불행히도 그 악마를 보고 싶어 하는 난폭한 대장이 와서 자기 칼로 제 아버지의 몸을 푹 찔렀어요. 교황청의 종교재판소는 그 악마의 죽음에 대해 전해 듣고서 코스콜리나의 집으로 관리들을 보내어 그녀를 체포했고, 모든 재산도 압류했어

● coscolina는 coscolino의 여성형이며, '철면피', '뻔뻔스러운 여자'라는 뜻이다.

요. 그 당시 일곱 살밖에 안 되던 저는 로스 니뇨스의 보호소에 들여보내졌지요. 그곳에는 자비로운 성직자들이 있었는데, 불쌍한 고아들의 교육을 담당하는 대가로 돈을 많이 받으면서 아이들에게 읽는 법과 쓰는 법을 가르쳐 주었어요. 그들은 저의 장래가 유망하다고 보았어요. 그래서 저를 특별히 여겼으며 제게 심부름도 시켰지요. 그들은 편지 보낼 때 저를 시내로 보냈고, 저는 그들을 위해 다녀오곤 했습니다. 그들의 미사에서 응창(應唱)을 하는 사람도 저였어요. 그들은 그 답례로 제게 라틴어를 가르쳐 주었지만, 너무 혹독하게 시켰어요. 제가 그들에게 해준 자잘한 도움에도 불구하고 저를 너무 엄격하게 다루어서 저는 버티지 못하고 어느 화창한 날 심부름을 하러 나왔다가 도망을 쳤어요. 그 보호소로 돌아가지 않고, 심지어 세비야 쪽의 성 밖 마을을 통해 아예 톨레도를 떠나 버렸다니까요.

저는 당시 막 아홉 살이 넘은 나이였는데도 자유로워지는 것이 벌써 즐거웠고, 제 행동의 주인이 바로 저라는 것을 느꼈어요. 저는 돈도 없고 먹을 것도 없었지만 상관없었어요. 이제 해야 할 공부도 작문도 없었지요. 두 시간 동안 걸었더니 어린 나의 다리가 더 이상 걸으려 하지 않았어요. 그렇게 긴 여행을 한 적이 없었으니까요. 멈춰서 쉬어야 했어요. 저는 대로변에 있는 나무 아래에 앉아서, 재미 삼아 호주머니에서 내 기초교재를 꺼내어 장난을 치며 그 교본을 훑어 내려갔어요. 그러다가 그 교본 때문에 회초리와 채찍으로 맞던 일이 떠올라서 그 교본을 찢고 분노하며 말했어요. "아! 빌어먹을 책, 너는 이제 나로 하여금 더 이상 눈물 흘리게 하지 못할 거다!" 제가 제 주변의 땅바닥에 어미 굴절과 동사 변화들을 흩뿌리면서 복수를 하고 있는데,

흰 수염을 기른 은자가 한 명 지나가고 있었어요. 그 은자는 넓은 안경을 끼고 있었고, 존엄해 보였지요. 그가 제게로 다가와서 저를 몹시 주의 깊게 뜯어보았어요. 저 또한 그를 그렇게 살펴보았죠. 그가 미소를 짓더니 말했어요. "이보게, 우리는 둘 다 서로 아주 다정히 바라본 것 같네. 그리고 여기서 2백 보밖에 안 떨어진 내 은거지에서 우리가 함께 지내도 나쁘지 않을 것 같네그려." 이에 저는 꽤 무례하게 대답했어요. "괜찮습니다. 저는 은둔자가 되고 싶은 마음이 전혀 없어요." 이 대답에 그 선량한 노인은 웃음을 터뜨리고는 저를 포옹하며 말했어요. "얘야, 내 옷을 보고 무서워할 필요는 없다. 옷이 보기 좋지는 않아도 유용하기는 하단다. 이 옷 덕분에 내가 매력적인 은거지의 주인이 되고, 이웃 마을들에서 대접받는 인물이 되기도 했으니 말이다. 이웃 마을 주민들은 나를 좋아하거나, 아니 그렇다기보다는 나를 떠받든단다." 그러더니 그 노인은 덧붙였어요. "나랑 함께 가자. 내가 너에게도 내 옷과 비슷한 것을 입힐 테니까. 네가 좋다고 느껴지면 내 생활의 즐거움을 너도 함께 누리게 될 거다. 만약 적응이 영 안 된다면 나를 떠나도 될 뿐만 아니라, 헤어질 때 내가 네게 뭔가 도움을 줄 수도 있단다."

저는 그 말에 설득되어 그 연로한 은자를 따라갔어요. 그 노인은 제게 여러 가지 질문을 했고, 저는 꾸밈없이 대답했지요. 이후로는 늘 그렇지는 못했지만요. 은거지에 도착하자 노인이 과일 몇 개를 내왔어요. 저는 아침에 보호소에서 먹었던 말라빠진 빵 한 조각 말고는 하루 종일 아무것도 먹지 못했으므로 그 과일들을 허겁지겁 먹었지요. 그 은자는 제가 마구 먹어 대는 것을 보고 말했어요. "열심히 먹어라,

얘야, 내 과일들을 아끼지 말고…. 다행히 나는 많이 있으니까. 내가 너를 굶기려고 데려온 건 아니다.” 그 말은 정녕 사실이었어요. 왜냐하면 우리가 도착하고 나서 한 시간 후 노인은 불을 지피더니 양의 넓적다리 고기를 꼬챙이에 끼웠거든요. 제가 그 꼬치를 돌리고 있는 동안 노인은 식탁을 차리고, 꽤 지저분한 식기 도구를 두 벌 차려 놓았어요. 하나는 그를 위해, 다른 하나는 저를 위해.

고기가 익자, 노인이 고기를 꼬챙이에서 빼내어 우리의 저녁 식사를 위해 몇 조각 잘랐어요. 독실한 기독교인들의 식사는 아니었어요. 왜냐하면 우리는 훌륭한 포도주를 마셨으니까요. 노인은 포도주도 잔뜩 갖고 있었어요. 식사를 다 하고 나자 그가 말했어요. “자, 내 병아리야, 내가 평소에 먹는 이런 식사가 만족스러우냐? 네가 나랑 함께 살면 매일 이런 식으로 대접받을 거다. 게다가 너는 이 은거지에서 네가 하고 싶은 것만 하게 될 거야. 내가 너한테 요구하는 것은 그저 내가 이웃 마을로 헌물(獻物)을 모으러 갈 때 네가 함께 가는 것이다. 너는 광주리 두 개가 실린 새끼나귀를 몰면 돼. 자애로운 농민들이 그 광주리들에다 보통은 달걀, 빵, 고기, 생선을 채워 준단다. 너한테 요구하는 것은 오로지 그것뿐이야.” 저는 그에게 대답했어요. “원하시는 것은 뭐든지 다 할게요. 저한테 라틴어를 공부하라고 강요하지만 않는다면….” 크리소스토모스● 신부(그 늙은 은자의 이름이었다)는 저의 순진함에 웃지 않을 수가 없었지요. 그는 제 성향을 거슬러서 불편하

● 초대교회 시기의 교부들 중 한 명의 이름. ‘크리소스토모스’는 ‘황금으로 된 입’이라는 뜻이다.

게 하지는 않을 거라고 다시 안심시켰어요.

우리는 바로 다음 날 제가 고삐를 잡은 새끼나귀를 데리고 헌물을 모으러 갔어요. 농부마다 우리 광주리들에 뭔가를 즐거이 넣어 주어서, 우리는 잔뜩 챙기게 되었어요. 어떤 농부는 빵 한 개를 통째로 넣었고, 어떤 농부는 커다란 비계 덩어리를, 또 어떤 농부는 자고 한 마리를 넣었어요. 뭐랄까, 우리는 일주일 이상 먹을 수 있을 식량을 집으로 가져오게 되었어요. 마을 사람들이 그 신부에 대해 우정과 존경을 표시하는 거였지요. 그가 그들에게 아주 유익한 존재였던 것이 사실입니다. 그들이 상의하러 찾아올 때면 그는 충고를 해주었고, 다툼이 잦은 가정에는 다시 평화가 깃들게 했고, 아가씨들을 결혼시켜 줬으며, 온갖 종류의 질병에 대한 치유책도 갖고 있었고, 아이를 갖고 싶어 하는 여인에게는 기도를 가르쳐 주기도 했으니까요.

제가 방금 말씀드린 것을 통해 제가 그 은거지에서 잘 먹고살았다는 것을 짐작하실 수 있을 겁니다. 잠자리도 나쁘지 않았어요. 신선한 좋은 짚더미 위에 누워서 거친 모직물로 된 쿠션을 베고, 역시 같은 천으로 된 모포를 몸에 덮고 밤새 한 번도 안 깨고 잤으니까요. 제게 은자의 옷을 입히며 즐거워했던 크리소스토모스 신부는 자신의 낡은 옷들로 제 옷을 직접 만들어 주었어요. 그리고 저를 어린 에시피온 신부라고 명명했어요. 제가 그렇게 수도복을 입고 이 마을 저 마을에 나타나면 사람들은 저를 너무 귀엽다고 생각하여 광주리에 더 많은 헌물들을 채워 주어서 나귀에게는 더 많은 짐이 실리게 되었어요. 어린 신부에게 누가 더 많이 주나 서로 경쟁을 벌였으니까요. 그 정도로 마을 사람들은 제 얼굴을 보면 즐거워했어요.

그 노인과 그렇게 지내는 안이하고 나태한 생활이 제 나이의 사내아이에게 불쾌할 리가 없었어요. 저는 그 생활이 너무 좋았으므로, 운명의 신들이 그 생활과는 매우 다른 날들을 제게 엮어 주지 않았더라면 계속해서 그렇게 살아갔을 겁니다. 하지만 제가 채워야 할 운명은 곧이어 저를 그 게으름에서 끌어내어 크리소스토모스 신부를 떠나게 만들었어요. 어떻게 그리되었는지 이제 얘기하겠습니다.

그 노인이 베개로 사용하는 쿠션을 가지고 뭔가 일하는 것이 자주 제 눈에 띄었어요. 그는 그 쿠션을 뜯었다가 다시 꿰매곤 했는데, 어느 날 그가 그 속에다 돈을 넣는 것을 제가 알아챘어요. 그걸 보고 나니 호기심이 생겨서 그가 일주일에 한 번씩 습관적으로 톨레도에 가는 날 그 궁금증을 만족시키기로 작정했어요. 저는 그날을 손꼽아 기다렸지요. 하지만 그저 호기심을 만족시키려는 생각 말고 다른 의도는 아직 없었어요. 마침내 그 노인이 떠나자 그의 베개를 뜯어보았더니 그 속을 채우는 양모 가운데 온갖 종류의 동전들이 아마도 50에퀴 정도 될 만큼 들어 있었어요.

그 보물은 아마도 그 은자가 자신의 치유책으로 낫게 해준 농민들이나 그의 기도의 은사 덕분에 아이를 갖게 된 여인들로부터 답례로 받은 것들인 것 같았어요. 어찌됐든 저는 그것을 보자마자 아무 탈 없이 그 돈을 착복할 수 있다고 보았어요. 저의 보헤미안 기질이 드러난 겁니다. 저는 그 돈을 훔치고 싶었고, 그러고 나서 오로지 제 혈관에 흐르는 피의 힘을 탓할 수도 있었지요. 저는 갈등 없이 그 유혹에 굴복했고, 머리빗들과 수면모자들이 들어 있던 천 가방에다 그 돈을 쓸어 담고, 제가 입던 수도복을 벗고 다시 고아원 옷을 입고는 그 은둔처를 떠나면서 마치 제 주머니에 인도의 모든 재화를 다 담아 가기라도 하는 것처럼 의기양양했어요.

여러분이 방금 들으신 것은 일종의 맛보기였어요. 비슷한 짓들이 이어질 거라고 예상하실 거라고 믿어요. 저는 여러분의 기대를 저버리지 않을 겁니다. 다른 유사한 행적들을 또 얘기해 드릴 거니까요. 칭찬할 만한 행위들을 얘기하기 전에…. 하지만 결국 좋은 얘기로 돌아오게 될 거고, 사기꾼도 성실한 사람으로 얼마든지 돌아올 수 있다는 것을 제 얘기를 통해 아시게 될 겁니다.

저는 어린애였는데도 그리 멍청하지 않아서 톨레도로 가는 길을 택하지는 않았어요. 그랬다면 크리소스토모스 신부를 만날 위험이 있었을 테고, 그가 숨겨 놓았던 돈을 돌려줘야 하는 불쾌한 일도 발생했겠지요. 저는 갈베스 마을로 이어지는 다른 길로 가서 어느 여인숙에서 멈췄어요. 그 여인숙 주인은 40세쯤 되는 과부였는데, 선술집을 돋보이게 하는 데 필요한 자질을 다 갖추고 있었죠. 그 여인은 저를 보자마자 제 옷차림을 보고는 제가 고아원에서 도망쳐 왔을 거라는 판단이 들어서 제게 누구인지, 어디로 가는지 물었어요. 그래서 저는 아버지와 어머니를 잃고 나서 고용살이를 찾고 있다고 대답했어요. 그러자 그녀가 "얘야, 너는 글을 읽을 줄 아니?"라고 물었어요. 그래서 저는 읽을 줄 알 뿐만 아니라 쓰기도 훌륭히 할 줄 안다고 장담했어요. 정말로 저는 철자들을 썼고, 그것들을 마치 글자들인 양 비슷하게 조합해 놓았어요. 마을 선술집에서 일하기 위해서는 그거면 충분했어요. 그 여주인은 제게 말했어요. "그렇다면 너를 고용할게. 네가 쓸데없지는 않을 것 같구나. 너는 여기서 받아야 할 금액과 주어야 할 금액을 장부에 기록하는 일을 하게 될 거다." 그러더니 덧붙였어요. "네게 급료는 주지 않을 거다. 이 선술집에는 하인들의 노고를 잊지 않는 점잖은 사람들이 오니까. 너는 그들이 주는 푼돈들을 기대할 수 있을 거야."

여러분도 그렇게 생각하실 테지만, 저는 갈베스에서 사는 것이 더 이상 좋게 여겨지지 않으면 언제든 당장 다른 데로 갈 수 있다는 조건하에 그 결정을 받아들였습니다. 그 여인숙에서 일하기 위해 머물게 되자 마음이 아주 불안해지는 것을 느꼈습니다. 제가 돈이 있다는 것을 사람들이 모르기를 바랐고, 다른 사람의 손이 닿지 않는 곳에 두려면 어디에 감춰야 할지 알아내느라 아주 힘들었습니다. 그걸 숨겨 놓기 가장 적절한 장소들을 알아내기에는 아직 그 집을 충분히 알지 못했으니까요. 재화는 늘 너무 큰 당혹감을 초래하지요! 그렇지만 저는 제 가방을 지푸라기들이 있는 헛간의 구석에 놓기로 결정하였고, 거기가 다른 데보다 더 안전하다고 생각되어 가능한 한 마음을 편히 가졌어요.

그 집에 하인으로 있는 사람은 저를 포함해서 세 명이었어요. 마구간의 다 큰 사내아이, 갈리시아 출신의 젊은 하녀, 그리고 저…. 우리들 각자는 여행자들에게서 가능한 한 모든 것을 끌어냈지요. 도보 여행자건 말을 탄 여행자건 거기에 묵기만 하면 그렇게 했어요. 저는 그 고객들에게 계산서를 가져다줄 때마다 그들에게서 푼돈 몇 푼을 늘 받아 냈어요. 그들은 자기네 노새나 말을 돌봐 준 대가로 마구간 하인에게도 뭔가를 주었어요. 하지만 그 여인숙을 거쳐 가는 노새몰이꾼들의 우상이던 갈리시아 여인은 우리가 받는 구리동전들보다 더 많은 수의 에퀴 은화를 벌곤 했지요. 저는 한 푼이라도 받는 즉시 제 재물을 늘리기 위해 헛간에 갖다 놓았어요. 제 재산이 늘어나는 것을 볼 때마다 저의 작은 심장이 그 재산에 더 집착한다는 것을 느꼈죠. 저는 가끔씩 그 돈들에 입을 맞추었고, 수전노들이나 이해할 수 있을 만한 황홀경에 빠져서 그것들을 바라보곤 했어요.

재물에 대한 사랑 때문에 저는 하루에도 서른 번쯤 그것을 보러 가야 했지요. 계단에서 종종 여주인을 만나곤 했는데, 그녀는 천성적으로 몹시 경계심이 많아서 어느 날인가는 제가 틈만 나면 헛간에 가는 이유가 뭔지 알고 싶어졌어요. 그녀는 헛간으로 올라가서 제가 어쩌면 자기 집에서 훔쳐낸 것들을 다락방에 숨겨놓았을지 모른다고 상상하며 그곳을 샅샅이 뒤지기 시작했어요. 그녀는 내 가방을 덮고 있는 지푸라기를 흔들어 보는 일도 잊지 않았어요. 그래서 결국 그 가방을 발견해 냈지요. 그녀는 가방을 열고는 그 안에 에퀴들과 피스톨라가 들어 있는 것을 보고, 제가 그녀의 돈을 훔친 것으로 믿었거나 아니면 그런 척했어요. 그녀는 정말로 그 돈을 압류했지요. 그러고 나서 저를 '파렴치한 녀석', '조무래기 악당'이라고 부르면서 자기 말에 절대 복종하는 마구간 하인에게 나를 오십여 대쯤 때려 주라고 시켰어요. 그녀는 저를 흠씬 혼내 주게 하고 나서 자기 집에 사기꾼은 두고 싶지 않다고 했어요. 제가 그 여주인의 돈을 훔치지 않았다고 아무리 항의해 봤자 소용없었고, 그녀는 그 반대로 주장했어요. 사람들은 저보다 그녀의 말을 믿는 편이었지요. 그렇게 해서 크리소스토모스 신부의 돈은 한 도둑의 손에서 다른 도둑의 손으로 넘어간 겁니다.

저는 그 돈을 잃어버린 것이 분하여 울며 슬퍼했어요. 사람들이 자기 외아들이 죽었을 때나 그러듯이… . 운다고 해서 잃어버린 돈이 돌아오는 것은 아니었지만, 최소한 제 눈물을 본 몇몇 사람의 동정은 자극했어요. 그런 사람 중 하나가 갈베스의 교구신부였는데, 우연히 제 곁을 지나가던 분이었습니다. 그는 제가 처한 처량한 처지를 측은히 여기고서 저를 사제관으로 데려갔어요. 그는 제 신뢰를 얻기 위해, 아니 그보다는 저로 하여금 입을 열게 만들기 위해 저를 동정하기 시작했어요. 그분은 말했지요. "이 불쌍한 아이는 동정을 받을 만해! 이토록 어린 나이에 혼자가 되었으니 나쁘게 행동한다고 해서 그게 놀랄 일인가? 사람들이 살아가는 동안 나쁜 짓을 하지 않기가 아주 힘드니 말이야." 그러고 나더니 제게 말했어요. "너는 스페인의 어느 지역에서 왔니? 네 부모는 누구지? 너는 명문가의 아이 같은데. 내게 살짝 말해 보렴. 내가 너를 버려두지 않을 테니 믿으렴."

그 신부는 정치적이면서도 자애로운 그 말을 통해 저로 하여금 어느새 저의 모든 일을 털어놓게 만들었어요. 저는 그 얘기를 매우 순진하게 했지요. 다 실토해 버리게 된 거예요. 그러고 나자 그분이 말했어요. "얘야, 재산을 모으는 것이 은자에게 별로 적절치 못한 일이긴 하지만, 그렇다고 해서 네 잘못이 줄어드는 것은 아니다. 크리소스토모스 신부의 돈을 훔침으로써 너는 십계명의 '도둑질하지 말라'는 조항을 어기는 죄를 범한 것은 여전하다. 하지만 그 여인숙 주인부터 네 돈을 돌려받아서 그것을 은자에게 돌려주는 일은 내가 맡으마. 너는 그 점에 관해 이제 마음을 편히 가져도 된다." 맹세건대, 저는 그 일에 대해 별로 염려하지 않았었어요. 나름대로 계획을 세운 그 신부는 거기서 그치지 않았지요. 그는 말했어요. "얘야, 너를 위해 이 일에 개입하여 네게 좋은 처지를 만들어 주고 싶구나. 내일 노새몰이꾼을 시켜서 너를 톨레도 성당 참사원인 내 조카에게 보내겠다. 내가 부탁하면 그가 너를 하인으로 받아들이는 것을 거절하지 않을 거다. 그의 집에 있는 하인들은 성직녹봉을 받아서 그 수입으로 풍요롭게 지낸단다. 너는 거기서 아주 잘 지내게 될 거야. 그것만큼은 내가 장담하마."

그 확언이 제게 너무 위안이 되어서 저는 더 이상 제 가방이나 제가 받은 매질에 대해서 생각하지 않았어요. 제 마음은 그저 성직녹봉 수혜자처럼 사는 즐거움에만 팔려 있었습니다. 다음 날 제가 아침 식사를 하는 동안 교구신부의 지시에 따라 노새몰이꾼 한 명이 길마를 얹고 굴레를 씌운 노새 두 마리와 함께 도착했어요. 저는 도움을 받아 노새 등에 올라탔고, 노새몰이꾼은 다른 노새에 펄쩍 뛰어 올라탔어요. 그리고 우리는 톨레도로 향했습니다. 제 여행 동반자는 기분이 아주 좋은지 저에게 그저 즐거워하라는 말만 자꾸 했어요. 이웃(저)에게 피해가 될지 어쩔지 생각도 않고…. 그는 말했어요. "꼬마야, 너는 참 좋은 친구를 두었구나. 갈베스 교구신부님이 너를 자기 조카인 참사원님 곁에 두시려 하는 걸 보면 알 수 있지. 너를 아끼신다는 것을 이보다 더 잘 증명해 줄 수 있는 것은 없으니까. 그 참사원님은 영광스럽게도 내가 아는 분인데, 그 참사회의 진주라는 것을 그 누구도 반박 못할 거야. 고행하라고 설교하는 창백하고 야윈 얼굴을 한 그런 독실한 종교인은 아니란다. 화색이 도는 큰 얼굴에 명랑한 표정을 한 생기 넘치는 신부님으로, 즐거움거리가 생기면 거절할 줄을 모르고, 특히 맛있는 음식을 좋아하신단다. 그 집에 있으면 아주 상팔자가 될 거야."

그 망나니 같은 노새몰이꾼은 자기 얘기를 내가 아주 만족스러워하며 듣는 것을 알아채고는 제가 참사원의 하인이 되면 누리게 될 행복에 관해 계속 떠벌렸습니다. 오비사 마을에 도착하여 노새들을 좀 쉬게 해주려고 멈출 때까지 그는 그 얘기를 계속했어요. 그런데 그 노새몰이꾼이 여인숙에서 왔다 갔다 하다가 호주머니에서 종이 하나를 우연히 떨어뜨렸어요. 그가 주의를 소홀히 한 틈을 타서 제가 잽싸게 집어 들었지요. 그리고 그가 마구간에 있는 동안 읽을 수 있었어요. 고아원의 사제들에게 보내는 그 편지의 내용은 다음과 같았어요.

신부님들께. 신부님들의 고아원에서 도망쳐 나온 어린 사기꾼을 신부님들의 손에 돌려 드리는 것이 자비라고 저는 믿습니다. 제가 보기에 그 아이는 똑똑하므로 신부님들의 고아원에 단단히 가둬 놓아야 하리라 생각됩니다. 체벌을 가하다 보면 그를 분별 있는 아이로 만들게 되리라는 것을 의심치 않습니다. 신부님들의 경건하고 자애로운 미덕들을 하느님께서 지켜 주시기를!

— 갈베스 교구신부

그 교구신부의 '선한' 의도를 알려 주는 그 편지를 다 읽고 나자, 저는 어떤 결정을 내려야 할지 더 이상 모호하지 않았습니다. 여인숙을 당장 빠져나가서 거기서 1리 이상 떨어진 타호 강변으로 가는 일은 잠깐이면 되었어요. 제가 절대로 돌아가고 싶지 않던 고아원의 사제들을 피하라고 두려움이 제게 날개를 달아 주었지요. 그 정도로 저는 거기서 라틴어를 가르치는 방식을 혐오했던 겁니다. 저는 어디 가서 먹고 마셔야 하는지 알았던 만큼 유쾌하게 톨레도로 들어갔어요. 사실 그곳은 축복의 도시이고, 거기서는 똑똑한 사람이면 타인의 비용으로 살 수 있으므로 배고파 죽지는 않을 테니까요. 제가 광장에 들어서자마자 옷을 잘 입은 어느 기사가 제 곁을 지나다가 제 팔을 붙잡고 말했습니다. "얘야, 나를 위해 일하련? 너 같은 하인을 두면 아주 좋겠구나." 그래서 제가 "저는 나리 같은 주인이 있으면 좋을 것 같아요"라고 대답했어요. 그러자 그가 "그렇다면 너는 지금부터 내 하인이다. 너는 나를 따라오기만 하면 된다"라고 말했어요. 그래서 저는 아무 대꾸 없이 그렇게 했어요.

서른 살쯤 되어 보이고 돈 아벨이라는 이름을 가진 그 기사는 가구 딸린 호텔의 꽤 좋은 거처에 묵고 있었어요. 직업적인 도박꾼이었지요. 우리가 어떤 식으로 함께 살았는지는 다음과 같습니다. 아침이면 저는 그에게 담배를 잘게 썰어 주었고, 그러면 그는 대여섯 번 정도 파이프를 태웠어요. 저는 그의 옷도 세탁하고, 수염도 깎아 주고, 콧수염을 다시 세워 줄 이발사를 찾으러 가기도 했어요. 그러고 나면 그는 도박장들을 두루 돌아다니기 위해 나갔고, 밤 열한 시에서 자정 사이나 되어야 숙소로 돌아오곤 했어요. 하지만 매일 아침 나가기 전에 자기 호주머니에서 3레알을 꺼내서 제게 그날 쓸 돈으로 주었어요. 그리고 저녁 10시까지는 제 마음대로 하고 싶은 일을 해도 되었지요. 그가 돌아올 때쯤 제가 호텔에 있기만 하면 그는 저에 대해 아주 만족해했어요. 그는 제게 저고리와 하인용 짧은 바지를 맞추게 했어요. 그 옷들을 입고 나면 저는 바람둥이 여인들의 꼬마 심부름꾼 같아 보였지요. 저는 제 처지에 잘 적응했어요. 제 기질을 생각해 보면 그보다 더 잘 맞는 일은 찾을 수 없었을 게 확실합니다.

제가 그렇게 행복한 생활을 이끌어 간 지 어언 한 달이 되어 갈 즈음

제 주인이 제게 물었어요. 자기에 대해 만족하느냐고…. 제가 더할 수 없이 그렇다고 대답하자 그가 말했어요. "그렇다면 우리는 내일 세비야로 떠날 거다. 나의 일 때문에 거기로 가야 하거든. 세비야는 안달루시아의 수도이니 그 도시를 보는 것이 너도 유감스럽지는 않을 거다. 격언에 따르면, 세비야를 보지 않은 사람은 아무것도 보지 못한 거란다." 저는 그를 그 어디나 따라갈 준비가 되었다고 말했어요. 그 날 당장 세비야의 짐꾼이 그 호텔로 상자를 가지러 왔지요. 그 큰 상자에는 제 주인의 옷가지들이 들어 있었어요. 다음 날 우리는 안달루시아로 출발했습니다.

돈 아벨 나리는 도박에서 아주 다행히도 본인이 잃으려고 작정할 때만 잃었어요. 그래서 그에게 속아 넘어간 사람들의 원한을 피하느라 자주 옮겨 다녀야 했고, 우리가 세비야로 가는 것도 바로 그 때문이었지요. 우리는 세비야에 도착하여 코르도바 성문 근처에 있는 가구 딸린 호텔에 숙소를 잡았고, 다시 톨레도에서처럼 살기 시작했어요. 하지만 제 주인은 두 도시 사이의 차이를 발견했어요. 세비야의 도박장들에는 그만큼 도박을 잘하는 도박꾼들이 있었던 겁니다. 그래서 그는 때때로 몹시 상심한 모습으로 돌아오곤 했어요. 그가 바로 전날 1백 피스톨라를 잃어서 기분이 아직도 나쁘던 어느 날 아침, 그가 제게 물었어요. 세탁도 해주고 향수도 뿌려 주는 집에 그의 빨랫감을 왜 갖다 놓지 않았느냐고 채근하는 거였어요. 저는 깜빡 잊었다고 대답했어요. 그러자 그가 화를 내며 제 얼굴에 대여섯 차례 따귀를 갈겼는데, 너무 거칠게 때려서 솔로몬 신전에 있던 불빛보다 더 큰 불빛이 번쩍대는 것만 같았어요. 그는 말했어요. "그래, 네 의무에 주의를 기울이도록 가르치느라 그렇게 한 거다, 이 딱한 꼬마야. 네가 해야 할 일을 알려 주느라 내가 끊임없이 네 뒤꽁무니를 따라다녀야겠니? 너는 먹는 일에는 그토록 능숙하면서, 왜 하인 일에는 그렇게 서투른 거냐? 멍청이도 아니면서, 내 지시나 필요한 것들을 미리 내다볼 줄 모르는 거냐?" 그 말을 하면서 그는 숙소에서 나가 버렸어요. 저는 그렇게 가벼운 잘못 때문에 따귀를 맞아서 몹시 분한 마음을 품고 있었지요.

얼마 안 되어 도박장에서 그에게 무슨 일이 일어났는지 모릅니다만, 어느 날 저녁 그가 몹시 열을 내며 돌아와서 제게 말했어요. "에시피온, 나는 이탈리아로 가기로 결정했다. 내일모레 제노바로 돌아가는 배에 올라타야 해. 내가 그렇게 떠나야 할 이유가 있는데, 너도 함께 가서 세상에서 가장 매력적인 지방을 구경할 수 있는 이 좋은 기회를 이용할 거라고 생각되는데…." 저는 그렇게 하겠다고 대답했어요. 하지만 떠나야 할 순간에 사라져 버리기로 작정했지요. 그렇게 해서 그에게 복수할 생각이었던 겁니다. 저는 그 계획이 아주 기발하다고 생각했어요. 그리고 그 계획을 품자 너무 뿌듯하여 거리에서 만난 어느 용병에게 그 말을 하지 않을 수 없었어요. 제가 세비야에 있게 된 후로 나쁜 사람들을 몇몇 알게 되었는데, 그자가 특히 그런 사람이었죠. 저는 어떤 식으로 왜 따귀를 맞았는지 그에게 얘기해 주고 나서, 돈 아벨이 배에 올라탈 채비를 할 때 그를 떠날 계획이라고 말해 줬어요. 그리고 그 결정에 관해 어떻게 생각하느냐고 물었지요.

그 용사는 내 얘기를 들으며 눈살을 찌푸리더니 자기 콧수염의 끄트머리들을 세우고는 제 주인을 심각하게 비난했어요. "이보게, 자네는 그런 가벼운 복수로 그친다면 영원히 불명예스런 남자밖에 안 되네. 돈 아벨을 혼자 떠나게 놔두는 것만으로는 충분치 않아. 그것은 충분히 벌주는 것이 아닐 거야. 자네가 받은 모욕에 상응하는 벌을 줘야 하네. 그에게서 옷가지들과 돈을 빼앗아 그가 떠난 후 우리가 형제처럼 나눠 가지세." 저도 천성적으로 훔치는 성향이 있기는 하지만, 그렇게 엄청난 도둑질을 하자는 제안에는 질겁했어요.

그런데 그 원조 사기꾼은 끊임없이 저를 설득하려 들었어요. 마침내 우리가 감행한 일은 다음과 같이 성공했습니다. 키가 크고 건장한 남자였던 그 용사는 다음 날 해가 저물 무렵 저를 찾으러 호텔로 왔어요. 저는 그에게 이미 주인의 옷들로 꽉꽉 채워진 상자를 보여 주었고, 그렇게 무거운 상자를 혼자서 들 수 있겠냐고 물었어요. 그가 말했지요. "그렇게 무거운! 남의 재산을 훔치는 일이라면 나는 노아의 방주라도 들고 갈 거라네." 그러고 나서 그는 상자에 다가가 그것을 힘들이지 않고 어깨에 메고는 가벼운 발걸음으로 계단을 내려갔어요. 저도 같은 발걸음으로 그를 따라갔지요. 우리가 거리 쪽으로 난 문을 지나려던 참에 돈 아벨이 마침 딱 맞춰 그리로 와서 우리 앞에 불쑥 나타났어요.

그가 제게 말했어요. "너는 이 상자를 가지고 어디로 가는 거냐?" 저는 너무 당황하여 말을 못 한 채 있었어요. 용사는 우리의 작전이 실패한 것을 보고는 그 상자를 땅바닥에 내팽개치더니 해명을 피하려고 도망쳐 버렸어요. 제 주인은 재차 물었어요. "너는 이 상자를 어디로 가져가는 거냐고?" 그래서 제가 다 죽어 가는 목소리로 대답했어요. "나리, 나리가 내일 이탈리아로 떠나시기 위해 올라타시게 될 배에 옮겨 놓으려고 해요." 그러자 그가 되물었어요. "아니! 너는 내가 그 여행을 위해 어떤 배에 올라탈지 안단 말이냐?" 그래서 내가 대답했어요. "아니오, 나리, 하지만 말만 할 줄 알면 어디나 갈 수 있죠. 제가 항구에서 알아내지 못하더라도 누군가 가르쳐 줄 겁니다." 수상쩍은 이 대답에 그는 격분한 시선으로 저를 쏘아보았습니다. 저는 그가 또 따귀를 때리겠구나 생각했지요. 그는 소리쳤어요. "누가 너더러 내 상자를 호텔 밖으로 갖고 나오라고 명령했느냐?" 그래서 제가 말했어요. "바로 나리 자신입니다. 며칠 전 제게 하신 질책을 더 이상 기억 못 하시는 건가요? 저를 학대하시면서, 제가 나리의 지시를 미리 내다보고 나리를 위해 해야 할 일을 스스로 알아서 하기를 바란다고 하셨잖아요? 그래서 제가 그렇게 하려고 나리의 금고를 선박에 갖다 놓으려는 겁니다." 그러자 그 도박꾼은 제가 생각보다 더 영악한 것을 알아채고는 냉랭한 어조로 저를 해고했어요. "가시오, 에시피온 씨, 하늘이 당신을 데려가기를! 어떤 때는 카드를 한 장 더 갖고 있고, 어떤 때는 한 장 덜 갖고 있는 사람들과 노름하는 것을 나는 안 좋아하오." 그러더니 어조를 바꾸며 덧붙였어요. "내 눈앞에서 사라지시오. 음악에 관해 기초도 없는 당신에게 노래를 시키게 될까 봐 두렵소."

저는 그가 수고스럽게 두 번 말하지 않아도 되도록 당장 그의 곁을 떠났지요. 그때 그가 저더러 옷을 벗어 놓고 가라고 할까 봐 두려워 죽을 지경이었는데, 다행히 그러지 않았어요. 저는 재산이라고는 2레알밖에 없어서 어디로 가야 묵을 수 있을지 생각하며 길을 따라 걸었어요. 그러다가 대주교관 문에 도달했어요. 거기서 사람들이 대주교의 저녁 식사 준비를 하고 있었기에 부엌에서 맛있는 냄새가 흘러나와 반경 1리 안에서 그 냄새를 맡을 수 있었지요. 저는 생각했어요. '저런! 내 코를 지극하는 저 스튜라면 그 누군가와도 기꺼이 타협을 할 텐데. 심지어 다섯 손가락을 거기에 담그는 것만으로도 만족할 텐데. 아니, 뭐라고! 내가 그저 연기 냄새만 맡고도 저 맛있는 고기를 맛볼 방법을 생각하고 있는 건가? 왜 안 돼?' 그것이 불가능해 보이지 않았어요. 저의 상상이 그 정도로 고조된 겁니다. 하도 그 생각만 하다 보니 술책이 하나 떠올랐고, 그 술책을 당장 사용해서 성공했지요. 저는 대주교관의 뜰로 들어가서 부엌 쪽으로 달려가며 있는 힘을 다해 소리쳤어요. "도와주세요! 도와주세요!" 마치 누군가가 나를 죽이려고 쫓아오기라도 하는 것처럼 그랬어요.

제가 자꾸 외쳐 대니까, 대주교의 요리사인 디에고 조리장이 그 원인을 알아보기 위해 서너 명의 조수와 함께 달려왔어요. 그런데 저 말고는 아무도 보이지 않자, 무슨 연유로 그토록 크게 소리 지르느냐고 물었어요. 그래서 저는 겁에 질린 사람이 지을 만한 온갖 표정을 다 해 보이며 대답했어요. "아! 나리, 폴리카르푸스 성인의 이름으로! 제발 저를 구해 주세요. 어느 격분한 검객이 저를 죽이려 해요." 그러자 디에고가 소리쳤어요. "도대체 그 검객이 어디 있는 거냐? 여기 있는 사람은 너 혼자뿐이고, 고양이 한 마리도 안 보이는데…. 자, 얘야, 안심해라. 아마도 누군가 장난삼아 네게 겁을 주려 했나 보구나. 그자가 이 대주교관에 따라오지 않은 것은 아주 잘한 일이다. 왜냐하면 우리가 최소한 그자의 귀를 잘라 버렸을 테니까." 그래서 제가 그 요리사에게 말했지요. "아니오, 아니에요. 그가 장난으로 저를 쫓아온 게 아니에요. 제 가죽을 벗기려던 무시무시한 악당이었어요. 그가 저를 길에서 기다리고 있는 게 확실해요." 그러자 요리사가 말했어요. "너는 내일까지 여기 있을 거니까, 그는 그럼 거기서 너를 아주 오래 기다리게 될 거다. 너는 여기서 저녁 식사를 하고 잠을 자거라."

저는 이 말을 들었을 때 기뻐서 어쩔 줄 몰랐어요. 디에고 주방장을 따라 부엌으로 들어가 제가 보게 된 대주교의 저녁 식사 준비 장면은 저로서는 황홀한 광경이었어요. 그 일에 매달려 있는 사람들이 제가 세어 보니 열다섯 명은 넘는 것 같았고, 제 눈에 들어오는 요리는 수를 셀 수도 없이 많았어요. 신의 뜻이 대주교관에 그 정도로 많은 것을 공급해 준 겁니다! 바로 그때 제가 멀리서밖에 느끼지 못했던 스튜의 김이 코로 잔뜩 들어와서 저는 '감각적 쾌락'이라는 것을 알게 되었죠. 저는 영광스럽게도 저녁 식사를 하고 조수들과 함께 잠자리에 들었어요. 그리고 그들의 우정을 너무 쉽게 얻어내어 다음 날 제가 디에고 주방장에게 그토록 너그럽게 은신처를 제공해 준 것에 대해 감사하러 갔더니, 그가 말했어요. "우리 조리사들 모두가 너를 동료로 두면 좋겠다고 나한테 말했다. 그 정도로 그들이 네 기질을 좋게 여긴 거란다. 네 쪽에서는 그들과 함께하고 싶은 생각이 있느냐?" 그래서 저는 "제가 그런 행복을 갖게 된다면 제 소원이 이루어진 거라고 믿을 겁니다"라고 대답했지요. 그랬더니 그가 "그렇다면 친구야, 이제부터 너는 대주교관의 하인이 되었다고 여기렴"이라고 말했어요. 그는 이 말을 하고 나서 저를 급사장에게 데리고 가서 소개했어요. 급사장은 똑똑해 보이는 제 모습에 수습요리사로 받아들일 만하다고 판단했지요.

제가 그토록 영예로운 일자리를 얻게 되자마자, 디에고 조리장은 자기 애인에게 비밀리에 고기를 보내는 대저택 요리사들의 관행에 따라 이웃에 사는 어느 여인의 집에 고기 갖다주는 일을 제게 맡겼어요.

어떤 때는 송아지고기 등심이었고, 어떤 때는 가금류나 사냥해 온 고기였지요. 그 여인은 기껏해야 서른쯤 되어 보이는 과부였는데, 아주 예쁘고 활발하여 그 요리사에게만 지조를 지킬 것 같지는 않았어요. 요리사는 그녀에게 고기, 빵, 설탕, 기름을 공급하는 것으로 그치지 않고, 포도주도 제공했어요. 그 모든 것이 대주교님의 비용으로 그러는 거였죠.

저는 한바탕 잘 둘러본 대주교관에서 세상물정을 알게 되었어요. 그리고 오늘날까지도 세비야에서는 사람들이 그때 얘기를 한답니다. 시동들과 다른 몇몇 하인들이 대주교님의 생일을 축하하기 위해 연극 공연을 할 생각을 해냈어요. 그들은 〈베나비데스〉●를 공연하기로 했고, 레온의 젊은 왕 역할을 위해 제 또래의 아이가 필요했기에 제게 눈길을 던졌어요. 낭독에 대해 자부심을 갖고 있던 급사장이 제게 연습을 시키고 몇 가지 가르쳐 보더니 제가 최악으로 해낼 것 같지는 않다고 장담했지요. 그가 바로 축제 비용을 담당하던 우두머리였으므로, 그 잔치를 멋지게 치르기 위해서라면 그 무엇도 아끼지 않았지요. 대주교관에서 가장 큰 방에다 무대를 설치하여 장식을 잘해 놓았어요. 무대 양옆에는 잔디를 깔아 놓았고, 그 위에서 제가 자는 척하고 있으면 그때 무어인들이 와서 저를 덮쳐 포로로 붙잡기로 돼 있었어요. 배우들이 연극을 할 준비가 다 되었을 때 대주교가 공연 날짜를 잡았고, 그 도시에 있는 명망 있는 귀족들과 부인들을 잊지 않고 초대했어요.

그날이 오자 배우들은 각자 자신의 의상에만 몰두했어요. 제 의상

● 로페 데 베가의 1604년 작 연극.

은 재단사가 가져왔고, 그때 우리의 급사장도 함께 왔어요. 급사장은 제 역할을 연습시키면서 제가 옷 입는 것을 보고 즐거워했어요. 재단사가 제게 푸른색 벨벳의 화려한 옷을 입혔는데, 장식줄과 금단추가 달려 있고, 소매는 치렁치렁하고 금술 장식이 달려 있었죠. 급사장이 마분지 왕관을 제 머리에 직접 씌워 주었어요. 그 왕관에는 가짜 다이아몬드들 사이에 섬세한 진주들이 잔뜩 박혀 있었어요. 게다가 그 두 사람은 제게 은색 꽃들로 장식된 분홍색 비단 허리띠도 매주었어요. 장식들 하나하나에 제가 날아오를 수 있도록 날개를 달아 주는 것만 같았어요. 마침내 해가 저물 무렵 연극이 시작되었어요. 저는 운문으로 된 긴 독백을 하며 연극무대를 열었어요. 그 독백은 제가 잠의 매력을 떨칠 수 없으므로 잠에 빠져들 거라는 말로 끝이 납니다. 동시에 저는 무대 뒤로 물러나서 미리 준비되어 있던 잔디 위로 몸을 던지죠. 하지만 저는 잠을 자는 대신에 거리로 나가서 왕족 옷을 입은 채 도망칠 궁리를 하기 시작했어요. 무대 아래와 객석으로 내려가는 통로인 작은 비밀 계단이 제 계획을 실행하는 데 적절해 보였지요. 저는 살짝 일어나서 아무도 제게 주의를 기울이지 않는 것을 보고 그 계단으로 슬그머니 내려갔어요. 그 계단은 객석으로 이어져 있어서 저는 문으로 나가며 소리쳤어요. "비키세요, 비켜, 저는 옷을 갈아입어야 해요." 그러자 제가 지나가도록 모두 일렬로 물러났어요. 그래서 저는 2분도 안 되어 밤의 어둠 덕분에 아무 탈 없이 대주교관을 빠져나와 제 친구인 용사의 집으로 갔지요.

그는 제 옷차림을 보고 더할 수 없이 놀랐어요. 제가 사실을 알려 주었더니 그는 호탕하게 웃어 댔지요. 그러고 나서 레온 왕의 전리품을 자기도 좀 나눠 갖게 되리라는 기대로 기뻐하며 저를 포옹하고, 그토록 보기 좋게 한 방 먹인 것을 축하했어요. 그리고 제가 향후 변하지 않는다면 재기(才氣)를 통해 언젠가 세상을 떠들썩하게 만들 거라는 말도 했어요. 둘 다 즐거워하며 실컷 웃어 댄 후, 저는 그 용사에게 말했어요. "이 화려한 의상으로 우리가 뭘 할 수 있을까요?" 그러자 그가 대답했어요. "그것 때문에 곤란해할 필요는 없어. 내가 정직한 헌 옷 장수를 하나 알고 있는데, 그는 자기에게 이익이 되기만 하면 조금도 궁금해하지 않으면서, 사람들이 자기에게 팔려는 물건을 모두 다 사들이거든. 내일 아침에 내가 그를 만나러 가서 여기로 데려올게." 실제로 바로 다음 날 그는 이른 새벽에 저를 침대에 남겨두고 나가더니 두 시간 후 헌 옷 장수와 함께 돌아왔어요. 헌 옷 장수는 노란색 천 보따리를 들고 있었죠. 용사가 제게 말했어요. "친구야, 이바녜스 데 세고비아 씨를 소개할게. 이분의 동종업계 사람들은 나쁜 사례들을 보였지만, 이분은 아주 청렴결백하다고 자부하셔. 네가 치워 버리려 하는 그 옷의 가치를 정확히 얘기해 주실 거야. 너는 이분이 평가하는 금액으로 만족할 수 있을 거다." 그러자 그 헌 옷 장수가 말했습니다. "오! 그런 일에서라면 그렇죠. 제값보다 낮춰서 평가한다면 저는 아주 한심한 인간일 겁니다. 그런데 아직 그런 불평은 들어 본 적이 없어요, 다행히. 그리고 이 이바녜스 데 세고비아에게 그런 불평은 앞으로도 하지 않을 겁니다." 그러더니 덧붙였어요. "좀 봅시다, 당신이 팔고 싶어 하는 옷가지들을⋯. 그게 얼마 정도의 가치가 되는지 내가 양심적으로 말해 주겠소." 그러자 용사가 그에게 옷들을 보이며 말했어요. "여기 있소. 이보다 더 멋질 수 없다는 점을 인정하시오. 이 제노바산 벨벳의 아름다움과 이 부속품들의 화려함을 보시오." 그러자 헌 옷 장수는 매우 주의 깊게 의상을 살펴본 후 대답했어요. "황홀하네요. 이보다 더 아름다울 수가 없어요." 그러자 제 친구가 되물었어요. "이 왕관에 달린 진주들은 어떻게 생각하시나요?" 그러자 이바녜스는 대답했어요. "그 진주들이 더 동그랬다면 엄청난 가치였을 겁니다. 그런데 그 모양 그대로 매우 아름답다고 생각해요. 다른 것들도 마찬가지로 만족스럽군요." 그러고는 말을 계속했지요. "저는 정말로 만족스럽네요. 음흉한 옷 장수라면 이런 경우 상품을 헐값에 얻어내려고 그 상품을 무시하는 척하고, 그 상품 값으로 20피스톨라를 주면서 부끄러워하지도 않을 겁니다. 하지만 나는 도덕적인 사람이므로 40피스톨라를 드리겠습니다."

이바녜스가 1백 피스톨라를 제시했다 하더라도 올바른 평가를 한 것이 아니었을 겁니다. 진주들만으로도 2백 피스톨라는 족히 나갔을 테니까요. 용사는 그 헌 옷 장수와 죽이 맞아서 제게 말했지요. "정직한 사람을 만나게 됐으니 너는 아주 행복한 거다. 이바녜스 씨는 곧 죽어도 정확히 평가한단다." 그러자 헌 옷 장수가 말했어요. "사실입니다. 나와 하는 거래에서는 단 한 푼이라도 깎거나 올릴 것이 없어요." 그러더니 덧붙였어요. "자, 그러니 이제 흥정은 끝난 거죠? 이제 당신에게 현금을 주기만 하면 되는 거죠?" 그러자 용사가 대답했어요. "기다리시오. 그 전에 내가 이 어린 친구에게 당신을 위해 가져오게 한 옷을 입어 보게 해야 하오. 그에게 맞는 치수가 아닌 것 같으니 ⋯ ." 그러자 헌 옷 장수는 자기 보따리를 끌러서 제게 저고리와 은 단추들이 달리고 좋은 갈색 천으로 된 반바지를 보여 주었는데, 모두 다 엔간히

낡은 것들이었어요. 저는 그 옷들을 입어 보려고 일어났지요. 그런데 너무 넓고 너무 길었음에도 불구하고 그 두 사람은 그 옷들이 내게 안성맞춤으로 보인다고 했어요. 이바녜스는 그 옷들의 가격을 10피스톨라라고 평가했고, 그에게 에누리란 없으므로 그 가격에 사야만 했어요. 그래서 그는 자기 돈주머니에서 30피스톨라를 꺼내어 탁자 위에 늘어놓았고, 그런 후 저의 왕족 옷과 왕관을 보따리에 싸더니 가져가 버렸어요.

그가 나가자 용사가 제게 말했어요. "그 헌 옷 장수에 대해 나는 아주 만족스러워." 그로서는 그럴 만했지요. 왜냐하면 그가 헌 옷 장수로부터 얼마간의 피스톨라를 얻어 냈을 테니까요. 하지만 그는 그것으로 그치지 않았고, 탁자 위에 있던 돈의 반을 무람없이 챙기고 나머지 반만 남겨 놓으며 말했어요. "얘야, 에시피온, 네게 남은 이 15피스톨라를 가지고 당장 이 도시를 떠나렴. 대주교의 지시로 너를 기필코 찾아내려 할 거라는 판단이 너도 들 거다. 사람들이 너에 관해 장황하게 늘어놓을 만한 행동을 네가 했으니 이목을 끌 테고, 그 때문에 네가 감옥에 가게 되면 내가 절망스러울 것 같구나." 저는 그에게 세비야를 떠나기로 작정했다고 대답했지요. 그리고 실제로 모자와 셔츠 몇 벌을 구입한 후, 포도밭과 올리브나무들 사이의 광활하고 매력적인 들판을 지나 고대 도시인 카르모나로 이어지는 길을 따라 계속 가서 사흘 후 코르도바에 도착했어요.

저는 상인들이 사는 광장 입구의 여인숙에 묵으러 갔어요. 거기서 톨레도 어느 가문의 아이로 자처하면서 심심풀이로 여행하는 중이라고 말했어요. 그렇게 믿게 할 만큼 꽤 말쑥한 옷차림이었지요. 그리고 마치 우연인 양 몇 피스톨라를 여인숙 주인이 보게 만들어서 그로 하여금 제 말을 믿게 했지요. 어쩌면 그는 제가 아주 어리므로, 부모의 돈을 훔쳐서 여기저기 돌아다니는 방탕아일 수 있다고 생각했는지도 모릅니다. 어찌됐든 그는 제가 얘기한 것 이상으로 더 알고 싶어 하는 것 같진 않았어요. 혹시 호기심을 보였다가 제가 다른 여인숙으로 가 버릴까 봐 염려되어 그랬던 것 같아요. 하루에 6레알을 치르고 그 여인숙에서 잘 지냈어요. 그곳에는 평소에 사람이 많았지요. 저녁에는 식사 때 식탁에 열두 명까지 있기도 했어요. 재미있는 것은, 각자 아무 말 없이 먹기만 한다는 거였죠. 단 한 사람만 빼고요. 그는 닥치는 대로 아무 말이나 계속하면서 다른 사람들의 침묵을 자신의 수다로 상쇄시켰어요. 재기 넘치는 사람 역할을 하면서 이야기들을 늘어놓았고, 재담으로 좌중을 흥겹게 하려고 애를 썼어요. 사람들은 가끔씩 웃음을 터뜨리기도 했는데, 사실상 그의 재치에 호응하는 것이라기보다는 조롱하느라 그런 거였어요.

저는 그 괴짜의 말에 별로 신경 쓰지 않았지요. 그래서 그가 저와 관계된 말을 찾아내지 않았더라면 그가 무슨 말을 했는지 깨닫지도 못하고 식탁에서 일어났을 겁니다. 식사가 끝나 갈 무렵 그가 소리쳤어요. "여러분, 제가 여러분을 위해 가장 흥겨운 이야기를 남겨 두었지요. 세비야 대주교관에서 지난 며칠간 일어났던 사건입니다. 저는 그 이야기를 제가 아는 학사한테서 들었어요. 그가 직접 본 일이라더군요." 그 말을 듣자 저는 좀 흥분되었어요. 제 사건을 말하는 것이 분명했으니까요. 그 짐작은 틀리지 않았어요. 그 괴짜는 사실을 그대로 얘기했고, 심지어 제가 모르던 일까지 알려 줬어요. 즉, 제가 떠난 후 그 방에서 벌어진 사건 말입니다. 이제 얘기해 드릴게요.

제가 도망치자마자 공연하고 있던 연극의 순서에 따라 저를 납치해야 했던 무어인들이 무대에 나타났어요. 제가 잔디에서 잠자고 있을 거라고 믿으며 저를 덮치기로 돼 있었죠. 그런데 그들이 레온 왕에게 몸을 던지려 했을 때, 왕은커녕 아무도 없어서 몹시 놀랐어요. 연극은 중단되었지요. 그리고 배우들 모두가 힘들어했어요. 어떤 이들은 저를 불러 대고, 또 어떤 이들은 저를 찾으라고 시켰죠. 어떤 자는 소리지르고, 어떤 자는 저를 저주했대요. 대주교는 무대 뒤가 온통 당혹스러움과 혼란에 차 있는 것을 알아채고는 그 원인을 물었어요. 그 고위 성직자의 목소리가 들리자 연극에서 어릿광대 역할을 하던 한 시동이 달려와서 존엄하신 대주교에게 말했어요. "대주교님, 무어인들이 레온 왕을 포로로 삼는 것을 더 이상 두려워하지 마십시오. 그 왕이 방금 용포를 입고 도망치셨다고 합니다." 그러자 대주교가 소리쳤어요. "거 참 하늘에 감사드려야겠구나! 우리 종교의 적들을 피해서 그들이 준비해 놓은 감옥을 벗어났다니 완벽히 잘한 일이로다. 그는 아마도 자기 왕국의 수도인 레온으로 돌아갔을 거다. 그가 나쁜 일을 당하지 않고 잘 돌아갔으면 좋겠구나. 게다가 그의 뒤를 쫓는 것을 내가 금지하마. 그 왕이 내 쪽에서 가하는 시련을 겪는다면 나는 애석할 것이다." 그 성직자는 그렇게 말하고 나서 누군가가 제 역할을 그냥 읽고 나서 연극을 마치도록 지시했다고 합니다.

11

에시피온의 이야기 계속

여인숙 주인은 제게 돈이 있을 때는 저를 아주 존중해 주었으나, 돈이 다 떨어진 것을 알아챈 순간 냉랭하게 대하고, 툭하면 아무 이유 없이 시비를 걸더니, 급기야 어느 날 아침 저더러 그 집에서 나가라고 했어요. 저는 당당히 그 집을 나와 성 도미니크 수도회 신부들의 교회에 들어가 미사를 보고 있었는데, 한 늙은 거지가 제게 와서 구걸을 하였어요. 저는 호주머니에서 구리동전 두세 개를 꺼내어 그에게 주며 말했어요. "저, 제가 곧 좋은 자리를 찾게 해달라고 하느님께 기도해 주세요. 그 기도가 이루어진다면 저는 이 돈을 준 것을 후회하지 않을 겁니다. 제가 고마워하리라는 것을 믿으세요."

이 말에 그 거지는 저를 아주 유심히 바라보더니 진지한 기색으로 대답했어요. "어떤 자리를 갖고 싶은 거요?" 그래서 제가 대답했지요. "제가 잘 지낼 수 있을 것 같은 집에 하인으로 들어가고 싶어요." 그러자 그가 그 일이 급하냐고 묻기에 제가 말했어요. "더할 수 없이 다급

해요. 일자리를 가능한 한 빨리 찾아내지 못하면 대충이라는 것은 없고, 굶어 죽거나 지금 제 앞에 있는 분처럼 되거나 할 것이 틀림없어요." 이에 그는 말했어요. "그토록 궁핍해진다면 우리처럼 살도록 생기지 않은 당신에게는 정말 유감스런 일이 될 거요. 하지만 당신이 이 처지에 익숙해지면 굴종적인 신분보다는 우리 같은 처지를 더 좋아하게 될 거요. 굴종 상태가 거지 생활보다 더 열등하다는 것은 반박의 여지가 없으니까. 그런데 당신이 나처럼 자유롭고 독립적인 생활을 이끌어가기보다는 시중들기를 더 좋아한다니 계속해서 주인을 갖게 될 것이오. 당신이 지금 보는 바처럼 내가 당신에게 유익할 수도 있소. 내일 같은 시간에 여기로 오시오."

저는 잊지 않고 그렇게 했습니다. 다음 날 같은 장소로 다시 갔더니 거지도 오래지 않아 도착해서 저더러 따라오라고 했어요. 그래서 저는 그를 따라갔고, 그는 저를 교회로부터 멀지 않은 곳에 있는 지하실로 데려갔어요. 그가 지내는 곳이었지요. 우리는 둘 다 거기로 들어가서 최소한 1백 년은 쓴 것 같은 긴 의자에 앉았어요. 그는 다음과 같이 말했어요. "격언에서 말하듯이 선한 행동은 언제나 보답을 받는다네. 자네가 어제 나한테 적선을 했기에 나는 자네에게 일자리를 찾아 주기로 결심했다네. 그것이 구주를 기쁘게 하는 일이라면 일은 곧 찾아질 걸세. 내가 알렉시스 신부라는 이름의 늙은 도미니크회 수도사를 알고 있는데, 성스러운 종교인이고, 대단한 지도자라네. 영광스럽게도 나는 그분의 심부름을 하고 있고, 그 일을 아주 조심스레 충실히 해내고 있네. 그래서 그 신부님은 자신의 신망을 이용하여 나 혹은 내 친구들을 도와주신다네. 내가 그분에게 자네에 관해 말씀드렸더니 자네를 도와주겠다고 하셨네. 그분이 원하실 때 내가 자네를 그 신부님에게 소개해 줄 걸세."

저는 그 늙은 거지에게 말했어요. "시간낭비 할 여유가 없어요. 당장 그 선량한 신부님을 보러 갑시다." 그 불쌍한 거지는 이에 응하여 그 즉시 저를 데리고 알렉시스 신부님에게 갔어요. 우리가 갔을 때 그 신부님은 자기 방에서 영성에 관한 편지들을 쓰느라 여념이 없었어요. 저희를 보자 저와 얘기하기 위해 하던 일을 중단했지요. 그는 제게 늙은 거지가 부탁을 하기에 제 일을 돕기로 했다고 말했어요. 그러더니 말을 이었어요. "발타사르 벨라스케스 씨가 하인이 한 명 필요하다는 것을 알고 나서 내가 오늘 아침에 자네를 위해 편지를 썼다네. 그가 방금 답장을 보내 왔는데, 내가 보내는 사람이라면 무조건 받아들이겠다고 했소. 자네는 오늘 당장 가서 내 얘기를 하면 그를 만날 수 있네. 그는 내 담당 참회자이자 내 친구라네." 그 신부는 그 말을 하고 나서 45분 정도 제게 의무들을 잘 수행해야 한다는 권고를 해주었어요. 주로 벨라스케스를 열성적으로 섬겨야 하는 의무에 관해 늘어놓더니, 제 주인이 저를 불만스러워하지 않는 한 제가 그 자리에 붙어 있도록 도와주겠다고 확언했지요.

저는 그 성직자가 베푼 친절에 감사하고 나서 거지와 함께 수도원을 나왔어요. 발타사르 벨라스케스 씨는 늙은 피륙상이고, 부유하고 단순하며 너그러운 사람이라고 거지가 말해 주었어요. 그러고는 덧붙였지요. "자네가 그의 집에서 완벽히 잘 지내게 될 거라고 믿어 의심치 않네." 저는 그 부르주아의 집을 알아보고 나서, 거지에게 제 새로운 일터에서 자리를 잡는 즉시 그가 해준 일에 대해 답례하겠다고 약속한 뒤 당장 그 집으로 갔습니다. 가 보니 큰 가게였는데, 거기에는 말쑥한 옷차림으로 종횡무진하며 기분 좋은 모습으로 고객을 기다리고 있는 젊은 상인 두 명이 있었어요. 저는 그들에게 주인이 계시느냐고 묻고 나서, 알렉시스 신부님의 소개로 그 주인과 만나야 한다고 말했어요. 그 존경스런 이름을 듣자 그들은 저를 가게 뒷방으로 보내 주었는데, 거기서 상인은 책상 위에 놓여 있는 큰 장부를 뒤적이고 있었어요. 저는 그에게 매우 공손히 인사하고 나서 다가가 말했습니다. "나리, 존경스런 알렉시스 신부님이 하인으로 제안하신 젊은이가 바로 접니다." 그러자 그가 대답했어요. "아! 얘야, 환영한다. 그 성스러운 분께서 보낸 사람이라면 그것으로 충분하다. 다른 서너 명의 하인들이 여기로 오고 싶다고 했으나, 나는 그들보다 너를 선택하여 받아들인 거란다. 이건 결정된 일이야. 네 급료는 오늘부터 계산될 거다."

저는 그 부르주아의 집에서 지내면서 오래지 않아 그가 사람들이 묘사했던 그대로라는 것을 알게 되었어요. 심지어 그는 너무 단순해서 언젠가 그를 골탕 먹이지 않기가 아주 힘들 거라는 생각마저 하게 될 정도였어요. 그는 4년 전부터 홀아비였고, 자식이 둘 있었는데, 아들은 막 스물다섯 살이 되었고, 딸은 열다섯 살이었지요. 딸은 엄격한 샤프롱이 돌보고, 알렉시스 신부가 이끌어 주어서 덕성의 길에 들어서 있었어요. 그런데 오빠인 가스파르 벨라스케스는 그를 신사로 만들기 위해 아무것도 아끼지 않았음에도 불구하고 방탕한 젊은이들 특유의 온갖 악덕을 다 지니고 있었어요. 때때로 이틀 내지 사흘씩 외박을 했고, 집에 돌아왔을 때 그의 아버지가 야단치려 하면 아버지보다 더 거만한 어조로 말대꾸를 하여 말문이 막히게 했지요.

어느 날 노인이 제게 말했어요. "에시피온, 내게는 온갖 괴로움을 주는 아들이 하나 있다. 그는 온갖 종류의 방탕에 빠져 있어. 그게 놀랍구나. 왜냐하면 그를 교육시키는 일에 공을 아주 많이 들였으니 말이다. 내가 좋은 선생들도 구해 주고, 내 친구인 알렉시스 신부도 그 아이를 좋은 길로 인도하려고 무진 애를 쓰셨단다. 그런데도 나의 뜻을 이루지 못해서, 가스파르는 방탕에 몸담고 있단다. 어쩌면 너는 이렇게 말하고 싶겠지. 그 아이가 사춘기일 때 내가 그 애를 너무 부드럽게 대해서 그 애를 망친 거라고 … . 하지만 아니다. 나는 엄격히 대하는 것이 적절하다 싶을 때는 벌을 주곤 했다. 내가 아주 온화하긴 하지만, 필요한 경우에는 단호해지기도 하니까. 나는 그 애를 교도소에 보내기까지 했단다. 그래 봤자 그 애는 더 못된 아이가 되기만 했다. 한마디로 좋은 모범은 물론이고 훈계와 징벌로도 고칠 수 없는 말종(末種)이야. 그 애를 고치는 기적을 행할 수 있는 것은 하늘뿐이다."

그 불행한 아버지의 괴로움 때문에 제 마음이 몹시 아프지는 않았을지라도, 최소한 그런 척은 했습니다. 그래서 말했지요. "아, 참 딱하게 되셨네요, 나리! 나리처럼 좋은 분은 더 훌륭한 아들을 둘 자격이 있을 텐데 … ." 그러자 그가 대답했어요. "어쩌겠느냐, 신이 그런 위안을 박탈했으니 … . 가스파르가 나를 한탄하게 만든 일 가운데 나를 아주 불안하게 하는 일이 한 가지 있다는 것을 네게 털어놓으련다. 그것은 그가 내 재물을 훔치려 하고, 내가 아무리 감시를 해도 너무 자주 그 방법을 찾아내는구나. 네가 오기 전에 있던 하인은 그 애와 한통속이 되었단다. 바로 그래서 내가 그 하인을 쫓아 버린 거야. 하지만 너는 내 아들에 의해 타락하지 않으리라 기대한다. 너는 내 편에 설 테지. 알렉시스 신부가 너를 제대로 추천했다는 것을 난 의심치 않는다." 그래서 제가 대답했어요. "그 신뢰에 부응할게요. 신부님께서 제게 나리의 이익만 염두에 두라고 한 시간 동안이나 당부하셨어요. 하지만 그런 일 때문에 신부님이 권고하실 필요는 없었다는 것을 제가 장담할 수 있어요. 저는 나리를 충실히 섬길 준비가 돼 있어요. 그 어떤 시련이 와도 열성을 다하겠다고 약속드립니다."

일부만 듣는 것은 아무것도 듣지 못한 것이나 마찬가지일 겁니다. 잘난 체하는 악마 같은 젊은이 벨라스케스는 제 용모를 보고, 제 전임자보다 유혹하기가 더 힘들지는 않을 거라고 판단하여 저를 외딴곳으로 데리고 가더니 다음과 같이 말했습니다. "얘야, 잘 들어 봐라. 아버지가 너한테 나를 염탐하라고 시켰을 게 분명한데…, 조심하렴. 내가 경고하건대, 그 일을 수행하다가는 불쾌한 일이 없지 않을 거다. 만약 네가 나를 관찰하다가 나한테 들키면 너를 몽둥이로 맞아 죽게 할 거다. 그 대신 내가 아버지를 속이는 일을 네가 도와준다면 보답을 기대해 볼 수도 있을 거다. 더 분명히 말해야 할까? 우리가 함께 대량 확보를 하게 되면 네 몫을 챙기게 될 거라는 얘기다. 이제 너는 선택만 하면 된다. 아버지냐 아들이냐, 당장 네 뜻을 밝혀라. 중립이란 없다."

그래서 저는 대답했어요. "나리, 나리께서는 저를 굉장히 심하게 몰아붙이시네요. 저는 나리 편이 될 수밖에 없다는 것을 잘 알겠어요. 사실 벨라스케스 나리를 배반하는 것이 아주 내키지는 않지만요." 그러자 가스파르가 말했어요. "너는 양심의 가책을 느낄 필요 없다. 아버지는 아직도 나를 감독하고 싶어 하는 늙은 수전노이고, 내 즐거움거리에 돈 대주는 것을 거부하여 내게 필요한 것을 마다하는 고약한 양반이니까. 스물다섯 살 때는 즐거움거리가 필요하거든. 너는 바로 그런 관점에서 내 아버지를 봐야 한다. 자, 이제 내 얘기는 끝났다." 그래서 제가 말했습니다. "나리, 그렇게 온당한 불평에 대해서는 반대할 방법이 없네요. 제가 나리의 그 찬양할 만한 계획들에서 나리를 보조해 드리겠습니다. 하지만 이 공모를 우리 둘 다 잘 감추기로 해요. 나리의 충실한 조수가 내쫓길까 봐 두려우니까요. 제 생각에 나리는 저를 미워하는 척하는 것이 나쁘지 않을 것 같아요. 사람들 앞에서는 제게 거칠게 말하세요. 말을 가려서 하지도 마시고요. 심지어 따귀를 몇 대 때리시거나 엉덩이를 걷어차셔도 괜찮습니다. 나리께서 제게 반감을 표시하실수록 발타사르 나리께서 저를 더욱 신뢰하실 겁니다. 제 쪽에서는 나리와의 대화를 피하는 척할게요. 식탁에서 나리의 시중을 들 때는 그 일을 마지못해 하는 것처럼 보일게요. 가게의 직원들과 나리에 관한 얘기를 할 때면 나리에 대해 욕설을 퍼부어도 나쁘게 여기지 마십시오."

이 마지막 말에 아들 벨라스케스는 소리쳤어요. "오, 좋아! 얘야, 너 훌륭하다. 네 나이에 비해 음모에 아주 놀라운 재능을 보이는구나. 나로서는 아주 좋은 조짐이라는 생각이 드는구나. 총명한 너의 도움을 받아서 내가 아버지에게 단 한 피스톨라도 남기지 않게 되기를 기대하마." 그래서 제가 말했죠. "나리께서 저의 재간을 그토록 믿어 주시다니 제게 너무 과분하게 대해 주시는 겁니다. 나리께서 저를 좋게 여기시는 것이 헛되지 않도록 최선을 다하겠습니다. 그렇게 해내지 못한다면, 적어도 저의 잘못은 아닐 겁니다."

저는 얼마 되지 않아 실제로 제가 가스파르에게 필요한 사람이라는 것을 증명해 주었습니다. 제가 그에게 준 첫 번째 도움은 다음과 같습니다. 발타사르 영감의 금고는 그의 방에서 침대와 벽 사이에 놓여 있었고, 기도대(祈禱臺)로 이용되었어요. 저는 그 금고를 볼 때마다 기분이 좋았고, 자주 속으로 말했지요. '내 친구 금고야, 너는 내게 늘 닫혀 있을 거니? 네가 감추고 있는 보물을 들여다보는 즐거움을 나는 결코 갖지 못하게 될까?' 그 방은 가스파르에게만 출입이 금지되어 있고, 저는 원하기만 하면 언제든지 그 방을 드나들 수 있었습니다. 그러던 어느 날 그의 아버지가 아무도 보지 않는 줄 알고 그 금고를 열었다가 닫은 후 금고 열쇠를 타피스리 뒤에 숨겨 놓는 것을 제가 보게 되었어요. 저는 그곳을 잘 봐두었다가 저의 젊은 주인에게 그 사실을 알려 주었지요. 가스파르는 기뻐서 저를 껴안으며 말했습니다. "아! 친애하는 에시피온, 정말 대단한 것을 알려 주러 왔구나. 우리는 이제 운이 트인 거다, 얘야. 오늘 네게 밀랍을 줄 테니, 그 열쇠의 모형을 떠서 내게 갖다주렴. 코르도바에서 말 잘 듣는 열쇠장인을 내가 힘들지 않게 찾아낼 거야. 코르도바라고 해서 사기꾼들이 더 적은 것도 아니거든."

그래서 제가 가스파르에게 말했어요. "아니! 왜 가짜 열쇠를 만드시려는 거죠? 우리가 진짜 열쇠를 쓰면 될 텐데." 그러자 그가 대답했어요. "그래, 하지만 아버지가 경계심이 들어서 또는 뭐 다른 이유로 그것을 다른 곳에 숨기게 될까 봐 염려되는구나. 가장 확실한 것은 우리의 열쇠를 갖는 것이야." 저는 그가 염려하는 것이 맞다고 수긍했고, 그의 뜻에 따라 열쇠를 본뜰 채비를 했어요. 그 일은 어느 화창한 아침에 실행되었는데, 그때 저의 늙은 주인은 알렉시스 신부님을 방문해서 평소처럼 아주 길게 얘기를 나누고 있었지요. 저는 본뜨는 일로 그치지 않고, 열쇠를 가지고 금고를 열어 보았어요. 금고에 가득 찬 크고 작은 주머니들이 저를 홀리는 바람에 당황스러웠지요. 어느 것을 선택해야 할지 몰랐어요. 그 정도로 모든 주머니에 대해 애정을 느낀 겁니다. 그럼에도 불구하고 발각될 위험 때문에 오래 살펴볼 수는 없었으므로, 되는대로 가장 큰 주머니 중 하나를 잡았어요. 그러고 나서 그 금고를 닫고, 열쇠를 타피스리 뒤에 다시 갖다 놓은 뒤 제 노획물을 갖고 그 방에서 나와 그것을 제 침대 밑에 있는 작은 옷상자 안에 숨겨놓고 잠자리에 들었어요.

그렇게 다행히 작업을 마치고 나서 저는 얼른 젊은 벨라스케스를 만나러 갔어요. 그는 제가 만나자고 한 집에서 저를 기다리고 있었고, 제가 방금 한 일을 알고는 몹시 기뻐했어요. 그는 저에 대해 너무 만족하여 무수히 쓰다듬어 주었고, 너그럽게도 그 주머니에 있던 돈 중 절반을 제게 주려 했어요. 저는 거절했지요. “아니오, 아니, 나리, 이 첫 번째 주머니는 오로지 나리만을 위한 것입니다. 필요하신 곳에 쓰세요.” 그러고 나서 저는 금고로 당장 돌아갔어요. 다행히 돈은 우리 둘을 위해 넉넉히 있었어요. 실제로 저는 사흘 뒤 두 번째 주머니를 꺼냈지요. 거기에는 첫 번째 주머니처럼 5백 에퀴가 들어 있었고, 저는 그 중에서 4분의 1만 받으려 했어요. 가스파르가 자기와 형제처럼 나눠 갖자고 아무리 간청을 해도 말입니다.

돈이 아주 많아져서 여자들과 도박에 대한 열정을 만족시킬 수 있는 상태가 되자, 그 젊은이는 그 열정들에 완전히 빠져들었어요. 심지어 불행하게도 아주 짧은 시간 내에 아주 큰 재산을 탐욕스레 삼켜 버리는 유명한 바람둥이 여자들에 몰두하기까지 했지요. 그는 그 열정 때문에 어마어마한 낭비를 했고, 그 때문에 저는 금고를 술하게 털어야 했으며, 급기야 늙은 벨라스케스가 자기 재산이 도난당하고 있다는 것을 알아채게 되었어요. 어느 날 아침 그가 제게 말했어요. "에시피온, 내가 너를 의지해야겠구나. 누군가 내 재산을 훔치고 있다, 얘야. 누가 내 금고를 열어서 주머니 여러 개를 훔쳐 갔어. 꾸준히 생긴 일이다. 내가 누구를 그 좀도둑으로 여겨야 할까? 아니, 그보다 내 아들 말고 다른 어떤 자가 그런 짓을 할 수 있었을까? 가스파르가 내 방에 몰래 들어오거나 아니면 네가 직접 거기 침입했거나…. 왜냐하면 너희 둘이서 사이가 아주 나빠 보임에도 불구하고 나는 네가 그와 한패일 거라는 생각이 드는구나. 하지만 그런 의심을 하고 싶지 않다. 알렉시스 신부가 내게 너의 충절을 보증했으니까." 저는 그에게 대답하기를, 다행히 저는 다른 사람의 재산에는 현혹되지 않는다고 했습니다. 그 거짓말을 하면서 얼굴을 찌푸리기까지 했는데, 그것이 변명구실을 한 거죠.

실제로, 노인은 제게 더 이상 그 얘기를 하진 않았으나, 이제는 저를 경계하여 다 털어놓지는 않았습니다. 우리가 침해를 가할까 봐 대비책을 강구하여 금고에는 새로운 자물쇠를 채우게 했고, 그 열쇠를 자기 호주머니에 늘 넣고 다녔습니다. 이로 인해 우리와 주머니들 사이의 관계는 완전히 깨져 버렸으므로 우리는 어찌할 도리 없이 멍하니 있었지요. 특히 가스파르는 자신의 요정을 위해 예전처럼 돈을 쓰지 못해서 그녀를 더 이상 보지 못하게 될까 봐 염려했습니다. 하지만 임시방편을 생각해 내서 며칠 더 그럭저럭 버티게 되었는데, 그 기발한 미봉책이란 제가 금고에서 빼던 거액 중 제게 줬던 돈을 전부 빌리는 형식으로 그가 착복한 것입니다. 저는 그에게 마지막 한 푼까지 다 주었는데, 제가 느끼기에 그것은 제가 늙은 상인에게 돌려주어야 할 돈을 그의 상속자에게 미리 주는 셈 쳐도 될 것 같았습니다.

그 젊은이는 그 자원마저 탕진하자 더 이상 다른 재원이 없다고 여기고, 깊고 어두운 우울감에 빠져 버렸습니다. 이로 인해 서서히 이성이 혼란스러워졌어요. 그는 이제 자기 아버지를 오로지 자기 인생의 모든 불행의 주범으로만 여겼습니다. 그 비참한 인간은 극심한 절망에 빠져서 혈연관계는 아랑곳하지 않고 자기 아버지를 독살하려는 끔찍한 계획을 품었습니다. 그 흉악한 계획을 제게 털어놓는 데 그치지 않고, 저를 그 복수에 도구로 쓰겠다고 제안했어요. 그 제안에 저는 공포에 사로잡혀서 말했습니다. "나리, 그렇게 참혹한 결심을 품다니 하늘로부터 그 정도로 버림받으실 수가 있는 건가요? 아니! 나리에게 생명을 주신 분에게 죽음을 안기실 수가 있는 거냐고요? 스페인에서, 기독교 한가운데서, 가장 야만적인 나라들에서조차 생각만 해도 끔찍할 범죄를 저지르다니요!" 그러고 나서 저는 그의 무릎을 껴안고 덧붙였습니다. "안 됩니다, 친애하는 나리, 안 돼요. 나리는 온 세상이 나리에게 반기를 들고 일어나고, 불명예스런 징벌이 잇따를 그런 행동을 하시면 안 됩니다."

저는 가스파르가 그토록 큰 죄를 저지르지 못하도록 다른 말도 했습니다. 제가 그의 절망에 반박하기 위해 사용한, 교양인들의 그 모든 추론들을 어디서 취했는지는 지금도 모릅니다만, 코스콜리나의 아들답게, 살라망카의 아주 젊은 박사처럼 말했던 것은 분명합니다. 하지만 그에게 정신을 차려야 한다고, 머릿속에 엄습한 그 가증스런 생각들을 과감히 내쳐야 한다고 아무리 얘기해 봤자 소용이 없었어요. 저의 그 모든 설득은 아무 소용없었지요. 그는 몸을 웅크린 채 침울하게 말이 없었고, 제가 무슨 말을 하더라도 자기 계획을 단념하지 않을 것 같았어요.

그래서 저는 결심을 하고, 제 늙은 주인에게 비밀 면담을 요청하고는 그 주인과 단둘이 있게 되었을 때 말했지요. "나리, 제가 나리의 발아래 몸을 던져서 자비를 베풀어 달라고 간청하는 것을 용서해 주세요." 저는 그 말을 마치고서 굉장히 흥분한 채 엎드렸고, 얼굴은 눈물범벅이 되었지요. 그 상인은 제 행동과 혼란스런 기색에 놀라서 제게 무슨 일을 저질렀냐고 물었어요. 그래서 제가 대답했지요. "제가 지금도 후회하고 있고, 평생토록 자책할 잘못이 있습니다. 저는 나약하게도 나리의 아드님이 하는 말을 듣고 나리의 돈을 훔치는 것을 도왔습니다." 이 말과 함께 그로 인해 벌어진 모든 일을 솔직하게 털어놓았어요. 그런 후 방금 제가 가스파르와 나눈 대화를 전해 주면서 아주 사소한 정황도 잊지 않고 그의 계획을 밝혀 주었어요.

벨라스케스 노인은 그간 자기 아들을 아무리 나쁘게 생각했다 할지라도 그 말은 믿기 힘들었나 봅니다. 그럼에도 제가 고발한 내용이 사실이라는 것을 의심하지 않고 저를 일으켜 세우며 말했어요. "에시피온, 나는 늘 그의 뒤를 밟고 있었다. 네가 방금 내게 전한 중요한 의견을 참작하여 너를 용서하마." 그러더니 목소리를 높이며 말을 이었어요. "가스파르가, 아니 가스파르가 내 목숨을 빼앗으려 하다니! 아! 배은망덕한 자식, 살게 놔두어서 아버지를 살해하는 자가 되게 하느니

보다는 태어났을 때 목을 조르는 게 나을 뻔했던 괴물, 도대체 무엇 때문에 내 목숨을 앗으려 하는 거냐? 나는 매일 너의 즐거움을 위해 상당한 금액을 해마다 제공해 주는 데도 만족할 줄 모르고! 그렇다면 너를 만족시키기 위해 내 모든 재산을 낭비하도록 놔둬야 하는 거냐?" 그는 그렇게 쓰라린 폭언을 하고 나서 제게 비밀에 부치라고 말했어요. 그리고 그렇게 까다로운 상황에서 자기가 어떻게 해야 할지 혼자 생각해 보도록 자신을 혼자 있게 해달라고 했어요.

저는 그 불행한 아버지가 어떤 결정을 내릴지 알기가 몹시 힘들었어요. 같은 날 그가 가스파르를 불러들여서 자기 마음에 있는 것은 전혀 표현하지 않은 채 다음과 같이 말했습니다. "아들아, 내가 메리다로부터 편지 한 통을 받았다. 편지 내용은, 네가 결혼하고 싶다면 완벽히 아름답고 큰 지참금을 가져올 열다섯 살짜리 딸을 네 배필로 허락하고 싶다는 거였다. 네가 그 결혼에 대해 반감이 없다면, 내일 동이 틀 때 함께 메리다로 떠나자꾸나. 그 아가씨를 보러 가자. 만약 그녀가 네 마음에 든다면 너는 그녀와 결혼해라." 가스파르는 큰 지참금이란 말을 듣고서 그 돈을 벌써 손에 쥐기라도 한 듯 그 여행을 할 준비가 됐다고 망설임 없이 대답했어요. 그래서 그들은 다음 날 꼭두새벽에 좋은 노새 등에 올라타고 둘이서만 떠났습니다.

페시라산에 오르자 발타사르는 노새에서 내리며 아들에게도 내리라고 말했습니다. 그곳은 지나가는 행인들이 무서워하는 곳이었고, 그만큼 도둑들이 좋아하는 장소였어요. 젊은이는 아버지의 말을 따르면서 왜 그런 장소에서 내리게 하느냐고 물었습니다. 그러자 노인은 괴로움과 분노가 서린 눈으로 그를 훑어보며 대답했습니다. "알려 주

마. 우리는 메리디로 가지 않을 거다. 네게 말했던 혼인은 너를 여기로 끌어들이기 위해 지어낸 이야기일 뿐이다. 내가 모르지 않는다, 배은망덕한 패륜아야, 네가 계획하고 있는 중대한 범죄를 모르지 않아. 네가 정성껏 준비하는 독이 나에게 주어지리라는 것을 나는 안다. 하지만 네가 아무리 분별력이 없다 해도 그런 식으로 내 목숨을 빼앗고서 무탈하기를 기대할 수가 있는 거냐? 대단한 착오다! 너의 죄는 곧 밝혀질 테고, 너는 형리의 손에 죽어 갈 것이다." 그러더니 말을 계속했습니다. "네가 치욕스런 죽음에 처할 위험 없이 네 격분을 만족시킬 더 확실한 방법이 있다. 여기서는 우리를 볼 사람이 아무도 없고, 살인이 날마다 자행되는 곳이다. 너는 나의 피에 너무 목말라 있으니 네 단도를 내 가슴에 찔러라. 사람들은 이 살인을 강도들의 짓이라고 여길 것이다." 발타사르는 이 말을 하면서 자기 가슴을 풀어헤쳐 보이면서 심장의 위치를 아들에게 가리켜 보였습니다. 그러고는 덧붙였습니다. "자, 가스파르, 여기를 치명적으로 가격하여라. 너 같은 악당을 만든 것에 대해 나를 벌하여라."

아들 벨라스케스는 마치 천둥 번개를 맞은 듯 충격을 받아서 변명을 하려 들지도 않고 갑자기 아버지 발아래 의식도 없이 쓰러졌습니다. 선량한 노인은 후회하기 시작하는 듯 보이는 아들을 보면서 부성(父性)으로 약해지지 않을 수 없었어요. 아버지는 얼른 아들을 구하려 했지만, 아들은 감각을 되찾자마자 그토록 온당하게 화가 난 아버지의 존재를 견딜 수가 없어서 애를 써서 다시 일어섰습니다. 그는 노새에 다시 올라타고 한마디 말도 없어 멀어져 갔습니다. 발타사르는 그가 사라져 버리도록 놔두었고, 후회에 사로잡혀서 코르도바로 돌아왔어요. 그러고 나서 6개월 후 자기 아들이 세비야의 샤르트뢰즈 수도회에 투신해 회개하며 여생을 보내기로 했다는 사실을 알게 되었습니다.

12

에시피온의 이야기 결말

때로는 나쁜 사례가 아주 좋은 결과를 빚어내기도 합니다. 젊은 벨라스케스가 지녔던 태도는 저로 하여금 제 처신에 대해 진지하게 생각해 보게 만들었어요. 저는 도벽 성향과 맞서 싸우고, 명예를 중시하는 남자로 살아가기 시작했습니다. 닥치는 대로 모든 돈을 갈취하던 버릇은 숱하게 반복된 행위들로 형성되었기에 무찌르기가 쉽지는 않았습니다. 그럼에도 저는 덕성스러워지기 위해 오로지 진심으로 그렇게 되는 것이 필요하다고 생각하고 그 목표에 도달하기를 희망했습니다. 그래서 그 대단한 일을 감행했고, 하늘이 저의 노력을 축복해 준 것 같습니다. 저는 늙은 상인의 금고를 탐욕스런 눈으로 바라보는 짓을 그만두었습니다. 심지어 거기서 돈주머니를 꺼내는 일이 오로지 제 뜻에 달렸을지라도 아무 짓 하지 않았을 것으로 생각합니다. 하지만 이제 막 갖게 된 청렴함을 시험해 보려 한다면 그것은 경솔한 짓이었을 거라고 인정하렵니다. 그래서 벨라스케스 노인은 그런 일을 경계했습니다.

그 집에 자주 오는 고객 중 알칸타라 교단의 기사인 돈 만리케 데 메드라나라는 젊은 귀족이 있었습니다. 그는 우리에게 주문을 하곤 했는데, 우리의 고객들 중 최고는 아닐지라도 가장 지체 높은 고객 중 하나였지요. 저는 다행히 그 기사의 마음에 들었고, 그는 저를 볼 때마다 말을 시키려고 늘 저를 자극했어요. 제가 얘기하면 즐거이 듣는 듯 보였습니다. 어느 날 그가 제게 말했습니다. "에시피온, 너 같은 기질의 하인이 내게 한 명 있다면 보물을 얻은 것만 같을 거야. 내가 존경하는 사람의 집만 아니라면, 너를 이 집에서 빼내 오기 위해 아무것도 아끼지 않을 텐데." 그래서 제가 대답했어요. "나리, 그렇게 하는 것이 별로 힘들지 않으실 겁니다. 저는 귀족들을 좋아하는 성향이 있거든요. 그것은 저의 열정입니다. 귀족들의 편안한 태도에 홀려 있어요." 그러자 돈 만리케가 말했어요. "그렇다면 내가 발타사르 씨에게 너를 우리 집으로 데리고 가게 해달라고 부탁해야겠구나. 내가 청하면 그는 거절하지 않을 거야." 정말로 벨라스케스는 그 부탁을 들어주었어요. 고칠 수 없는 사기꾼 하인을 넘기는 일이니 손해라고 여기지 않았던 만큼 쉽게 승낙했지요. 제 쪽에서는 부르주아의 하인은 알칸타라 기사의 하인에 비하면 그저 거지로 보였기에 그 변화가 아주 좋았습니다.

제 새로운 주인을 충실히 묘사해 보자면, 더할 수 없이 보기 좋은 용모를 타고났으며, 모든 사람에게 부드러운 품행과 올바른 정신으로 대하는 기사라고 말하렵니다. 게다가 아주 용맹하고 강직했으며, 재산도 없지 않았어요. 하지만 부유하기보다는 유명한 가문의 둘째여서 톨레도에 사는 늙은 숙모가 주는 돈으로 살아야 했습니다. 그 숙모는 그를 아들처럼 사랑하면서 생활비를 대주었어요. 그는 옷차림을 늘 정성껏 가꾸었고, 그 어디서나 대접을 아주 잘 받았습니다. 그는 그 도시의 주요 여인들을 보러 다니곤 했어요. 그들 중에 알메나라 후작부인이 있었습니다. 그녀는 72세의 과부로, 마음을 끄는 태도와 매력적인 기지로 자기 집에 코르도바의 모든 귀족이 드나들게 했지요. 여자들뿐만 아니라 남자들도 그녀와의 대화를 좋아했고, 그녀의 집은 '상류사회'라고 불리었어요.

저의 주인은 그 부인을 열심히 찾아다니는 사람 중 하나였어요. 그런데 그가 그녀를 만나고 오던 어느 날 저녁에는 평소와 달리 아주 흥분된 기색이었어요. 그래서 제가 말했지요. "나리, 아주 흥분하셨네요. 왜 그러신 건지 감히 여쭤봐도 될까요? 뭔가 특별한 일이 생긴 건 아닌지요?" 이 질문에 그 기사는 미소를 짓더니, 사실은 자기가 알메나라 후작부인과 방금 나눈 진지한 대화에 정신이 팔려 있다고 말해 줬어요. 그래서 제가 웃으며 말했지요. "그 귀여운 70대 여인이 나리에게 사랑 고백이라도 하셨으면 좋겠네요." 그러자 그가 대답했어요. "놀릴 생각 말아라. 친구야, 후작부인이 나를 좋아하신다는 것을 알아 두렴. 그 부인이 내게 이렇게 말했단다. '기사님, 나는 당신의 고귀함만큼이나 당신의 재산 부족도 좋아해요. 당신이 다른 방법으로는 점잖게 부유해질 수 없으므로, 당신이 편히 지낼 수 있도록 내가 당신과 혼인하기로 결심했어요. 이 결혼으로 내가 세간의 웃음거리가 되리라는 것을 잘 알고 있어요. 그리고 나는 마침내 재혼하고 싶어 안달이 난 미친 늙은이로 통하겠지요. 하지만 상관없어요. 당신에게 안락한 여생을 만들어 주기 위해 그런 험담쯤은 무시할 작정이에요.' 그러더니 그 부인은 '내가 두려워하는 거라고는 오로지, 당신이 내 의도에 따르는 것을 혐오스러워하지 않을까 하는 점입니다'라고 말했단다."

그러더니 그 기사는 말을 계속했어요. "그게 그 후작부인이 내게 한 말이다. 나는 그 부인이 코르도바에서 가장 지혜롭고 가장 이성적인 여인이기에 더더욱 놀랐다. 그래서 내게 청혼하는 영광을 베풀어 주신 것에 대해 놀랐다고 대답했지. 그 부인은 과부 생활을 끝까지 버텨 낼 작정이라는 뜻을 늘 굽히지 않았었으니까. 나의 대답에 대해 그 부인은, 자기는 재산이 상당히 많으므로 자기가 소중히 여기는 신사에게 자기가 살아 있는 동안 나눠 주고 싶다고 말했단다." 그래서 내가 그 기사에게 말했지요. "나리께서는 결단을 내리신 듯 보이는군요." 그러자 그가 대꾸했습니다. "의심스러우냐? 후작부인은 재산이 어마어마한 데다가 훌륭한 마음과 정신을 갖고 있단다. 그토록 유리한 혼처를 놓친다면 판단력을 잃은 것일 테지."

제 주인이 횡재할 수 있는 그토록 좋은 기회를 이용하려는 계획에 저는 적극 찬성했어요. 심지어 사태를 서두르자는 충고까지 했지요. 저는 사태가 바뀔까 봐 두려웠던 겁니다. 다행히 그 부인은 저보다 훨씬 더 그 일에 열렬한 관심을 갖고 있었고, 일을 너무 잘 처리해 놓아서 결혼 준비는 곧이어 다 이루어졌습니다. 코르도바에서 늙은 알메나라 후작부인이 젊은 돈 만리케 데 메드라나와 결혼할 채비가 되었다는 것이 알려지자마자, 그 과부에 대해 조롱꾼들이 활기를 띠기 시작했습니다. 하지만 그들이 못된 농담을 있는 대로 다 해봤자 소용없었고, 그녀는 결혼 계획을 포기하지 않았습니다. 그녀는 온 도시가 떠들건 말건 내버려 두었고, 자신의 기사를 따라 제단으로 갔습니다. 그들의 결혼식은 요란스레 거행되어서 이 또한 험담거리가 되었지요. 늙은 신부라면 최소한 남의 이목을 생각해서 성대하고 요란스러운 면은 없앴어야 했을 것이라고 사람들은 말했지요. 젊은 남편을 맞는 늙은 과부에게는 전혀 어울리지 않는다는 거였어요.

후작부인은 자기 나이에 젊은 기사의 아내가 되는 것을 부끄러워하지 않았고, 자신이 느끼는 기쁨에 전혀 거리낌 없이 빠져들었어요. 그녀의 집에서는 교향악이 동반된 큰 잔치가 벌어졌고, 그 연회는 코르도바의 모든 남녀 귀족이 모인 무도회로 피날레를 장식했어요. 무도회가 끝나 갈 무렵, 우리의 신랑 신부는 그 자리를 빠져나와 처소로 왔지요. 거기에는 하녀 한 명과 제가 틀어박혀 있었는데, 후작부인이 제 주인에게 다음과 같이 말했어요. "돈 만리케, 여기가 당신 처소예요. 내 처소는 이 집의 다른 장소에 있어요. 우리는 밤에는 각자 자기 방에서 따로 보내게 될 거고, 낮에는 어머니와 아들처럼 함께 지낼 겁니다." 기사는 처음에는 그 말을 잘못 알아들었어요. 그는 부인이 그로 하여금 그저 부드러운 폭력을 쓰도록 유도하기 위해 그렇게 말하는 거라고 믿어서, 예의상 열정적으로 보여야 한다고 생각하고 그녀에게 다가가 열렬히 하인 노릇을 하려 들었어요. 하지만 그녀는 그가 옷을 벗기도록 허용하지 않고, 진지한 기색으로 그를 밀쳐 버리며 말했어요. "그만하세요, 돈 만리케. 나약해서 재혼하는 그런 정 넘치는 늙은이로 나를 여긴다면 당신은 착각하고 있는 겁니다. 나는 우리의 혼인 계약을 통해 당신에게 주려는 이득을 당신이 구매하게 만들려고 결혼한 것이 아니에요. 이 결혼은 내 마음을 순수하게 주는 것입니다. 그 답례로 당신에게 요구하는 것은 그저 우정뿐입니다." 그녀는 이 말을 하고 나서 내 주인과 나를 우리 처소에 남겨 두고, 자기 시녀와 함께 물러가면서 기사에게 절대로 따라오지 못하도록 금지시켰습니다.

그녀가 물러가고 나자, 우리는 방금 들은 얘기 때문에 꽤 오랫동안 몹시 얼떨떨해 있었습니다. 제 주인이 제게 말했습니다. "에시피온, 후작부인이 내게 한 말을 너는 혹시 예상이라도 했느냐? 저런 부인에 대해 너는 어떻게 생각하느냐?" 그래서 제가 대답했어요. "나리, 제 생각에 전혀 본 적 없는 그런 여인입니다. 그런데 나리에게는 얼마나 다행한 일입니까! 이익은 소유하고, 책임은 이행하지 않으셔도 되니 말입니다." 그러자 돈 만리케가 말했습니다. "나로서는 저토록 존경스러운 성격의 아내가 감탄스럽구나. 그녀가 사려 깊게 한 희생을 내 온 정성을 다해 보상하련다." 우리는 계속해서 그 부인에 관해 얘기를 나누고 나서 각자 쉬러 갔습니다. 저는 드레스룸의 초라한 침대로, 제 주인은 잘 준비되어 있는 아름다운 침대로…. 거기서 그는 마음속 깊은 곳에서는 혼자 자는 것도 애석하지 않고, 두려워하던 일이 별 탈 없이 지나간 것도 유감스럽지 않았으리라 생각됩니다.

기쁨은 그 다음 날 다시 시작되었고, 신부는 기분이 너무 좋은 듯 보여서, 험담이나 하는 자들보다 한 수 위였습니다. 그녀는 그들이 하는 말에 제일 먼저 웃어 댔고, 심지어 그들의 빈정거림에 기꺼이 동참하면서 그 조롱꾼들이 빈정거리도록 자극하기까지 했습니다. 기사 또한 자기 아내에 대해 못지않게 만족스러워하는 모습을 보였습니다. 그녀를 바라볼 때나 그녀에게 말할 때의 부드러운 태도로 보아 그는 노인들을 좋아하는 것 같았습니다. 그 부부는 저녁에 다시 대화를 나눴고, 그런 가운데 서로 불편하게 하지 말고 각자 결혼 전에 살았던 대로 살기로 결정되었습니다. 하지만 돈 만리케를 칭찬해 줘야 합니다. 그는 아내에 대한 존중심 때문에 보통 남편들이 그런 처지에 놓이면 거의 하지 않을 일을 했기 때문입니다. 결혼 후 그는 자기가 좋아하고 그를 좋아하던 부르주아 아가씨를 포기했으니까요. 아내의 고결한 처신에 대한 모독이 될 것 같은 관계를 계속 유지하고 싶지 않아서라고 그는 말했습니다.

그가 노부인에게 그토록 강력한 감사를 표시하는 동안, 그녀는 그 사실을 알지도 못하면서 그 이상으로 갚아 주었습니다. 그를 자기 금고의 주인으로 만들어 준 겁니다. 그 금고에는 벨라스케스의 금고보다 훨씬 많은 돈이 들어 있었어요. 그녀가 과부로 지내는 동안 집을 조촐하게 바꿔 놓았었는데, 이제는 첫 번째 남편이 살아 있었을 때와 같은 수준으로 되돌려 놓았습니다. 하인들을 늘렸고, 마구간에는 말들과 노새들로 채워 놓았습니다. 한마디로, 그녀의 넉넉한 마음씀씀이를 통해 알칸타라 기사단에서 가장 빈곤했던 기사가 가장 부유한 기사가 된 겁니다. 여러분은 아마도 그 모든 일에서 제가 무엇을 얻었는지 물으실 테죠. 저는 여주인에게서 50피스톨라를 받았고, 주인에게서는 1백 피스톨라를 받았습니다. 게다가 제 주인은 4백 에퀴의 봉급을 주면서 저를 비서로 삼았습니다. 심지어 저를 그의 금고관리인으로 삼으려 할 정도로 꽤 신뢰해 주었어요.

나는 이 지점에서 에시피온의 말을 중단시키고, 폭소를 터뜨리며 소리쳤다. "그의 금고관리인이라고!" 그러자 에시피온은 냉랭하고 진지한 태도로 대꾸했다.

네, 나리, 네, 금고관리인으로요. 저는 그 직책을 명예롭게 수행했다고 감히 말하렵니다. 사실상 그 금고에 어쩌면 뭔가 빚진 것이 있을 수도 있겠지만…. 왜냐하면 거기서 제 급료를 미리 꺼낸 다음 그 기사 곁을 갑자기 떠났기에 회계상 채무라고 할 수도 있어요. 어쨌든 제가 질책을 받아야 할 마지막 잘못이긴 합니다. 왜냐하면 그때 이후로는 늘 강직함과 청렴함으로 꽉 차 있으니까요.

코스콜리나의 아들은 그러고 나서 말을 계속했다.

그러므로 저는 돈 만리케의 비서이자 금고관리인이었고, 그는 제가 그에 대해 만족해하는 만큼 저에 대해 만족해하는 것 같아 보였습니다. 그러던 어느 날, 그가 톨레도에서 온 편지 한 통을 받았어요. 그의 숙모인 도냐 테오도라 무스코소가 임종이 임박했다는 전갈이었습니다. 그는 그 소식에 너무 충격을 받고, 여러 해 동안 자기에게 어머니 역할을 해준 그 부인 곁으로 가려고 당장 출발했습니다. 저는 그 여행에 하인 한 명과 시종 한 명만 데리고 그를 따라갔습니다. 우리 네 명은 마구간에서 제일 좋은 말들에 올라타고 서둘러 톨레도로 갔습니다. 거기 가서 도냐 테오도라를 보니 병으로 죽을 것 같지는 않은 상태였고, 그녀의 주치의인 늙은 의사의 예상과는 달리 병에서 치유되어 우리 예측이 정말로 맞았다는 것이 확인되었습니다.

아마도 치료 때문이라기보다는 소중한 조카가 곁에 있기 때문인 듯, 그 선량한 숙모의 건강이 눈에 띄게 회복되어 갔어요. 그러는 동안 저는 거기서 알게 된 젊은이들과 더할 나위 없이 즐거운 시간을 보냈는데, 돈을 낭비할 기회들을 많이 제공하는 그런 젊은이들이었습니다. 그들은 저를 가끔씩 노름방에 데려가서 자기네들과 함께하는 노름에 끼어들게 했어요. 저는 저의 예전 주인 돈 아벨만큼 능란한 노름꾼이 아니었으므로 따기보다는 잃는 경우가 훨씬 더 많았습니다. 저는 어느새 노름을 좋아하게 되었어요. 그런데 그 재미에 완전히 빠져들었더라면 어쩌면 금고에서 가불금을 몇 차례 꺼내야 했을 테지만, 다행히 사랑이 금고와 제 덕성을 구해 주었습니다. 어느 날 제가 '왕들의 교회' 앞을 지나고 있다가 커튼이 열려 있던 덧창을 통해 인간이기보다는 여신 같던 아가씨를 보게 되었습니다. 그녀의 모습이 제게 남긴 인상을 더 잘 설명하기 위해 이보다 훨씬 더 강력한 표현이 있다면 그 표현을 썼을 겁니다. 저는 그녀에 관해 알아보았어요. 하도 여기저기 알아보다 보니 결국 그녀의 이름이 베아트리스이고, 폴란 백작의 차녀인 도냐 훌리아의 시녀라는 것을 알게 되었습니다.

이때 베아트리스는 목젖이 다 보이도록 웃으면서 에시피온의 말을 중단시키고, 내 아내에게 "매력적인 안토니아, 저를 잘 보세요, 제발. 주인님 생각에는 제가 여신 같아 보이지 않지요?" 그러자 에시피온이 그녀에게 말했다. "그 당시 내 눈에는 그렇게 보였다오. 그리고 당신의 지조에 대해 의심할 바가 없다는 확신이 든 다음에는 그 어느 때보다 더 아름다워 보였다오." 내 비서는 그렇게 듣기 좋은 말을 한 뒤 자기 이야기를 계속했다.

그렇게 알고 나자 저는 불이 붙고야 말았어요. 정말로 그랬어요, 정당한 열정으로 그랬다니까요. 저는 그녀를 흔들어 놓을 만한 선물들을 통해 유혹하면 그녀의 정숙함을 이길 수 있을 거라고 생각했어요. 하지만 그건 순결한 베아트리스를 잘못 판단한 거였어요. 저는 돈으로 매수한 여인들을 통해 베아트리스에게 제 돈주머니와 정성을 바치겠다는 의향을 알렸어요. 하지만 그래 봤자 아무 소용없었어요. 그녀는 저의 제안을 도도하게 내쳤지요. 그렇게 뿌리치자 제 욕망은 더욱 불타올랐어요. 저는 마지막 수단을 쓰기로 했어요. 그녀에게 청혼을 했고, 그녀는 제가 돈 만리케의 비서이자 금고관리인이라는 것을 알고서 그 청혼을 받아들였어요. 우리는 얼마 동안 우리의 결혼을 숨기는 것이 적절하다고 생각했어요. 그래서 세라피나의 가정부인 로렌사 세포라와 폴란 백작의 하인 중 몇 명만 참석한 가운데 몰래 결혼식을 올렸어요. 제가 베아트리스와 결혼하자마자 그녀는 우리가 매일 만나고, 밤에는 정원에서 얘기할 수 있는 손쉬운 방법을 알려 주었어요. 그래서 밤에는 그녀가 준 열쇠로 작은 문을 열고 들어갈 수 있었어요. 그 어떤 부부도 베아트리스와 저만큼 달콤한 신혼을 보내지 못했을 겁니다. 우리는 늘 초조히 만날 약속을 기다렸고, 변함없이 열렬한 마음으로 달려갔으며, 함께 지내는 시간에는 그 시간이 때로는 꽤 길었음에도 불구하고 늘 너무 짧은 것만 같았지요.

저로서는 그렇게 흘러간 날들이 달콤한 만큼이나 잔인했어요. 어느 날 밤, 저는 정원에 들어가려다가 작은 문이 열려 있는 것을 보고 깜짝 놀랐어요. 그 뜻밖의 상황에 경계심이 들어서 나쁜 징조로 여겼어요. 저는 창백해지고 부들부들 떨었지요. 마치 제게 다가올 일을 예감이라도 했던 듯…. 그리고 정자 쪽을 향해 어둠 속으로 나아갔어요. 그 정자는 제가 아내와 얘기를 나누곤 하던 곳인데, 거기서 웬 남자의 목소리가 들렸어요. 저는 잘 들어 보려고 멈춰 섰지요. 그러자 즉각 다음과 같은 소리가 들렸어요. "그러니 나를 애타게 하지 마세요, 베아트리스, 내 행복을 완성시켜 주세요. 당신의 행운이 거기에 달려 있다는 것을 생각하세요." 저는 참을성 있게 더 듣지 못하고, 더 이상 들을 필요가 없다고 생각했어요. 질투에 찬 격분이 제 마음을 엄습해서 저는 복수만 열망하며 제 칼을 꺼내어 그 정자로 불쑥 들어갔지요. 저는 소리쳤어요. "아! 비겁한 유혹자, 네가 누구건 내 명예를 앗아가기 전에 내 목숨부터 앗아야 할 거다." 저는 그렇게 말하면서 베아트리스와 얘기를 나누던 그 기사를 공격했어요. 그는 얼른 방어 자세를 취하고 저보다 검술이 뛰어난 사람처럼 싸웠어요. 저는 검술 강좌라고는 코르도바에서 그저 몇 차례 받은 게 전부거든요. 그런데 매우 대단한 검객인 그를 제가 어쩌다 한 번 찌르게 되었고, 그는 그 가격을 막지 못했거나, 아니 그보다 발을 헛디뎌서 넘어지고 말았어요. 그래서 저는 그에게 치명상을 입혔다고 생각하고는 걸음아 날 살려라 도망치면서 저를 부르는 베아트리스에게 대답도 하지 않았지요.

이때 에시피온의 아내가 그의 말을 중단시키고는 우리에게 말했다. "맞아요, 정말로 저는 그의 착각을 일깨워 주려고 그를 불렀어요. 제가 그 정자에서 함께 얘기했던 기사는 돈 페르난도 데 레이바였거든요. 제 여주인 훌리아를 사랑하던 그 나리는 그녀를 납치하는 것 말고는 그녀를 얻을 방법이 없겠다 싶어서 그럴 결심을 했어요. 그래서 납치 건에 관해 의논하기 위해 바로 제가 그분에게 그리로 오시라고

했던 겁니다. 그분은 제 운이 그 일에 달려 있다고 확언하셨거든요. 그런데 제가 제 남편을 아무리 불러 봤자 소용없었고, 그는 부정한 아내로부터 멀어지듯 저에게서 멀어져 갔어요." 그러자 에시피온이 다시 말하기 시작했다.

저는 그때 무슨 짓이건 다 할 태세였어요. 질투가 어떠한지, 아주 똑똑한 사람들마저도 질투 때문에 그 얼마나 기상천외한 짓을 하는지 경험해 본 사람들은, 질투로 인해 제 허약한 뇌가 혼란에 빠진 것에 놀라지 않을 겁니다. 저는 그 순간 극단에서 극단으로 치달았고, 제 아내에 대해 방금 전 가졌던 애틋한 애정에 이어 금세 증오의 감정이 뒤따르는 것을 느꼈어요. 저는 그녀를 버리고, 제 기억 속에서도 영원히 몰아내기로 맹세했지요. 게다가 기사를 한 명 죽였다고 믿었기에, 그 때문에 사법기관의 손에 넘어가게 될까 봐 두려워서 치명적인 혼란을 겪었어요. 그런 혼란은 나쁜 짓을 저지른 사람에게 일종의 격분처럼 그 어디나 따라다닙니다. 그런 끔찍한 상황에서 저는 도망칠 생각뿐이어서 제 숙소로 돌아가지 않고, 그때 입고 있던 옷 외에는 아무 옷가지도 챙기지 않은 채 톨레도를 당장 떠났습니다. 제 호주머니에 60여 피스톨라가 있었던 것이 사실이긴 합니다. 늘 하인 노릇을 하며 살겠다고 작정한 젊은이로서는 꽤 많은 재원이 아닐 수 없습니다.

저는 밤새도록 걸었어요. 아니, 더 정확히 말하자면 밤새 뛰었습니다. 경관들의 모습이 머릿속에 늘 자리하고 있다가 끊임없이 다시 생생해지곤 했으니까요. 동이 트자 제가 로디야스와 마케다 사이에 있다는 것을 알게 되었어요. 마케다에 들어갔을 때 저는 좀 피곤하여 이

제 막 문이 열린 교회로 들어가서 잠시 기도를 한 후 쉬려고 의자에 앉았습니다. 저는 제 상황에 대해 생각해 보기 시작했어요. 곰곰이 생각해 봐야 할 것들이 너무 많았습니다. 하지만 오래 그러고 있지는 못했어요. 서너 차례의 회초리 소리가 교회 안을 쩌렁쩌렁 울리게 했거든요. 웬 노새몰이꾼이 그 곁으로 지나가는 거라고 판단했습니다. 그래서 얼른 일어나서 혹시 잘못 들은 건 아닌지 확인해 보러 나가려 했습니다. 문에서 보니 어떤 사람이 노새 한 마리에 올라타 있으면서 다른 두 마리를 끌고 가고 있었어요. 그래서 그에게 말했어요. "이보시오, 잠깐 멈추시오, 이 노새들은 어디로 가는 겁니까?" 그러자 그가 대답했어요. "마드리드로 가는 겁니다. 내가 성 도미니크의 선량한 신부님 두 분을 여기로 모셔왔다가, 이제 돌아가는 길입니다."

마드리드 여행을 할 기회가 보이자 저는 그러고 싶어졌습니다. 그래서 그 노새몰이꾼과 흥정을 했습니다. 그러고 나서 그의 노새들 중 하나에 올라탔고, 우리는 숙박을 하게 될 곳인 이예스카스로 향했습니다. 노새몰이꾼은 서른다섯에서 마흔 살쯤 되어 보였습니다. 그는 마케다를 벗어나자마자 찬송가를 목청껏 불러 대기 시작했고, 참사원들이 새벽 기도 때 읊는 기도들로부터 시작하여 대미사에서처럼 사도신경을 읊었고, 그 다음에는 저녁 기도로 넘어가더니 제게는 축복을 빌어 주지도 않고 성모마리아의 송가까지 불러 댔습니다. 그 미천한 인간이 제 귀를 정신없게 만들었음에도 불구하고 저는 웃지 않을 수 없었습니다. 그가 숨을 돌리느라 멈춰야 했을 때 심지어 제가 계속하라고 부추기기까지 했다니까요. "용기를 내시고 계속하세요. 하늘이 당신에게 그렇게 좋은 허파를 주었다면, 당신은 그 좋은 것을 나쁘게 사용하고 있지 않으니까요." 그러자 그가 소리쳤습니다. "오! 그거라면, 나는 대부분의 운송인들하고는 다르답니다, 다행히. 그들은 그저 비루하거나 불경한 노래들밖에 부르지 않으니까요. 심지어 나는 우리가 무어인들을 상대로 싸웠던 전쟁에 관한 로망스들조차 결코 부르지 않아요. 왜냐하면 그런 노래들은 추잡하지는 않지만, 그래도 경박스러우니까요." 그래서 제가 대꾸했어요. "당신은 노새몰이꾼들에게는 드문 순수한 마음을 가졌군요. 노래 선택에 있어서 그렇게 극도로 섬세하다면 당신은 젊은 하녀들이 있는 여인숙에서 순결서원도 했겠네요?" 그러자 그가 대답했어요. "물론이죠, 금욕도 그런 종류의 장소에서라면 내가 뻐길 만하죠. 나는 그저 내 직분인 노새 돌보는 일에만 전념할 뿐입니다." 저는 그 독보적인 노새몰이꾼이 하는 얘기를 들으면서 적잖이 놀랐고, 그가 선하고 똑똑한 사람으로 여겨져서, 그가 마음껏 노래 부르도록 놔둔 후 그와 대화를 엮어 갔어요.

우리는 하루가 끝나 갈 무렵에 이예스카스에 도착했어요. 여인숙으로 가자 저는 그 동반자에게 노새들을 돌보게 하고, 부엌으로 가서 주인에게 맛있는 저녁 식사를 준비해 달라고 지시했어요. 주인은 대답하기를, 아주 잘 차려서 제가 그의 집에 묵었던 일을 평생 기억하게 해 주겠다고 약속했지요. 그러고 나서 덧붙이더군요. "물어보세요, 당신의 노새몰이꾼에게 내가 누구인지 물어보라니까요. 다행히도! 마드리드와 톨레도의 모든 요리사들에게 '오야 포드리다' 수프를 나만큼 할 수 있는 사람이 있으면 나와 보라고 할 수 있을 정도입니다. 내 방식의 새끼토끼 스튜로 오늘 저녁 맛있게 대접해 드리고 싶네요. 내가 실력을 자랑하는 것이 맞는지 틀리는지 보시게 될 겁니다." 그러고 나서 그는 이미 다 발라 놓은 토끼 한 마리가 들었다는 냄비를 보여 주며 말을 계속했어요. "자, 이것이 내가 대접하려는 것입니다. 그 안에다 후추, 소금, 포도주, 허브 한 봉지와 내가 소스에 사용하는 다른 재료들을 넣으면 우두머리 회계 관리자에게나 어울릴 만한 스튜 요리를 곧 대접하게 될 겁니다."

주인은 그렇게 자화자찬하더니 저녁 식사를 준비하기 시작했습니다. 그가 요리에 매진하는 동안, 저는 방으로 들어가서 거기에 있는 허름한 침대에 누웠는데, 전날 밤에 전혀 휴식을 취하지 못한 탓에 쌓인 피로로 잠이 들었습니다. 두 시간쯤 지났을 때 노새몰이꾼이 저를 깨우러 와서 말했어요. "신사 나리, 저녁 식사가 준비되었다는군요. 와서 식탁에 앉으세요." 가보았더니 식탁이 하나 있었고, 거기에 두 사람을 위한 상차림이 준비되어 있었습니다. 노새몰이꾼과 제가 앉자 여인숙 주인이 스튜를 내왔어요. 저는 탐욕스럽게 달려들었고, 스튜 맛은 아주 좋았지요. 배가 고파서 너무 좋게 평가했거나, 아니면 요리사의 재료들이 낸 효과 때문이었을 겁니다. 다음으로는 구운 양고기가 나왔는데, 노새몰이꾼이 그 요리를 거들떠보지도 않기에 그에게 왜 그 요리는 건드리지도 않느냐고 제가 물었어요. 그러자 그가 미소 지으며 자기는 그 요리를 안 좋아한다고 대답했어요. 그 대답, 아니 더 정확히 말하자면 그 대답과 함께 짓던 미소가 제 눈에 수상쩍어 보였어요. 그래서 제가 말했어요. "왜 그 스튜 요리는 안 먹는지 진짜 이유를 숨기는군요. 왜 그런지 가르쳐 주세요." 그러자 그가 말했어요. "당신이 그걸 알고 싶어 하니 말해 주죠. 톨레도에서 쿠엥카로 갈 때 어느 여인숙에서 산토끼고기 대신에 잘게 다진 고양이고기를 내온 이

후 고기 조각들로 만든 스튜가 역겨워졌어요."

저는 배고파 죽을 것 같았음에도 노새몰이꾼이 그 얘기를 하자 식욕이 싹 달아났습니다. 방금 토끼고기로 추정되는 것을 먹었다는 생각이 들자, 그 스튜를 보니 그저 얼굴이 찌푸려지기만 했습니다. 제 길동무가 스페인의 호텔 지배인들은 그런 '실수'를 꽤 자주 하고, 케이크 만드는 이들도 마찬가지로 말하는 통에 저는 그 생각을 떨쳐 버리지 못했습니다. 보시다시피 참 위안이 되는 말이었습니다! 그래서 저는 더 이상 스튜를 먹고 싶지 않았고, 구운 양고기에도 손도 대고 싶지 않았어요. 양고기는 토끼보다 더 확인하기 어려울까 봐 걱정되어서요. 저는 스튜, 여인숙 주인, 여인숙을 저주하며 식탁에서 일어났고, 남루한 침대로 다시 누우러 가서는 제가 예상했던 것보다 더 평온히 그 밤을 보냈습니다. 다음 날 새벽, 그토록 잘 대접받은 만큼 주인에게 후하게 지불하고 나서 이예스카스에서 멀어졌는데, 그 스튜 생각으로 머릿속이 꽉 차서 동물이 나타날 때마다 고양이로 보였어요.

마드리드에 일찍 도착해서 노새몰이꾼에게 돈을 지불하자마자 저는 태양문 가까이 있는 곳에 가구 딸린 방 하나를 빌렸습니다. 이어 궁궐에 들어갔는데, 그곳에서 평소 보게 마련인 귀족들이 몰려드는 것을 보면서 상류사회에 익숙해진 내 눈도 휘둥그레지지 않을 수 없었습니다. 어마어마하게 많은 사륜마차들과 헤아릴 수 없이 많은 귀족들, 고관대작들을 따라온 시동들과 하인들에 탄복했어요. 저는 왕이 일어날 시간에 보러 갔는데, 그 군주가 궁정인들에 둘러싸여 있는 모습을 보자 더욱더 감탄하게 되었지요. 저는 그 굉장한 광경에 매료되어 생각했습니다. '마드리드 궁궐의 웅장함을 온전히 다 느끼려면 그 궁궐을 직접 봐야만 한다는 얘기가 더 이상 놀랍지 않구나. 여기에 오기를 너무 잘했어. 여기서 뭔가 하게 되리라는 예감이 들어.' 하지만 저는 거기서 별로 도움 안 되는 몇몇 사람을 알게 된 것 말고는 아무것도 한 것이 없었습니다. 돈도 서서히 떨어져 갔기에 오로지 제 자질 덕분에 살라망카 출신의 어느 현학자의 하인 노릇을 하게 된 것이 너무 기뻤습니다. 그는 집안일 때문에 고향인 마드리드에 오게 되었고, 그러다가 우연히 저를 알게 된 것입니다. 저는 그의 일을 두루두루 돌보는 하인이 되었고, 그가 살라망카대학으로 돌아갈 때 그를 따라 그곳으로 갔습니다.

새 주인의 이름은 돈 이그나시오 데 이피그나였습니다. 그는 어느 공작의 가정교사였던 덕분에 '돈'이라는 칭호를 붙이게 되었지요. 그 공작은 가정교사 일에 대한 답례로 그에게 종신 연금을 주었습니다. 그는 학교의 명예교수 자격으로 다른 연금도 받고 있었고, 게다가 교조주의적 도덕에 관한 책들을 출판하는 습성이 있어서, 그 책들을 통해 대중으로부터 2백 내지 3백 피스톨라를 끌어내곤 했습니다. 그가 저서를 집필하는 방식은 제가 굳이 시간을 들여 언급할 만한 가치가 있습니다. 그는 거의 하루 종일 히브리, 그리스, 라틴 저자들의 책들을 읽으면서 네모난 작은 종이에다 그 책들에서 발견한 명언이나 탁월한 생각을 적었습니다. 종이가 채워질 때마다 저에게 화환 장식 모양의 철사줄에 그것을 끼우게 했고, 그 장식에 종이들이 다 채워지면 그것들로 책 한 권을 집필했습니다. 우리는 너무 나쁜 책들을 만든 겁니다! 우리는 매달 최소한 두 권을 만들었고, 그러면 그것들은 즉각 인쇄되었습니다. 가장 놀라운 것은, 그런 짜깁기들을 새로운 것인 양

자처했다는 점입니다. 고대 저자들을 표절한 것을 비평가들이 질책하면, 그는 그들에게 교만하고 뻔뻔스러운 태도로 '*Furto laetamur in ipso*'●라고 대답했습니다.

그는 대단한 주석자이기도 해서, 온갖 지식을 꽉꽉 욱여넣은 그의 주석들에는 언급할 만한 가치가 없는 것들이 들어가 있는 경우가 자주 있었습니다. 그는 네모난 종이들에도 그랬듯이, 때때로 헤시오도스나 다른 저자들의 구절을 아주 부적절하게 적어 넣곤 했습니다. 저는 그 학자의 집에서 나름대로 발전하지 않을 수 없었습니다. 그 점을 인정하지 않는다면 배은망덕일 것입니다. 그의 저서들을 하도 베껴 쓰다 보니 저의 글씨체가 좋아졌거든요. 그리고 그는 저를 하인이라기보다는 제자로 대하면서 저의 정신을 함양시켜 주는가 하면, 저의 품행에 대해서도 소홀히 하지 않았습니다. 어떤 하인이 사기행위를 했다는 얘기를 우연히 듣게 되자 그는 제게 말했습니다. "에시피온, 그 사기꾼의 나쁜 표본을 따르지 않도록 조심해라, 얘야. 하인은 충성스러울 뿐만 아니라 열성을 다해 섬겨야 하느니라." 한마디로, 돈 이그나시오는 저를 덕성으로 인도할 만한 기회를 하나도 놓치지 않았고, 그가 제게 하는 권고들은 너무 좋은 효과를 냈기에, 저는 그의 집에서 15개월을 보내는 동안 그에게 그 어떤 술책도 부리고 싶은 유혹이 전혀 없었습니다.

이피그나 박사가 마드리드 출신이라는 것은 이미 말했지요? 마드리드에는 카탈리나라는 그의 친척이 있었는데, 왕자님 유모의 하녀였

● '우리는 훔친 것에 대해서도 기뻐한다.'

습니다. 그 시녀는 제가 산티아나 나리를 세고비아탑에서 끌어내기 위해 나중에 이용했던 바로 그 시녀입니다. 그녀는 돈 이그나시오에게 도움을 주고 싶어서 여주인(유모)에게 부탁하여 레르마 공작에게 그를 위한 성직녹봉을 요청하게 했습니다. 그래서 공작은 그에게 그라나다의 부주교직을 갖게 해주었습니다. 그라나다는 정복된 땅에 있어서 임명권은 왕에게 있었지요. 그 소식을 알게 되자 우리는 마드리드로 출발했어요. 돈 이그나시오 박사가 그라나다로 가기 전에 마드리드에 들러서 자기에게 은혜를 베풀어 준 사람들에게 감사를 전하고 싶어 했거든요. 저는 카탈리나를 다시 만나 말할 기회가 또 생긴 거죠. 저의 명랑한 기질과 편한 분위기가 그녀의 마음에 들었고, 제 쪽에서는 그녀가 마음에 쏙 들어서, 그녀가 제게 주는 자잘한 우정 표시에 호응하지 않을 수 없었어요. 결국 우리는 서로 애착을 느꼈지요. 이런 고백을 용서해 주오, 나의 사랑하는 베아트리스. 그 당시 나는 당신에게 배반당한 줄로만 생각했으니까. 잘못 알고 그런 거니 당신의 질책을 면할 구실이 되지 않겠소?

나의 상황은 그러한데, 돈 이그나시오 박사는 그라나다로 갈 채비를 하고 있었지요. 카탈리나와 저는 위협처럼 다가오는 우리의 이별이 두려워서 자구책을 생각해 냈어요. 저는 아픈 척하면서 두통을 호소하기도 하고, 흉통을 호소하기도 했고, 세상의 모든 질병들에 짓눌린 사람이 할 만한 온갖 호소를 다 동원했어요. 제 주인이 의사를 불렀고, 의사는 저를 잘 관찰하고 나서 순진하게도 제 질병이 생각보다 심각하고, 어쩌면 오래도록 병석을 지켜야 할 거라고 말했지요. 자신의 대성당으로 빨리 가고 싶었던 돈 이그나시오 박사는 출발을 지연시키는 것은 적절하지 못하다고 판단했어요. 그래서 다른 하인을 구하는 쪽을 선택했지요. 그는 저를 간병인의 돌봄에 맡기는 것으로 만족했고, 제가 죽으면 묻어 주거나 또는 병이 나으면 저를 돌본 것에 대한 보수로서 상당액의 돈을 간병인에게 남겨 놓았어요.

돈 이그나시오가 그라나다로 떠난 것을 알게 되자마자 저는 모든 병에서 다 나았어요. 저는 일어나서 그토록 진단이 뛰어난 의사를 쫓아 보냈고, 제게 내놓아야 할 돈의 절반 이상을 훔친 간병인도 해고했습니다. 제가 그런 역할을 해내는 동안, 카탈리나는 자기 여주인 도냐 안나 데 게바라 곁에서 다른 역할을 하고 있었습니다. 여주인에게 제가 일을 꾸미는 것에 탁월하다는 암시를 하여, 여주인의 중개인 중 하나로 저를 채용하게 했습니다. 재화를 너무 좋아해서 종종 일을 꾸미는 유모는 지략에 능한 인물이 필요하므로 저를 하인으로 받아들였고, 곧이어 저를 시험해 보았습니다. 그녀는 수완이 좀 필요한 심부름들을 저에게 시켰고, 허세 부리지 않고 말하건대, 저는 그 일들을 그럭저럭 해냈습니다. 그래서 그녀가 저에 대해 만족스러워했어요. 그런데 그만큼 저는 그녀에 대해 불만스러웠습니다. 그 부인은 아주 인색해서 저의 솜씨와 수고로 수확한 결실을 조금도 나눠 주려 하지 않았습니다. 그저 제 급료를 정확히 지불함으로써 제게 꽤 후하게 대접했다고 생각했던 겁니다. 카탈리나의 상냥함이 저를 붙들어 놓지 않았다면, 저는 여주인의 지나친 인색함 때문에 곧바로 그 집을 나왔을 겁니다. 카탈리나는 매일 점점 더 불타오르면서 제게 정식으로 청혼했습니다.

그래서 제가 말했어요. "사랑스런 이여, 천천히 합시다. 결혼식을 우리끼리 그토록 서둘러서 할 수는 없소. 그 전에 나는 당신보다 앞서 있었던 어느 여인의 생사를 확인해야 하오. 내가 지은 죄들 때문에 내 아내가 된 여인이오." 그러자 카탈리나가 대답했어요. "그런 말은 다른 사람들에게나 하세요. 나를 아내로 맞기 싫은 마음을 예의 바르게 감추느라 결혼했다고 말하는군요." 제가 그녀에게 진실을 말하는 거라고 항변해 봤자 소용없었어요. 저의 솔직한 고백이 그녀에게는 구실로 보였던 겁니다. 이로 인해 감정이 너무 상한 그녀는 저에 대한 태도를 바꾸었어요. 사이가 틀어지지는 않았지만, 우리 관계는 눈에 띄게 냉랭해졌고, 서로 그저 예의 바르고 점잖게 존중할 뿐이었습니다.

그런 상황에서 저는 스페인 왕국 총리대신의 비서이신 질 블라스 데 산티아나 나리께서 하인이 하나 필요하다는 것을 알게 되었어요. 사람들 말로는, 제가 맡을 수 있는 아주 매력적인 자리라고 하더군요. 그런 만큼 저의 기대가 아주 컸지요. 사람들이 말했어요. "데 산티아나 나리는 자질이 많은 기사이고, 레르마 공작이 총애하는 분이니 전도유망할 것이오. 게다가 도량이 커서 자신의 일을 하면서 동시에 당신의 일도 아주 잘 보살펴 주실 거요." 저는 그 기회를 소홀히 하지 않았습니다. 질 블라스 나리에게 제 소개를 하러 갔어요. 저는 처음부터 나리에게 끌리는 것을 느꼈고, 나리는 제 용모를 보시고 저를 고용하셨어요. 저는 나리를 위해 망설임 없이 유모님을 떠났고, 하늘이 허락하신다면 이분이 저의 마지막 주인이 되실 겁니다.

에시피온은 이 지점에서 자기 이야기를 끝냈다. 그러고 나서 내게 "데 산티아나 나리, 나리께서 저를 늘 충실하고 열성적인 종복으로 알고 계셨다는 점을 이 부인들 앞에서 증언해 주시면 좋겠어요"라고 말했다. 그러고는 덧붙였다. "이 부인들에게 코스콜리나의 아들이 품행을 쇄신했고, 나쁜 성향들을 버리고 덕성스런 감정들을 갖게 되었음을 설득하기 위해서는 나리의 증언이 필요합니다."

그래서 내가 말했다. "그래요, 부인들, 그 점에 대해 내가 보증할 수 있어요. 에시피온이 어린 시절에는 정말로 '악당'이었다면, 그 이후로는 아주 좋아져서 이제는 완벽한 하인의 귀감이 되었지요. 그가 내게 취한 태도에 대해 불만이 있기는커녕, 오히려 그에게 큰 은혜를 입었음을 인정해야 합니다. 내가 납치되어 세고비아의 탑으로 끌려가던 날 밤, 그가 내 재산을 약탈로부터 구해 냈어요. 그 재산을 그가 자기 것으로 만들어 버려도 아무 탈이 없었을 텐데, 내 재산을 보관할 생각으로만 그치지 않고, 순수한 우정으로 내 감옥에서 나와 함께 갇혀서 살려고 찾아왔답니다. 자유의 매력보다 내 고통을 함께 나누는 서글픈 즐거움을 택한 것이죠."

제 11 부

1

질 블라스가 여태껏 느낀 것 중 가장 큰 기쁨과 그 기쁨을 흔들어 놓은 슬픈 사건

산티아나를 궁정으로 돌아오게 만든 큰 변화들

안토니아와 베아트리스가 서로 아주 잘 맞는다고 이미 얘기한 바 있다. 베아트리스는 순종적인 하녀로 사는 것에 익숙해 있고, 안토니아는 주인으로 사는 것에 익숙해 있었다. 에시피온과 나는 애교가 많고 아주 사랑받는 남편들이었기에, 곧이어 둘 다 아버지가 되는 만족감을 누렸다. 아내들은 거의 동시에 임신을 했다. 베아트리스가 먼저 출산하여 딸을 낳았고, 며칠 후 안토니아가 내게 아들을 낳아 주어서 우리는 모두 기쁨의 절정에 달했다. 나는 내 비서를 발렌시아로 보내어 총독에게 이 소식을 전해 주었다. 총독은 플리에고 후작부인이 된 세라피나와 함께 와서 아이들의 세례식에 참석했다. 총독은 그간에도 숱하게 애정을 표시해 주었고, 이번에도 기꺼이 애정을 더해 주었다. 내 아들은 그 나리를 대부로, 후작부인을 대모로 얻었고, 우리는 그 아이의 이름을 알폰소라고 지었다. 에시피온의 딸을 위해서는 내가 대부가 되어 주었고, 영광스럽게도 총독부인이 그 아이의 대모가 되어 주었다. 그 아이에게는 세라피나라는 이름을 붙여 주었다.

내 아들의 출생은 성의 식구들만 기쁘게 한 것이 아니다. 리리아스 주민들은 모든 촌락이 영주의 기쁜 소식을 알게 되도록 잔치를 벌여 축하해 주었다. 하지만 애석하게도 우리의 즐거움은 오래가지 않았다. 아니 더 정확히 말하자면, 그 즐거움은 한 사건 때문에 갑자기 신음, 한탄, 탄식으로 변해 버렸다. 나는 그 사건을 20년 이상 잊지 못했고, 앞으로도 늘 내 생각 속에 머물러 있을 것이다. 내 아들이 죽었고, 아이 어머니가 순산이었음에도 불구하고 곧이어 그 뒤를 따라갔다. 심한 열 때문에 내 소중한 아내가 결혼한 지 14개월 만에 저세상으로 떠나 버린 것이다. 내가 얼마나 괴로웠을지 독자들이 생각해 보시기를! 나는 어안이 벙벙할 정도로 낙담에 빠졌고, 하도 상실감이 크다 보니 그 일에 무감각해진 것처럼 비치기까지 했다. 나는 대엿새 동안 그런 상태로 있었고, 아무것도 먹지 않으려 했다. 에시피온이 없었다면 나는 아마도 굶어 죽었거나 머리가 돌아 버렸을 것이다. 그러나 그 능력 있는 비서는 상황에 맞춰서 내 괴로움을 가라앉힐 줄 알았다. 그는 너무 괴로워하는 표정으로 내게 수프를 내밀면서 그것을 삼키게 했다. 내 생명을 보존시키기 위해서라기보다 내 비탄을 먹여 키우려는 것만 같았다.

이 애정 많은 종복은 돈 알폰소에게 편지를 써서 내게 일어난 불행과 내가 처한 가련한 상황에 관해 알렸다. 다정하고 동정심 많은 귀족인 그 너그러운 친구는 당장 리리아스로 왔다. 그가 내 눈앞에 나타난 순간을 생각하면 여전히 감동하지 않을 수 없다. 그가 나를 껴안으며 말했다. "친애하는 산티아나, 내가 여기에 당신을 위로하러 온 것이 아니라오. 그저 당신과 함께 안토니아를 애도하러 온 거라오. 운명이 세라피나를 내게서 앗아간다면, 당신도 나와 함께 세라피나를 애도하게 될 것이 분명하듯이 … ." 실제로 그는 눈물을 흘렸고, 나의 한숨에 그의 한숨이 뒤섞였다. 나는 슬픔에 짓눌려 있었음에도 돈 알폰소의 선의를 뼈저리게 느꼈다.

그 총독은 에시피온과 함께 내 괴로움을 무찌르기 위해 해야 할 일이 무엇일지 오래 의논했다. 그들은 내가 리리아스를 얼마간 떠나 있어야 한다고 판단했다. 리리아스에서는 모든 것이 안토니아의 모습을 끊임없이 떠올리게 하니까. 그래서 돈 세사르의 아들은 내게 발렌시아로 가자고 제안했다. 그리고 내 비서가 그 제안을 너무 지지하는 바람에 나는 수락했다. 그래서 나는 에시피온과 그의 아내를 성에 남겨 놓고 떠났다. 내가 성에 있어 봤자 정말로 근심만 자극할 뿐이므로, 나는 총독과 함께 떠났다. 내가 발렌시아에 가자 돈 세사르와 그의 며느리가 나의 상심을 잊게 해주려고 물심양면으로 애를 썼다. 그들은 내 슬픔을 흩뜨리기에 아주 좋을 즐거움거리들을 번갈아 가며 사용했다. 하지만 그들의 그 모든 정성에도 불구하고 나는 벗어날 수 없는 우수에 빠진 채로 지냈다. 내가 평온을 되찾는 것은 에시피온도 어쩌지 못하는 일이었다. 그는 내 소식을 알아보려고 리리아스로부터 발렌시아로 자주 왔다. 내가 마음을 달랠 준비가 돼 있으면 즐거워하며 돌아가고, 그렇지 못하면 슬퍼하며 돌아가곤 했다.

어느 날 아침 그가 내 방에 들어와서 몹시 흥분된 기색으로 말했다. "나리, 왕국 전체와 관련된 소문이 온 도시에 퍼지고 있어요. 펠리페 3세가 돌아가셔서 그분의 아드님이신 왕자님이 왕좌에 오르신다는 소문이에요." 그러더니 덧붙였다. "게다가 추기경인 레르마 공작이 파직되었고, 심지어 궁정에도 나타나지 못하게 되었다는군요. 그리고 올리바레스 백작인 돈 가스파르 데 구스만이 현재 총리대신이래요." 나는 그 소식에 조금 흥분되긴 했지만, 왜 그런지는 깨닫지 못했다. 에시피온은 이를 알아채고서 그 큰 변화에 관여할 건지 내게 물었다. 그래서 내가 대답했다. "아니! 내가 무슨 관여를 하기 바라는 거니, 얘야? 나는 궁정을 떠났고, 거기서 일어날 수 있는 변화들은 나와 무관한 일일 텐데⋯."

그러자 코스콜리나의 아들이 말했다. "나리 또래의 남자치고는 세상일에 참 초연하시네요. 제가 나리라면 알아보고 싶은 욕구가 생길 겁니다. 마드리드로 가서 젊은 군주에게 내 얼굴을 보이고, 그가 나를 기억하는지 알아볼 겁니다. 저 같으면 그렇게 하고 싶을 텐데요." 그래서 내가 그에게 말했다. "무슨 소리인지 안다. 나도 궁정으로 돌아가서 다시 출세를 꿈꾸거나, 아니 그보다는 탐욕스런 자나 야심가가 다시 되어 보고 싶구나." 그러자 에시피온이 대꾸했다. "나리의 품성이 궁정에서 왜 또 타락한단 말입니까? 나리의 덕성에는 그런 것이 없다는 점을 더욱 믿으십시오. 제가 나리에 대해 장담합니다. 나리의 실총으로 인한 궁정에 관한 건전한 성찰 덕분에 나리는 궁정의 위험들을 두려워하지 않으십니다. 어떤 암초들이 있는지 다 알고 계시는 바다로 과감히 출정하십시오." 그래서 나는 미소 지으며 그의 말을 가로막았다. "입 다물어라, 아첨꾼아, 내가 평온한 삶을 이끌고 있는 것을 보는 것이 지겨우냐? 너한테는 내 휴식이 더 소중한 줄 알았는데⋯."

우리의 대화가 이렇게 전개될 때 돈 세사르와 그의 아들이 도착했다. 그들은 내게 왕이 죽었다는 소식과 함께 레르마 공작의 불행도 확인시켜 주었다. 게다가 그 총리대신이 로마로 물러가게 해달라는 요청을 했지만, 허락을 못 받았으며, 대신 그의 데니아 후작령으로 물러가라는 지시를 받았다고 알려 주었다. 그러고 나서 내 비서의 의견에 동의하는 듯, 새로운 왕이 나를 알고 있고, 내가 그에게 도움을 주기까지 했으며, 원래 고관대작들은 그런 도움을 꽤 기꺼이 보상하니, 마드리드로 가서 그 새로운 왕의 면전에 나서라고 내게 충고했다. 돈 알폰소는 말했다. "그가 그 도움을 고마워할 것이 확실하네. 펠리페 4세는 스페인 왕자로 있을 때 자네에게 진 빚을 갚아야 해." 그러자 돈 세사르가 말했다. "나도 같은 예감이 드는구나. 산티아나가 궁정으로 가면 대단한 직책에 오를 기회가 주어질 것만 같아."

그래서 내가 소리쳤다. "나리들, 사실 나리들께서는 지금 무슨 얘기를 하고 계시는지 생각 못 하고 계십니다. 두 분의 얘기를 듣자면, 제가 오로지 황금 열쇠나 어떤 총독 자리를 얻기 위해 마드리드로 가야 하는 것만 같네요. 저는 그 반대로, 제가 왕 앞에 나선다 해도 왕께서 제 모습에 전혀 관심이 없을 거라고 아주 확신합니다. 나리들께서 그걸 원하신다면, 나리들이 환상에서 깨어나시도록 제가 궁정에 가서 시험해 보겠습니다." 그러자 데 레이바 나리들이 내 말을 곧이곧대로 믿는 바람에, 나는 당장 마드리드로 출발하겠다는 약속을 하지 않을 수 없었다. 에시피온은 내가 그 여행을 하기로 결정한 것을 보자 주체할 수 없이 기뻐했고, 내가 새로운 군주 앞에 나타나자마자 그 군주가 군중 속에서 나를 알아보고 내게 명예와 재산을 퍼부어 줄 거라고 상상했다. 그는 그 일에 관해 더할 수 없이 번쩍거리는 공상을 품어서, 나를 국가의 최고 자리들에까지 올려놓았고, 내가 눈부신 출세를 하리라는 공상을 뻗쳐 나갔다.

그러므로 나는 궁정으로 돌아갈 채비를 하였다. 거기서 또 출세를 쫓기 위해서가 아니라, 내가 금세 군주의 호의를 얻게 될 거라고 생각하는 돈 세사르와 그의 아들을 만족시켜 주기 위해서였다. 나도 사실 마음속 깊은 곳에서는 그 젊은 군주가 나를 알아보는지 시험해 보고 싶기는 했다. 그 궁금증에 이끌려서, 그 새로운 치세로부터 어떤 이익을 끌어내려는 계획도 없고 기대도 없이, 에시피온과 함께 마드리드로 향했다. 내 성을 돌보는 일은 아주 훌륭한 가정주부인 베아트리스에게 맡겨 놓았다.

2

질 블라스가 마드리드로 가서 궁정에 나타나다 왕이 그를 알아보고 총리대신에게 그를 천거하다

돈 알폰소가 내게 급히 달려가라고 자신의 말들 중 제일 좋은 말 두 마리를 주어서 우리는 일주일도 안 되어 마드리드에 도착했다. 그리고 내가 전에 묵은 적이 있던 가구 딸린 호텔인 빈첸소 포레로의 여인숙으로 묵으러 갔다. 그 주인은 나를 다시 보자 몹시 기뻐했다.

여인숙 주인은 시내뿐만 아니라 궁정에서 일어나는 일을 죄다 안다고 자부하는 사람이었으므로, 나는 그에게 무슨 일이 새로 일어났는지 물어보았다. 그가 대답했다. "많은 일들이 있었지요. 펠리페 3세가 죽은 이래, 추기경이던 레르마 공작의 친구들과 지지자들이 그를 추기경 자리에 그대로 남도록 만들려고 동분서주했지만, 모든 노력이 수포로 돌아갔어요. 올리바레스 백작이 그들을 제압해 버렸으니까요. 스페인으로서는 손해 볼 것이 없다고 사람들은 주장하고, 그 새로운 총리대신은 능력이 어마어마하여 세계 전체라도 통치할 수 있을 거라고들 말했어요. 부디 그러면 좋겠는데!" 그러더니 말을 계속했다. "확실한 것은, 백성들이 그의 능력을 아주 높이 평가한다는 점이죠. 레르마 공작보다 더 나은지 아닌지는 장차 보게 되겠지만요." 포레로는 말을 하던 중 내게 올리바레스 백작이 왕국이라는 함선의 키를 쥔 이래 궁정에서 일어난 모든 변화를 상세히 얘기해 주었다.

마드리드에 도착하고 나서 이틀 후 나는 오후에 왕을 알현하러 갔다. 왕이 집무실에 들어갈 때 그가 지나는 통로에 자리 잡고 있었는데, 그는 나를 쳐다보지도 않았다. 다음 날에도 또 같은 장소로 가서 있었는데, 그날이라고 더 나을 것도 없었다. 그 다음 날 왕은 지나가다가 내게 눈길을 던졌지만 내 존재에 대해 조금도 관심을 갖는 것 같지 않았다. 그래서 나는 작정을 하고 함께 있던 에시피온에게 말했다. "저 봐라, 왕이 나를 못 알아보는 것이거나, 혹은 나를 기억하는데도 저러는 거라면 나하고 다시는 아는 사이가 될 생각이 없는 거다. 이제 우리는 발렌시아로 돌아가는 것이 나쁠 것 같지 않구나." 그러자 내 비서가 대답했다. "그렇게 빨리 가지는 말기로 해요. 궁정에서는 오로지 인내심을 통해서만 성공한다는 것을 나리가 저보다 더 잘 알고 계시잖아요. 군주에게 모습을 드러내는 것을 싫증내지 마세요. 군주의 시선에 자꾸 띄다 보면 나리를 더 유심히 살펴볼 테고, 아름다운 카탈리나 곁에 있던 중개인의 얼굴이 떠오르게 될 겁니다."

에시피온이 나중에 내게 불평하는 일이 없도록 나는 그 같은 처세술을 계속 실천했다. 그러던 어느 날 군주가 내 모습을 보고 드디어 놀라며 나를 불러들였다. 국왕과 독대를 하게 되었으니 당황하지 않을 수 없어서 나는 어쩔 줄 몰라 하며 그의 서재로 들어갔다. 그가 내게 물었다. "당신은 누구요? 용모가 낯설지 않으니 말이오. 내가 당신을 어디서 봤지?" 그래서 내가 부들부들 떨며 대답했다. "영광스럽게도 어느 날 밤 레모스 백작과 함께 전하를 모시고…." 그러자 군주가 내 말을 가로막으려 말했다. "아! 생각나네, 당신은 레르마 공작의 비서였고, 내가 착각하는 게 아니라면, 당신의 성(姓)은 산티아나지. 그 당시에 당신이 나를 아주 열성적으로 도와주었고, 당신은 그 수고에 대해 오히려 꽤 고약한 보상을 받았던 것을 잊지 않았네. 자네는 그 일로 감옥에 가지 않았나?" 그래서 내가 대답했다. "네, 전하, 저는 그 일로 세고비아의 탑에서 6개월 동안 있었습니다. 하지만 감사하게도 전하께서 저를 거기서 나오게 해주셨습니다." 그러자 그가 대꾸했다. "내가 산티아나에게 진 빚은 그것만으로는 청산되지 않지. 감옥에서 해방시킨 것만으로는 충분치가 않네. 나를 도와준 탓에 겪은 아픔을 내가 고려해 주어야 하네."

군주가 그 말을 마칠 때 올리바레스 백작이 서재로 들어왔다. 총애를 입는 신하들에게는 뭐든지 의심을 사게 만든다. 그는 거기서 모르는 자를 보자 놀라워했다. 그리고 왕이 그에게 "백작, 이 젊은이를 당신 손에 맡길 테니, 그가 뭔가 할 수 있도록 도움을 주시오"라고 말했을 때는 더 놀라워했다. 총리는 머리부터 발끝까지 나를 훑어보면서 내가 누군지 알아내기 아주 힘들어하면서도 그 지시를 기꺼이 받아들이는 척했다. 그러자 군주가 내게 물러가라는 표시를 하며 말했다. "자, 친구여, 백작이 나를 섬기기 위해 그리고 당신의 이익을 위해 당신을 유용하게 쓰게 될 것이 분명하네."

나는 서재에서 나오는 즉시 코스콜리나의 아들에게 갔다. 에시피온은 왕이 내게 무슨 말을 했는지 알고 싶어 안달이 나서 굉장히 안절

부절못하고 있었다. 그는 내게 발렌시아로 돌아갈 건지 아니면 궁정에 남을 건지부터 우선 물었다. 나는 "네가 그 점에 대해 판단할 거다"라고 대답하고 나서, 방금 군주와 나눈 짧은 대화를 한 마디도 빼놓지 않고 얘기해 주었다. 그는 그 얘기에 황홀해져서 굉장히 기뻐하며 말했다. "친애하는 주인님, 다음번에도 제 예언을 들으실 거죠? 데 레이바 나리들과 제가 나리에게 마드리드 여행을 재촉한 것이 틀리지 않았다는 것을 인정하십시오. 저는 나리께서 높은 자리에 올라가 계시는 모습이 벌써 보입니다. 나리는 올리바레스 백작의 칼데론이 되실 겁니다." 그래서 내가 그의 말을 가로막았다. "그것은 내가 원하는 바가 전혀 아니다. 그 자리는 너무 많은 위험에 둘러싸여 있어서 별로 그렇게 되고 싶지 않구나. 군주의 은혜에 대해 부당한 짓이나 부끄러운 뒷거래를 할 기회가 전혀 없는 그런 괜찮은 일자리면 좋겠다. 내가 과거의 호의를 이용하여 얻는 것이므로, 탐욕과 야망에 대해 아무리 경계해도 지나치지가 않아." 그러자 내 비서가 말했다. "자, 나리, 나리께서 변함없이 신사로 남아 계시면서 수행할 수 있을 좋은 직책을 총리께서 주실 겁니다."

내 호기심보다는 에시피온 때문에 나는 바로 다음 날 동이 트기도 전에 급히 올리바레스 백작의 집으로 갔다. 여름이건 겨울이건 매일 아침 그가 촛불을 켜놓고 자기에게 청탁하러 오는 사람들의 얘기를 전부 다 듣는다는 것을 알았기 때문이다. 나는 방 한구석에 겸손한 자세로 있었고, 백작이 나타날 때 거기서 그를 잘 관찰하였다. 왕의 서재에서는 그에게 별로 주의를 기울이지 않았기 때문이다. 보통보다는 키가 크고, 마르지 않은 사람을 보기가 드문 나라에서 뚱뚱하다고 여겨질 수도 있는 남자였다. 어깨는 너무 올라붙어 있어서, 그가 꼽추가 아닌데도 불구하고 나는 그런 줄만 알았다. 굉장히 큰 얼굴은 가슴까지 내려와 있었고, 검은색 머리카락은 뻣뻣했다. 얼굴은 길고, 피부는 올리브색이 감돌았으며, 입은 움푹 들어가 있었고, 턱은 뾰족하면서 몹시 쳐들려 있었다.

그 모든 것을 종합해 봐도 잘생긴 귀족의 용모는 아니었다. 그럼에도 불구하고 나는 그가 내게 호의적이라고 믿었기에 너그러운 마음으로 그를 보았고, 기분 좋은 사람이라고 생각했다. 실제로 그는 모든 사람들을 상냥하고 온후한 태도로 맞아들이고, 그에게 내미는 청원서들을 상냥하게 받았다. 그런 점이 좋은 낯을 대신하는 것 같았다. 그런데 내 차례가 되어 그에게 가서 인사하고 나를 알리자, 그는 내게 혹독하고 위협적인 시선을 던지더니 내 말을 들어주려 하지도 않고 등을 돌려 자기 서재로 돌아가 버렸다. 그때는 그 귀족이 본래의 모습보다 더 추하게 보였다. 나는 그 푸대접에 몹시 어리둥절해져서 그 방을 나왔고, 그 일을 어떻게 생각해야 할지 몰랐다.

나는 문에서 기다리고 있던 에시피온에게 그 얘기를 했다. "내가 어떤 대접을 받았는지 아니?" 그러자 그가 대답했다. "아니오, 하지만 짐작하기 어렵지는 않아요. 총리는 군주의 뜻을 신속히 따르려고 아마도 상당한 직책을 나리에게 제안했을 것 같은데요." 그래서 나는 그에게 "바로 그 점이 네가 잘못 생각한 것이다"라고 말하면서 내가 어떤 대접을 받았는지 알려 주었다. 그는 내 말을 매우 유심히 듣더니 말했다. "그 백작이 나리를 기억하지 못했거나 다른 사람으로 착각했나 봅니다. 다시 만나러 가시라고 충고드리겠어요. 그러면 나리를 더 좋은 낯으로 대하실 게 분명합니다." 나는 내 비서의 충고를 따랐고, 그 총리에게 두 번째로 내 모습을 보였다. 이번에는 그가 훨씬 더 못되게 대하면서 내 얼굴을 바라보며 눈살을 찌푸렸다. 마치 내 모습이 그를 힘들게 하기라도 한 것처럼 …. 그러고 나서 내게서 눈길을 돌리더니 단 한 마디 말도 없이 물러갔다.

나는 그 태도에 극도로 화가 치밀었고, 당장 발렌시아로 돌아가고 싶었다. 하지만 자기가 품었던 기대를 포기할 결심을 하지 못한 에시피온은 그런 나의 생각에 반대했다. 내가 그에게 말했다. "백작이 나를 궁정에서 떼어놓으려 하는 것이 안 보이냐? 군주가 나에 대한 호의를 그에게 보였으니 그것만으로도 왕이 총애하는 신하의 반감을 사기에 충분해 보이지 않니? 양보하자, 얘야, 그토록 무시무시한 적의 권력에 기꺼이 굴복하기로 하자." 그러자 그가 올리바레스 백작에 대해 분노를 터뜨리며 대답했다. "나리, 저는 그렇게 쉽게 물러나지 않으렵니다. 저라면 왕에게 가서 그 총리가 왕의 천거를 별로 중시하지 않는다고 하소연할 텐데요." 그래서 내가 말했다. "나쁜 충고로구나, 친구야. 그렇게 경솔하게 군다면 나는 거의 당장 후회하게 될 거다. 심지어 이 도시에 들른 것 자체가 위험을 무릅쓰는 것은 아닌지 모르겠구나."

내 비서는 이 말에 제정신이 돌아왔다. 사실상 우리로 하여금 세고비아의 탑에 다시 들어가게 할 수 있는 사람을 상대하고 있다는 생각이 들어서 그도 나처럼 두려워했다. 그래서 마드리드를 떠나고 싶다는 나의 바람을 에시피온은 더 이상 반박하지 않았다. 나는 바로 다음 날 그 도시를 떠나기로 작정했다.

3

궁정을 포기하려는 질 블라스의 결단을 막은 것
호세 나바로가 그에게 해준 중요한 일

숙소로 돌아오다가 나는 돈 발타사르 데 수니가의 관리총책이자 내 친구인 호세 나바로를 만나게 되었다. 내가 그에게 인사를 하고 다가가서 나를 알아보는지 묻고, 그의 우정을 배은망덕으로 되갚은 비참한 인간에게 아는 척해 줄 만큼 아직도 그토록 선량하냐고 물었다. 그는 내게 말했다. "그러니까 내게 그리 잘 대해 주지 않았다는 것을 인정하는 거요?" 이에 내가 대답했다. "그래요. 당신은 나를 책망할 권리가 있소. 하지만 그 이후에 내 죄에 대해 후회를 하며 속죄하지 않았다면 당신의 질책을 받아 마땅할 겁니다." 그러자 나바로가 나를 포옹하며 말했다. "당신이 잘못에 대해 회개했으니 나는 그 일을 더 이상 떠올리지 말아야 할 것이오." 그래서 이번에는 내 쪽에서 호세를 꽉 껴안았고, 우리는 둘 다 서로에 대해 맨 처음에 느꼈던 감정을 다시 느꼈다.

그는 나의 투옥과 내 형편의 파국을 알았지만, 그 나머지는 다 알지 못했다. 나는 그 나머지 일들을 알려 주었고, 왕과 독대를 한 사실까지 얘기해 줬으며, 총리가 나를 푸대접했던 것뿐만 아니라 내 은퇴지로 물러날 계획이라는 것까지 숨기지 않았다. 그러자 그가 말했다. "가지 마시오. 군주가 당신에게 호감을 표시했으니, 당신에게 뭔가 도움이 될 것이 분명합니다. 우리끼리 얘기지만, 올리바레스는 좀 특이한 정신의 소유자라오. 엉뚱한 면이 많은 귀족이지요. 이번 경우처럼 때때로 반발심을 일으키는 행동도 하고, 그 기묘한 행동들의 이유를 오로지 그 자신만 알고 있다오. 게다가 그가 당신에게 어떤 이유로 푸대접을 했건 간에 물러나지 말고 여기에 단단히 붙어 있으시오. 당신이 군주의 호의를 이용하는 것을 그가 막지는 않을 거요. 그 점은 내가 장담할 수 있어요. 내가 오늘 저녁 내 주인 돈 발타사르 데 수니가 나리에게 그 건에 대해 몇 마디 해보겠소. 그분은 올리바레스 백작의 숙부이고, 그와 나랏일을 함께 돌보고 있어요." 나바로는 그렇게 말하고 나서 내가 어디에 묵고 있는지 물었고, 그런 다음 우리는 헤어졌다.

나는 그를 금세 다시 보게 되었다. 바로 다음 날 그가 나를 만나러 왔으니까. 그는 말했다. "데 산티아나 씨, 당신에게 이제 후견인이 생겼다오. 내 주인이 당신을 후원해 주고 싶어 합니다. 내가 당신에 관해 좋게 얘기했더니 자기 조카인 올리바레스 백작에게 당신을 위해 말해 주겠다고 약속했소. 그가 당신에 대해 좋게 얘기할 게 틀림없다오." 내 친구 나바로는 나를 대충 돕고 싶지는 않아서, 이틀 후 나를 돈 발타사르에게 소개해 주었다. 돈 발타사르는 상냥하게 "산티아나 씨, 당신의 친구 호세가 당신에 대해 하도 칭찬을 해서 당신을 돕고 싶어졌다오.” 나는 수니가 씨에게 머리를 깊이 숙여 인사했고, 사람들이 ‘자문회의의 횃불’이라고 온당히 부르는 대신(大臣)의 후견을 제공해 준 나바로에게 평생토록 깊은 감사를 느낄 거라고 대답했다. 비위를 맞추는 그 대답에 돈 발타사르는 껄껄 웃으며 내 어깨를 두드리면서 다음과 같이 말했다. “당신은 내일 당장 올리바레스 백작의 집에 다시 가보시오. 그에 대해 더 만족스러워하게 될 거요.”

그래서 나는 총리대신 앞에 세 번째로 다시 나타났다. 총리는 군중 속에서 나를 알아보고 내게 미소 띤 시선을 던졌다. 그래서 나는 조짐이 좋다고 생각했다. 나는 마음속으로 말했다. ‘잘되었군. 삼촌이 조카에게 알아듣게 얘기했나 보군.’ 나는 이제 호의적인 대접만 기대했고, 내 희망은 이루어졌다. 백작은 모두의 얘기를 들은 후 나를 자기 서재로 들였고, 거기서 친근한 태도로 말했다. “이보게 산티아나, 내가 재미 삼아 자네를 당황스럽게 한 것을 용서하게. 자네의 신중함을 시험해 보고, 자네가 기분 나빠지면 어떻게 하는지 보려고 자네를 못살게 굴며 재미있어 했네. 자네는 내가 자네를 마음에 들어 하지 않는다고 상상했을 것이 틀림없어. 하지만 친구, 그 정반대일세. 자네가 마음에 드네. 나의 주인인 왕께서 자네의 출세를 돌봐 주라고 지시하지 않았더라도, 내가 자네에게 호감을 느껴서 그렇게 하려 하네. 게다가 내가 아무것도 거절할 수 없는 상대인 돈 발타사르 데 수니가 삼촌께서 자네를 도와주고 싶다고 하시면서 자네를 부탁하셨네. 자네를 내 곁에 두기로 결심하는 데는 그것으로 충분하다네.”

그렇게 일이 풀리는 것이 너무 짜릿하여 감각이 혼란스러워졌다. 나는 총리대신의 발아래 엎드렸다. 그러자 그는 나더러 일어나라고 하더니 말을 계속했다. "오늘 오후에 여기로 다시 와서 내 집사를 찾게. 내가 지시를 전해 놓을 테니 그에게서 그 지시를 듣게나." 그 말을 하고 나서 총리대신 나리는 자기 서재에서 나가 미사를 보러 갔다. 그는 사람들의 청원을 듣고 난 후 습관적으로 매일 미사를 보러 갔다. 그러고 나서 왕을 알현하러 가곤 했다.

4

질 블라스가 올리바레스 백작으로부터 사랑받게 되다

나는 잊지 않고 오후에 총리대신의 집으로 가서, 돈 라이문도 카포리스라는 이름의 집사를 보고 싶다고 말했다. 그 집사는 내가 이름을 대자마자 내게 존경의 표시를 하며 인사하고 나서 말했다. "나리, 저를 따라오십시오. 이 저택에서 나리에게 배당된 처소로 안내해 드리겠습니다." 그는 이 말을 하고 난 후 나를 작은 계단을 통해 그 집의 한 익면(翼面)의 3층에 대여섯 개의 방이 늘어선 곳으로 데려갔다. 그 방들에는 가구들이 꽤 조촐하게 갖춰져 있었다. 집사는 말했다. "총리대신 각하께서 나리에게 주시는 거처입니다. 여기에는 각하께서 치르는 비용으로 관리되는 6인용 식탁이 하나 있습니다. 나리께서는 각하 하인들의 시중을 받으실 겁니다. 그리고 나리께서 지시만 하면 사륜마차가 늘 대기하고 있을 겁니다." 그러더니 덧붙였다. "그게 다가 아닙니다. 각하께서는 구스만 가문에 속하신 분과 마찬가지로 나리에게 세심하게 주의를 기울이라고 힘주어 권고하셨습니다."

나는 속으로 생각했다. '아니, 도대체 이 모든 것이 뭘 의미하는 걸까? 이 특별대우를 어떻게 받아들여야 하는 걸까? 그 밑바닥에 악의가 깔린 것은 아닐까? 총리가 내게 이토록 명예로운 대접을 해주는 것이 또 재미 삼아서 그러는 것은 아닐까?' 내가 그렇게 두려움과 기대 사이를 부유하며 불확실한 감정에 놓여 있는 동안, 한 시동이 내게 와서 백작이 나를 보고 싶어 한다고 알려 주었다. 그래서 당장 그 대신에게 갔더니 그는 서재에 혼자 있었다. 그는 말했다. "자! 자네 거처와 돈 라이문도에게 내가 내린 지시에 만족하는가?" 그래서 내가 대답했다. "각하의 친절이 과도하신 것 같습니다. 저는 그저 떨면서 동참할 뿐입니다." 그러자 그가 말했다. "아니, 왜? 왕께서 내가 돌봐주기 바라시면서 맡기신 사람을 내가 너무 명예롭게 해준다는 건가? 확실히 아닐세. 내가 자네를 명예롭게 대하는 것은 내 의무 수행일 뿐일세. 그러니 자네에게 해주는 것에 대해 더 이상 놀라지 말게. 그리고 자네가 레르마 공작에게 헌신했던 것처럼 내게도 그렇게 하면, 찬란하고 견고한 행운이 자네를 벗어나지 않으리라고 생각하게."

그러고 나서 말을 이었다. "그런데 그 귀족에 관해 말인데, 자네가 그와 친하게 지냈다고 사람들이 그러더구먼. 그 귀족과 자네가 어떻게 알게 되었는지, 그 장관이 자네에게 어떤 일을 시켰는지 알고 싶네. 아무것도 감추지 말게. 솔직한 얘기를 요구하는 걸세." 그때 나는 레르마 공작과 비슷한 경우에 처했을 때 내가 당황했던 일과 어떻게 그 궁지를 모면했는지 떠올랐다. 그래서 이번에는 훨씬 잘 해냈다. 말하자면, 내 얘기 가운데서 거친 부분은 부드럽게 순화시키고, 내게 명예스럽지 못했던 것에 관해서는 가볍게 지나갔다. 레르마 공작을 전혀 봐주지 않아야 올리바레스 백작이 더 기뻐할 텐데도 불구하고 그 공작도 배려해 가면서 얘기했다. 돈 로드리게스 데 칼데론에 관해서는 가차 없이 얘기했다. 그가 기사령, 녹봉지, 총독령 등과 관련하여 저지른 대단한 짓들을 내가 아는 한 전부 상세히 얘기했다.

그러자 총리대신이 말을 가로막았다. "네가 칼데론에 대해 알려 주는 내용은 그에 관해 고발된 어떤 보고문들의 내용과 일치하는구나. 그 보고문들은 훨씬 더 심각한 고소 항목들을 담고 있다. 곧 그에게 소송을 걸어야겠구나. 그가 이 소송에서 패하기를 네가 바라는 거라면 네 소원이 이루어질 것 같다." 그래서 내가 말했다. "그 칼데론 때문에 제가 세고비아탑에서 꽤 오래 머물렀고, 제가 그 탑에서 죽지 않고 나오게 된 것은 그가 해준 일이 아니지만, 그럼에도 저는 그가 죽게 되기를 바라지는 않습니다." 그러자 총리대신이 말했다. "뭐라고! 돈 로드리게스가 너를 감옥에 들어가게 만들었다고? 그것은 내가 모르던 일이구나. 나바로가 돈 발타사르 삼촌에게 너에 관한 얘기를 했을 때는 돌아가신 왕이 너를 감옥에 넣었다고 했거든. 네가 밤에 스페인 왕자를 수상한 장소에 데리고 갔었기 때문에 그 일로 너를 벌을 내린 거라고 했다. 그런데 그 이상은 내가 알지 못한다. 칼데론이 이 일에서 어떤 역할을 했는지 짐작할 수가 없구나." 그래서 내가 대답했다. "연인에게서 받은 모욕을 복수하는 남자의 역할입니다." 이와 함께 나는 그 일을 상세히 얘기해 주었고, 그는 그 얘기가 너무 재미있어서, 아주 심각한 사안임에도 웃지 않을 수가 없었다. 아니 그보다는 기뻐서 울지 않을 수가 없었다. 그로서는 어떤 때는 조카이고 어떤 때는 손녀이던 카탈리나가 엄청나게 재미있고, 레르마 공작이 그 모든 일에 관여한 것 또한 너무 우스웠던 것이다.

내가 이야기를 마치자, 백작은 다음 날 내 일을 잊지 않고 돌보겠다고 말하면서 나를 돌려보냈다. 나는 즉각 수니가의 저택으로 달려갔다. 돈 발타사르에게 나를 도와줘서 고맙다고 말하기 위해서였고, 내 친구 호세에게는 총리대신이 나에 대해 호의적이 된 사실을 알려주기 위해서였다.

5

질 블라스가 나바로와 나눈 비밀 대화와 올리바레스 백작이 그에게 준 첫 일자리

나는 호세를 보자마자 그에게 알려 줄 것이 아주 많다고 흥분하며 말했다. 그러자 그는 우리 둘만 있을 수 있는 장소로 나를 데려갔다. 나는 그에게 사실을 말해 주면서 내가 방금 한 얘기에 대해 어떻게 생각하느냐고 물었다. 그가 대답했다. "내 생각에 당신은 지금 어마어마한 출세를 하는 중인 것 같네요. 모든 것이 당신에게 희망적입니다. 총리대신은 당신을 마음에 들어 하는 겁니다. 이건 대단한 거예요. 당신이 그라나다 대주교관에 들어갔을 때 내 숙부 멜초르 데 라론다가 당신에게 도움을 준 것처럼, 나도 당신에게 똑같이 해줄 수 있으니까요. 숙부님은 당신에게 대주교와 그의 주요 관리들의 이런저런 성격을 알려 주셔서 당신이 그들을 연구하는 수고를 들이지 않아도 되었잖아요. 나도 숙부님처럼 당신에게 백작과 백작부인, 그들의 딸인 도냐 마리아 구스만이 어떤 사람들인지 알려 주고 싶네요."

"총리는 기민하고, 통찰력이 있으며, 큰 기획을 구상하기에 적절한 정신을 갖고 있어요. 그는 스스로 다재다능한 인간으로 자처하고는 있는데, 온갖 학문에 대해 그저 가벼운 피상적 지식만 갖고 있기 때문이지요. 그는 모든 것에 관해 스스로 결정할 능력이 있다고 믿고 있어요. 자신을 심오한 법률가, 대단한 지휘관, 술수에 능란한 정치가라고 생각하고 있는 겁니다. 게다가 자기 의견을 너무 고집스럽게 밀어붙여서 자기 의견이 다른 사람들의 의견보다 우선적으로 존중되기를 늘 바라지요. 누군가의 식견에 복종하는 듯 보이는 것이 두려운 겁니다. 우리끼리 얘기지만, 그런 결점은 이상한 귀결로 이어질 수 있어요. 그렇게 되지 않도록 하늘이 이 왕국을 보호해 주시기를! 그는 국무회의에서 자연스런 웅변술로 두각을 드러내요. 그가 자기 문체에 위엄을 더 갖추려고 일부러 모호하게 만들고 지나치게 멋을 부리려 하지만 않았다면, 말을 잘하는 만큼 글도 잘 쓸 겁니다. 그는 특이하게 사고하고, 변덕스럽고 공상적이랍니다. 그의 정신을 묘사하자면 그렇고요. 이제 그의 마음을 묘사해 볼게요. 그는 너그럽고 좋은 사람이에요. 사람들이 그에 대해 복수심이 강하다고 하는데, 스페인 사람치고 안 그런 사람이 누가 있겠어요? 게다가 사람들 말에 의하면 그가 큰 빚을 진 우세다 공작과 루이스 달리가 신부를 오히려 망명하게 했다면서 그를 배은망덕하다고 비난하는데, 그 일 또한 그를 용서해야 합니다. 총리대신이 되려는 자는 고마워할 필요가 없으니까요."

그러고 나서 호세는 말을 이었다. "내가 알기로는, 올리바레스 백작부인, 즉 도냐 아그네스 데 수니가 에 벨라스코에게 결점이라고는 단 하나뿐입니다. 그녀가 누군가에게 은혜를 베풀 때는 그 은혜를 금값에 판다는 것이 바로 그 결점입니다. 그리고 그녀의 딸 도냐 마리아

데 구스만으로 말할 것 같으면, 반박의 여지없이 현재 스페인에서 가장 좋은 혼처죠. 그녀는 완벽한 사람이고, 자기 아버지의 우상입니다. 그들과의 관계를 잘 해결하세요. 두 여인에게 잘 보이려 노력하고, 올리바레스 백작에게는 당신이 세고비아 여행 전에 레르마 공작에게 했던 것보다 훨씬 더 충성스런 모습을 보이세요. 그러면 당신은 고위직의 막강한 나리가 될 겁니다."

그러더니 호세는 덧붙였다. "당신에게 다시 충고하건대, 내 주인인 돈 발타사르를 가끔씩 만나세요. 당신의 출세에 그가 더 이상 필요하지 않다 해도 그를 여전히 신경 쓰세요. 그는 당신을 좋게 생각하고 있으니 그의 존중과 우정을 잘 지키세요. 기회가 닿으면 그가 당신을 도울 수도 있어요." 그래서 내가 나바로에게 말했다. "숙부와 조카가 함께 국가를 통치하는데, 그 두 동료 사이에 질투가 좀 있지 않을까요?" 그러자 그가 대답했다. "그 반대로, 그들은 더할 수 없이 완벽하게 결합되어 있어요. 돈 발타사르가 없다면 올리바레스는 아마도 총리대신으로 있지 못할 겁니다. 왜냐하면 펠리페 3세가 죽은 후 산도발 가문의 모든 친구들과 지지자들이 엄청난 파란을 일으켜서, 어떤 이들은 추기경 편에 서고, 어떤 이들은 그의 아들 편에 섰지만, 궁정에서 가장 민첩한 내 주인과 그 못지않게 영리한 백작은 긴밀히 협력하여 그 자리를 확보하기 위해 매우 정확한 조처들을 취해서 경쟁자들을 물리쳤지요. 올리바레스 백작은 총리대신이 된 후 자기 숙부인 돈 발타사르를 행정에 참여시켜서 그에게 외부 업무를 맡기고 내부 업무는 자신이 담당했어요. 그래서 그 두 귀족은 혈연관계에 놓인 사람들을 자연스레 연결해 주게 마련인 우애의 끈을 단단히 조이면서,

서로 독립적으로 사이좋게 살고 있지요. 내 보기에, 그들의 그 좋은 관계는 변할 것 같지 않아요."

그것이 내가 호세와 나눈 대화였고, 나는 그의 충고를 잘 이용하기로 작정했다. 그러고 나서 나는 수니가 나리에게 가서 그가 해준 일에 대해 감사했다. 그는 나를 기쁘게 할 만한 기회를 늘 포착하겠노라고 아주 정중히 말했다. 그리고 내가 그의 조카에 대해 만족해해서 아주 기쁘다는 말도 했다. 또한 그는 나의 이익이 그에게도 소중하다고 했고, 내게 후견인이 하나가 아니라 둘이라는 것을 보여 주고 싶어서 자기 조카에게 나에 관해 또 좋게 말해 주겠다고 확언했다. 돈 발타사르는 나바로에 대한 우애 때문에 그렇게 나의 출세에 대해 관심을 갖게 된 것이다.

바로 그날 저녁, 나는 여인숙을 떠나 총리대신의 집으로 거처를 옮겼다. 나는 그 집의 내 거처에서 에시피온과 함께 저녁 식사를 했다. 우리는 둘 다 그 집 하인들의 시중을 받았다. 그들은 식사 동안에는 진중한 근엄함을 가장했지만, 속으로는 우리의 시중을 들라는 지시를 수행하고 있는 것을 우습게 여겼을지도 모른다. 식사가 끝나서 그들이 다 물러가자, 내 비서는 더 이상 참지 않고, 그 특유의 명랑한 기질과 부푼 기대로 인해 머릿속에 떠오르는 대로 숱한 우스갯소리들을 했다. 하지만 나는 이제 서서히 좋아지기 시작하는 상황이 기쁘기는 했어도 아직 마음을 빼앗길 기분은 전혀 아니었다. 그래서 자리에 누웠을 때, 야망에 찬 에시피온은 휴식을 별로 취하지 못한 반면, 나는 정신이 팔릴 만큼 기대에 찬 생각들에는 빠지지 않고 평온히 잠들었다. 에시피온은 자기 딸 세라피나의 결혼지참금을 위해 밤새 허공에 재산을 쌓았다.

다음 날 아침 내가 옷을 막 입었을 때 총리대신이 나를 찾는다는 전갈이 왔다. 나는 곧바로 총리대신에게 갔다. 그는 말했다. "자, 산티아나! 자네가 뭘 할 줄 아는지 좀 보기로 하세. 레르마 공작이 자네에게 보고서를 작성케 했다고 자네가 말했지? 내가 자네를 시험해 보기 위해 자네가 써야 할 보고서가 하나 있네. 무엇에 관한 것인지 이제 얘기해 주겠네. 대중이 내 내각을 좋게 여기도록 하는 저작물을 집필하는 일일세. 국사(國事)가 몹시 잘못되어 있는 것을 내가 발견했다고 은밀히 소문이 퍼지게 해놓았다네. 이제는 왕국이 처참한 상태에 놓여 있다는 것을 궁정과 시내에 노출시키는 것이 관건일세. 그 점에 대해 백성에게 강한 인상을 줄 만한 그림을 만들어야 하고, 그렇게 해서 내 전임자를 아쉬워하지 못하게 만들어야 하네. 그러고 나서 자네는 내가 왕의 치세를 영광되게 만들고, 그의 국가들을 번영케 했으며, 그의 백성들을 완벽히 행복하게 만들기 위한 조처들을 취했다고 칭송하게."

총리대신은 그렇게 말하고 나서 내 손에 종이 한 장을 쥐여 주었다. 그 종이에는 사람들이 이전 행정부에 대해 불평했던 당연한 이유들이 담겨 있었다. 내가 기억하기로는 열 개 항목이 있었으며, 그중 가장 덜 심각한 것도 선량한 스페인 사람들에게 경각심을 불러일으킬 만한 것이었다. 이어서 총리는 나를 자기 서재 옆에 있는 작은 서재로 들이고 나서 자유롭게 일하도록 놔두었다. 그러므로 나는 최선을 다해 보고서를 작성하기 시작했다. 우선 왕국이 처한 나쁜 상태를 설명하는 것부터 했다. 탕진된 재정, 징세청부인들에게 저당 잡힌 수익들, 파산한 해운 등…. 그 다음에는 지난번 치세 때 국가를 통치했던 자들이 저지른 잘못들과 그것들로 인해 생길 수 있는 유감스런 여파를 적었다. 마지막으로 위험에 처한 왕국을 묘사했고, 전임 총리대신을 너무 격렬히 비판했기에, 내 보고에 따르면, 레르마 공작을 잃는 것은 스페인으로서는 큰 행복이었다. 진실을 말하자면, 내가 그 귀족에 대해 아무 원한이 없었음에도 불구하고 그에게 이런 타격을 가하는 것이 유감스럽지는 않았다. 그게 인간이다!

마지막으로, 나는 스페인을 위협하는 폐해들에 관해 무시무시한 묘사를 한 후, 기교를 발휘하여 백성들에게 미래에 대한 아름다운 희망을 품게 하면서 그들의 마음을 진정시켰다. 나는 올리바레스 백작으로 하여금 이 나라를 재건하여 안녕을 보장하도록 하늘이 보내 준 인물처럼 말하게 만들었고, 경이롭고 기적 같은 것들을 약속했다. 한마디로, 나는 새 총리대신의 견해를 너무 잘 반영하였기에 그는 그 글을 다 읽고 나자 내 작품에 대해 놀라는 듯 보일 정도였다. 그는 말했다. "산티아나, 네가 정녕 국무대신에 어울리는 작품을 만들었다는 것을 너도 아느냐? 레르마 공작이 네 필력을 훈련시켰다 해도 더 이상 놀랍지가 않구나. 너의 문체는 간결하고 심지어 우아하기까지 하다. 그런데 내 보기에는 좀 너무 자연스럽구나." 그러면서 그는 자기 취향이 아닌 부분들을 지적하며 다른 표현들로 바꾸었다. 나는 그가 수정한 것들을 보면서, 나바로가 말한 바처럼 그가 멋 부린 표현이나 모호한 것을 좋아한다고 판단했다. 하지만 그는 고상한 것, 좀더 정확히 말하자면 멋을 한껏 부리는 표현들을 원하면서도 내 보고서의 3분의 2는 그대로 놔두었다. 그리고 그가 그 보고서에 대해 어느 정도까지 만족하는지 보여 주기 위해, 내가 점심 식사가 끝났을 때 돈 라이문도를 통해 3백 피스톨라를 보내 주었다.

6

질 블라스가 3백 피스톨라를 쓴 용도와 에시피온에게 맡긴 임무
방금 말한 보고서의 성공

에시피온은 총리대신의 그 호의에 관해 듣자 내가 궁정에 온 것을 다시 한 번 축하했다. 그는 말했다. "나리의 운세에 대단한 행운이 마련되어 있는 것을 아시겠지요? 나리의 고독한 생활을 떠난 것이 아직도 애석하신가요? 올리바레스 백작 만세! 전임자와는 아주 다른 주인이네요. 레르마 공작은 나리께서 그토록 헌신하셨는데도 나리에게 단 한 피스톨라도 선사한 적 없이 여러 달 동안 따분하게 지내게만 했잖아요. 그런데 올리바레스 백작은 나리께서 오래 섬긴 다음에나 감히 기대할 수 있을 만한 특별수당을 벌써 주었네요."

그러더니 덧붙였다. "저는 데 레이바 나리들이 주인님께서 행복하신 것을 보시거나 적어도 아시기라도 하면 좋겠어요." 그래서 내가 대답했다. "이제 그분들에게 알려드릴 때가 되었다. 마침 그 말을 하려던 참이었어. 그분들이 내 소식이 궁금해서 굉장히 초조해하실 게 분명한데 말이야. 하지만 소식을 전하기 전에 내가 확고히 자리 잡고, 궁정에 머물 것인지 아닌지를 확실히 전할 수 있게 될 때를 기다린 거야. 이제 내 일에 관해 확신이 드니까, 아무 때나 네가 좋을 때 발렌시아로 떠나면 된단다. 내 현재 상태에 관해 그 나리들에게 알려 드리고, 그분들 아니었다면 내가 마드리드로 올 결심을 결코 하지 않았을 테니, 그분들이 해내신 일로 생각한다는 말씀을 전해 드려라."

그러자 코스콜리나의 아들이 소리쳤다. "친애하는 주인님, 주인님에게 일어난 일을 말씀드려서 그분들을 기쁘게 해드릴게요! 나는 왜 발렌시아 성문에 벌써 가 있지 않은 걸까! 하지만 금세 가게 될 겁니다. 돈 알폰소의 말 두 마리가 완전히 준비돼 있거든요. 제가 총리대신의 하인 한 명과 길을 나서겠습니다. 저는 길동무가 있어서 아주 기쁠 테고, 나리도 아시다시피, 사람들이 총리대신의 하인(제복)을 보면 탄복하며 놀랄 겁니다.

나는 내 비서의 어리석은 허영심에 웃지 않을 수 없었다. 그러나 어쩌면 그보다 더 허영기가 많은 나는 그가 하고 싶은 대로 하게 내버려 두었다. 나는 그에게 말했다. "떠나라, 그리고 신속히 돌아오너라. 왜냐하면 너한테 시킬 다른 심부름이 있으니까. 내 어머니에게 돈을 갖다드리라고 너를 아스투리아스로 보내고 싶구나. 내가 소홀해서 어머니에게 1백 피스톨라를 보내드린다고 약속한 시간을 넘기고 말았어. 그러니 네가 가서 직접 전해 드려야겠다. 그런 종류의 약속은 아들로서는 아주 신성하게 여겨야 하는데, 내가 정확히 지키지 못하여 자책감이 드는구나." 그러자 에시피온이 대답했다. "나리, 6주 후에 제가 그 두 가지 심부름을 해드릴게요. 제가 데 레이바 나리들께 말씀드리고 나서 나리의 성을 한 바퀴 돌아보고, 그런 다음에 사실 생각만 해도 주민 중 4분의 3은 악마에게 줘버리고만 싶은 오비에도로 다시 가겠습니다." 그래서 나는 코스콜리나에게 내 어머니의 연금으로 1백 피스톨라, 그리고 그의 여비로 또 1백 피스톨라를 주었다. 그가 그 긴 여행을 우아하게 다녀오기를 바랐기 때문이다.

그가 떠나고 난 다음 며칠 후, 총리대신이 우리의 보고서를 인쇄하게 했다. 그 보고서는 일반에 공개되자마자 마드리드 장안의 화제가 되었다. 백성들은 새로운 것을 좋아하므로 그 글에 매료되었다. 강렬한 색채로 묘사된 재정 고갈, 레르마 공작에 대한 반발, 이로 인해 레르마 전 장관이 할퀌을 당하는 것 등이 비록 모든 사람의 호응은 받지 못했다 하더라도, 최소한 찬성하는 사람들은 생겼다. 백성들을 불편하게 만들지 않으면서 지혜로운 절약을 통해 국가의 지출을 부담하겠다는 약속을 포함하여, 올리바레스 백작이 그 보고서에서 한 멋진 약속들은 시민들 전체를 경탄하게 만들었고, 그의 식견에 대해 이미 갖고 있던 좋은 평판을 공고히 해주었다. 그래서 온 도시에서 그의 칭찬이 자자했다.

총리로서 그 일의 목표는 오로지 대중의 애정을 끌어들이는 것이었다. 그런데 그 목표를 달성하자 너무 기쁜 나머지 왕에게도 유익하고 시민들에게서는 칭찬을 받을 만한 행위를 하여 정말 그럴 자격을 갖추고 싶어졌다. 이를 위해 그는 갈바● 황제의 발명에서 도움을 얻었

● B.C. 3년에 태어나 69년에 죽은 로마 황제. 68년 6월부터 69년 1월까지 짧은 기간 동안 치세를 하였는데, 그가 황제에 오르고 보니 국고가 텅 빈 것을 보고는 그 국고를 탕진한 주범들에게 횡령한 것을 토해 내라고 해서 순식간에 국고를 채웠다는 일화가 있다.

다. 말하자면, 어떻게 했는지는 모르겠으나, 직접징세로 부유해진 개인들이 얻은 이득을 토해 내게 만든 것이다. 그 거머리들이 빨아먹었던 피를 뽑아내서 그것으로 왕의 금고를 채웠을 때, 그는 자신의 연금과 군주의 돈으로 형성된 상여금들만 빼고 모든 연금을 폐지하고 왕의 금고에 보관하려 했다. 통치의 면모를 바꾸지 않고는 실행할 수 없는 그 계획을 성공시키기 위해 그는 새 보고서 작성을 내게 맡겼다. 그 내용과 형식은 그가 말해 주었다. 그런 다음 내게 문장들을 더 고상하게 만들기 위해서는 평소의 내 꾸밈없는 문체를 가능한 한 뛰어넘도록 향상시켜 보라고 권했다. 그래서 내가 말했다. "알겠습니다, 각하. 각하께서는 숭고미와 번쩍이는 명철함을 원하시는군요. 그렇게 하겠습니다." 나는 앞서 작업한 곳인 그 서재에 틀어박혀서 그라나다 대주교관의 '능변의 정령'에게 기도한 후 작업에 임했다.

나는 글을 이렇게 시작했다. 국고에 있는 모든 돈을 정성스레 지켜야 하고, 그 돈은 스페인의 적들이 꼼짝 못 하게 하도록 예비해 두어야 마땅한 신성한 자본이므로, 왕국이 필요로 할 때만 사용되어야 한다고…. 그리고 이 보고서는 군주에게 올리는 것이므로, 군주는 국가의 정기적인 수입에서 떼어 내는 모든 연금과 특별수당을 폐지함으로써, 신하들 중에서 정말로 특전을 받을 만한 자들에게만 보상해 주는 기쁨을 잃지 않을 거라고 군주에게 고했다. 왜냐하면 군주는 국고에 손대지 않고도 그들에게 큰 보상을 해줄 수 있는 상태였기 때문이다. 한쪽에는 부왕령, 총독령, 기사단, 군직(軍職)들이 있고, 다른 쪽에는 기사령들, 거기에 더해지는 연금, 법관과 아울러 직위들, 그리고 제단의 예배에 헌신하는 성직자들을 위한 온갖 종류의 녹봉들이 있으니까.

첫 번째 것보다 훨씬 더 긴 이 보고서는 거의 사흘이나 걸려 작성되었다. 그런데 그 보고서를 내 주인의 취향대로 작성했기에 다행히 그는 과장되고 은유로 가득 찬 글이 된 것을 보고 내게 칭찬을 퍼부었다. 그는 가장 부풀려진 부분들을 가리키며 말했다. "나는 이 부분이 아주 마음에 드네. 적재적소에 쓰인 표현일세. 분발하게, 친구, 자네가 아주 크게 유용할 것으로 예견되는구먼." 그는 그토록 칭찬을 퍼부어 놓고도 그 보고서를 수정하기는 했다. 거기다 자기만의 표현을 잔뜩 집어넣어서, 왕과 궁정 전체를 매료시킬 만한 웅변 작품 하나를 만들어 놓았다. 도시 전체가 그 보고서에 공감했고, 미래를 위해 아주 낙관적이라고 예측했으며, 그렇게 대단한 인물을 총리로 두었으니 스페인 왕국은 이제 과거의 영화를 되찾게 될 거라고 자화자찬했다. 총리대신 각하는 그 글로 인해 자신이 아주 영예롭게 되는 것을 보고는 내가 공헌한 몫에 대한 보상으로서 나 또한 어떤 결실을 수확하기를 바랐다. 그래서 카스티야 기사령과 5백 에퀴의 연금을 받게 해주었다. 나는 이 혜택을 아주 쉽게 얻긴 했지만, 나쁜 방법으로 획득한 재산이 아닌 만큼 기분이 매우 좋았다.

7

질 블라스는 어떤 우연으로 어떤 곳에서 어떤 상태로 파브리시오를 다시 만나는지

그리고 그들의 대화

총리대신에게는 그가 내각을 이끌어 가는 방식에 대해 마드리드 사람들이 어떻게 생각하는지 알아보는 일보다 더 큰 즐거움이 없었다. 그는 세간에서 자기에 대해 뭐라고들 하는지 내게 날마다 물었다. 심지어 첩자들까지 있었다. 그들은 총리에게서 돈을 받고 시내에서 벌어지는 일을 죄다 정확히 보고했다. 그들은 자기네가 들은 얘기들을 아주 사소한 것까지 보고했다. 그가 그들에게 솔직하라고 지시했으므로, 때로는 그 여론에 의해 그의 자존심이 타격을 받기도 했다. 백성의 언어는 과격하여 그 무엇도 존중하지 않기 때문이다.

나는 그렇게 세론을 알려 주는 것을 총리대신이 좋아한다는 점을 알아채고서, 오후가 되면 공공장소로 가서 양민들의 대화에 끼어들었다. 그들이 내각을 거론할 때면 주의 깊게 들었고, 각하에게 전할 가치가 있는 뭔가를 말하면 잊지 않고 각하에게 그 내용을 전했다.

어느 날 그런 장소들 중 한 군데를 갔다가 돌아오는 길에 어느 구호소 문 앞을 지나게 되었다. 문득 나는 그 안에 들어가 보고 싶어져서 들어갔다. 침대에 누워 있는 환자들로 가득한 병실 두세 군데를 다니면서 온갖 데를 둘러보았다. 보기만 해도 연민을 느끼지 않을 수 없는 그 불행한 사람들 중에서 한 명이 나를 깜짝 놀라게 했다. 내 오랜 친구이자 동향인인 파브리시오를 본 것 같아서였다. 그래서 더 자세히 보려고 그의 침대로 다가갔다. 의심할 바 없이 시인 누녜스였다. 나는 잠시 아무 말 못 하고 그를 바라보고만 있었다. 그쪽에서도 내가 누군지 알아채고는 나와 같은 태도로 나를 찬찬히 바라보았다. 마침내 내가 침묵을 깨고 말했다. "지금 내가 잘못 보고 있는 것은 아니지? 지금 내가 여기서 만나고 있는 사람이 실제로 파브리시오 맞는 거야?" 그러자 그가 냉랭하게 대답했다. "바로 맞아. 놀랄 필요 없어. 내가 너를 떠난 이후로도 여전히 작가를 직업으로 삼았지. 소설, 연극, 온갖 종류의 정신적 작품들을 집필했어. 내 길을 간 거야. 지금은 병원에 있고 … ."

나는 그 말에 웃지 않을 수가 없었다. 그런데 그 말을 할 때의 그 진지한 분위기가 훨씬 더 우스웠다. 내가 소리쳤다. "뭐라고! 너의 뮤즈가 너를 이곳으로 이끌었다고! 너의 뮤즈가 너한테 아주 고약한 짓을 했구나!" 그러자 그가 대꾸했다. "너도 보다시피, 이곳은 재사들이 은퇴하는 곳으로 자주 쓰이지. 친구야, 너는 나와 다른 길을 택하였으니 아주 잘한 거다. 그런데 너는 더 이상 궁정에 있지 않은가 보구나. 형편이 바뀌었나 보네. 네가 왕의 명령으로 감옥에 있었다는 얘기를 들은 것까지는 기억나는데 … ." 그래서 내가 말했다. "맞아, 제대로 들은 거야. 우리가 헤어질 때 내가 처해 있던 그 매력적인 상황에 금세 불운이 따라서 나의 재산과 자유를 앗아 갔지. 그런데 친구야, 지금은 네가 마지막으로 나를 봤을 때보다 훨씬 좋은 형편에 놓여 있단다." 그러자 누네스가 말했다. "아니, 이런! 네 몸가짐이 지혜롭고 겸손하구나. 사람들은 번창하면 통상 허영에 들뜨고 건방진 태도를 보이게 마련인데, 지금 너한테는 그런 것이 없어." 그래서 내가 말했다. "쫄딱 망하고 나니 내 성정이 정화되더군. 재화에 사로잡히지 않으면서 재화를 향유하는 법을 불운이라는 학교에서 배웠지."

그러자 파브리시오가 흥분하여 일어나 앉으며 내 말을 가로막았다. "그럼 말해 봐. 도대체 네가 하는 일이 뭔데? 지금 무슨 일을 하고 있는 거야? 파산한 고관대작이나 어떤 돈 많은 과부의 집사는 아닐까?" 그래서 내가 말했다. "그것보다 더 좋은 자리야. 하지만 지금은 그 이상 말하지 않게 해줘, 제발. 다음에 네 궁금증을 만족시켜 줄게. 지금으로서는 내가 너를 기쁘게 해줄 수도 있다는 것, 아니 그보다 네가 운문이건 산문이건 더 이상 정신적 작품 같은 것을 집필하지 않겠다고 약속한다면, 네가 여생 동안 편히 지내게 해줄 수도 있다는 것만 말할게. 그렇게 큰 희생을 할 수 있다고 느끼니?" 그랬더니 그가 말했다. "네가 보다시피 지금은 벗어났지만, 치명적으로 아팠을 때 이미 하늘에다 그렇게 약속했어. 성 도미니크 수도회의 한 신부님이 나로 하여금 시를 공식적으로 포기하게 만드셨어. 시가 범죄는 아니지만, 최소한 지혜의 목표에서 벗어나게 만드는 여흥거리라고 여기신 거야."

그래서 내가 말했다. "축하한다, 친애하는 누네스. 하지만 다시 추락하지 않도록 조심해!" 그러자 그가 말했다. "그것은 전혀 염려하지 않아. 뮤즈들을 버리기로 단단히 결심했거든. 네가 이 방에 들어왔을 때, 나는 뮤즈들에게 영원한 작별인사를 하기 위해 시를 쓰고 있었어." 그때 내가 머리를 절레절레 흔들며 말했다. "성 도미니크 수도회 신부님과 내가 너의 그 포기선언을 과연 믿어야 하는 건지 모르겠구나. 너는 여전히 그 뮤즈들을 열렬히 좋아하는 것으로 보이니 말이다." 그러자 그가 대꾸했다. "아니야, 아냐, 나는 뮤즈들과 나를 묶어 놓는 모든 매듭을 다 끊어 버렸어. 게다가 그보다 더한 것도 했어. 대중을 혐오했다니까. 작가들은 자신의 작품을 대중에게 바치고 싶어 하지만, 대중은 그런 작가들을 가질 자격이 없어. 혹시라도 내가 대중의 마음에 들게 되는 작품을 만들었다면 나는 유감스러워 할 거야." 그러더니 계속했다. "내가 서글퍼서 이런 식으로 말하는 거라고 생각하지 마. 나는 지금 냉정하게 말하고 있는 거니까. 대중의 갈채도 야유만큼이나 경멸스러워. 대중하고는 누가 따는 건지 누가 잃는 건지 몰라. 오늘은 이런 식으로 생각하고, 내일은 저런 식으로 생각하는 변덕쟁이들이니까. 극시를 쓰는 작가들은 자기 작품이 성공하면 자랑스러워하는 미치광이들이야! 그 작품의 새로움 때문에 어떤 반향이 있었다 할지라도, 20년 후 다시 공연하면 대부분 반응이 꽤 나빠. 현세대가 이전 세대의 나쁜 취향을 비난하고, 그들의 판단 또한 다음 세대의 판단에 의해 반박되지. 그래서 현재 박수갈채를 받곤 하는 작가들도 나중에는 야유를 받으리라고 예상해야 한다는 결론이 도출돼. 세상에서 빛을 보는 소설들이나 다른 흥밋거리 책들도 마찬가지야. 우선은 일반의 호응을 얻더라도 서서히 무시되고 말아. 그러므로 한 작품의 성공이 우리에게 안겨주는 명예라는 것도 그저 순전한 망상, 정신의 환상일 뿐이고, 곧 연기가 되어 공중으로 흩어질 지푸라기 불같은 것일 뿐이야."

아스투리아스의 시인이 그저 기분이 나빠서 그렇게 말하는 것이라고 나는 제대로 판단했다. 하지만 그것을 알아차린 내색은 하지 않았다. 나는 그에게 말했다. "네가 문단에 대해 염증을 느끼고, 글쓰기의 열정으로부터 근원적으로 치유된 것이 너무 기쁘다. 네가 재능을 크게 낭비하지 않으면서도 부유하게 될 수 있을 일자리를 내가 당장 찾아 줄 테니 믿어도 돼." 그러자 그가 소리쳤다. "잘되었군. 이제는 재기(才氣) 라는 것이 아주 역겨워졌어. 하늘이 인간에게 내릴 수 있는 가장 불길한 선물처럼 여겨져." 그래서 내가 말했다. "친애하는 파브리시오, 네가 지금의 그 감정을 영원히 간직하기 바란다. 네가 시를 떠나고 싶은 마음을 고수한다면, 다시 말하지만 점잖으면서도 돈 많이 버는 직책을 곧 얻게 해줄게." 그러고 나서 나는 그에게 60피스톨라가 든 돈주머니를 꺼내 주며 덧붙였다. "하지만 그렇게 될 때까지는 이런 식으로 돕고 싶구나. 이 작은 우정의 표시를 받아 주기 바란다."

그러자 이발사 누녜스의 아들은 기쁨과 감사로 흥분하여 소리쳤다. "오, 너그러운 친구야! 너를 이 구호소로 이끌어 준 하늘에 얼마나 감사해야 하는 건지 모르겠구나! 너의 도움으로 오늘 당장 여기서 나갈 수 있겠어!" 실제로 그는 가구 딸린 방으로 옮겼다. 헤어지기 전에 나는 그에게 내 거처를 알려 주었다. 그리고 그의 건강이 회복되는 대로 나를 보러 오라고 초대했다. 내가 올리바레스 백작의 집에 묵고 있다는 말을 하자, 그는 극도로 놀라는 모습을 보였다. 그는 말했다.

"오, 너무 행복한 질 블라스, 너는 운명적으로 장관들의 마음에 들게 돼 있나 보다. 네가 그런 행복을 타고났다니 너무 기쁘다. 네가 그 행복을 아주 잘 사용하고 있으니까….”

8

질 블라스가 자기 주인에게 나날이 더 소중해지다

에시피온이 마드리드로 돌아와서 산티아나에게 한 여행 이야기

그 시절 왕이 올리바레스 백작을 영예롭게 해주기 위해 '공백작'●이라는 호칭으로 부르기 좋아했으므로, 이후로는 그 백작을 올리바레스 공백작이라고 부르겠다. 그런데 이 공백작에게는 약점이 하나 있었고, 이를 발견한 것이 나에게 헛되지는 않았다. 그 약점이란 사랑받고 싶어 한다는 점이었다. 그는 누군가 그에게 끌려서 헌신하는 것이 느껴지면, 즉각 우애를 갖고 상대를 대했다. 나는 이 관찰을 소홀히 하지 않았다. 그래서 그가 명령한 것을 잘 수행하는 것에 그치지 않고, 그를 황홀케 할 만큼 열성을 보이며 지시를 수행해 냈다. 나는 모든 점에서 그의 취향을 연구하여 그것에 맞췄고, 가능한 한 그가 원하는 바를 미리 챙겼다.

거의 늘 목적을 달성케 해주는 이런 처신을 통해 나는 서서히 내 주

● 공작인 동시에 백작인 사람을 지칭하는 말.

인의 총애를 받았다. 그리고 나도 그와 같은 약점을 갖고 있었으므로, 내 주인도 내게 우애 표시를 함으로써 내 마음을 샀다. 나는 너무 앞서서 그의 환심을 샀기에, 그의 수석비서인 카르네로 씨만큼 신뢰를 받는 데 성공했다.

카르네로도 각하의 마음에 들기 위해 같은 방법을 썼고, 그 또한 너무 성공하여, 각하가 그에게 서재의 비밀들을 알려 줄 정도였다. 그러므로 그 비서와 나는 총리의 심복들이었고, 그의 비밀들을 쥐고 있었다. 차이가 있다면, 총리가 카르네로에게는 국정에 관해서만 얘기했고, 나에게는 오로지 개인적인 이해관계에 관해서만 얘기했다는 점이다. 말하자면 두 개의 분리된 관할구역이 있는 거였다. 우리 둘 다 이에 대해 똑같이 만족스러워했다. 우리는 우애도 없고 질투도 없이 함께 지냈다. 나는 내 자리에 만족할 만한 이유가 있었다. 공백작과 함께 있을 기회가 끊임없이 주어지는 자리여서, 그의 마음속 깊은 곳을 볼 수 있었다. 그가 천성적으로 아무리 본심을 드러내지 않더라도, 내 헌신의 진실성을 더 이상 의심하지 않게 되자, 이후로는 더 이상 내게 본심을 감추지 않았다.

어느 날 그가 내게 말했다. "산티아나, 너는 레르마 공작이 왕의 총애를 받는 장관이라기보다는 절대군주의 권세와 같은 권위를 누리는 것을 보았다. 그런데 나는 그가 가장 높이 출세했을 때보다 훨씬 더 행복하구나. 그에게는 무시무시한 적이 둘 있었다. 하나는 그의 친아들인 우세다 공작이고, 다른 하나는 펠리페 3세의 고해신부였다. 반면, 나는 왕의 곁에 나를 해롭게 할 만큼의 신용이 있는 자도 없고, 심지어 나에 대해 나쁜 의도를 가졌을 거라고 의심되는 인물조차 전혀 없다."

그러더니 말을 계속했다. "사실, 내가 총리를 맡게 되었을 때, 나는 군주 곁에 나와 혈연이나 우정으로 연결된 신하들만 있게 하려고 매우 애를 썼다. 내가 전적으로 소유하고 싶은 최고 주권자의 환심을 앗아갈 만한 개인적 자질이 있는 귀족들은 부왕들이나 대사 직책을 맡겨 모두 내쫓아 버렸다. 그래서 현재 그 어떤 고관대작도 내 신망에 그림자를 드리우지 못한다고 할 수 있다." 그러더니 덧붙였다. "질 블라스, 내 마음을 네게 드러내고 있다는 것을 너도 알겠지. 네가 나에게 충성을 다한다고 생각할 만하기에 너를 내 심복으로 택했다. 너는 똑똑하다. 나는 네가 현명하고 신중하고 조심성도 있다고 생각한다. 내 이익을 위해 일할 아주 똑똑한 녀석이 필요한 약 스무 가지의 임무를 네가 잘 수행해 낼 것으로 보이는구나."

나는 그 말 때문에 머릿속에서 떠오르는 기분 좋은 이미지들을 견뎌 내지 못했다. 갑자기 탐욕과 야망의 연기가 머리에서까지 모락모락 피어올랐고, 내가 극복해 낸 줄만 알았던 감정들을 다시 일깨웠다. 나는 장관에게 그가 의도하는 것들에 전심전력을 다할 거라고 장담했고, 그가 내게 맡기게 될 임무가 무엇이건 간에 아무런 거리낌 없이 집행할 태세가 되어 있었다.

내가 그렇게 출세를 위한 새로운 제단을 세울 준비가 돼 있는 동안, 에시피온이 여행에서 돌아왔다. 그는 말했다. "나리에게 길게 말씀드릴 것은 없습니다. 저는 왕께서 나리를 알아보았을 때 어떻게 맞아 주셨는지, 그리고 올리바레스 백작이 나리를 어떻게 대하는지 데 레이바 나리들에게 말씀드려서 그분들을 기쁘게 해드렸습니다."

나는 그의 말을 가로막으며 말했다. "친구야, 내가 오늘 총리대신 곁에서 어떤 지위에 놓이게 되었는지 그분들에게 말씀드렸더라면 더욱 기뻐하셨을 텐데. 네가 떠난 이후 내가 각하의 마음속에서 얼마나 빠르게 자리 잡았는지 놀라울 지경이란다." 그러자 그가 대꾸했다. "아, 잘됐네요, 주인님! 우리가 대단한 운명을 맞게 될 것 같네요."

그때 내가 말했다. "화제를 바꿔서 오비에도에 관한 얘기를 해보자. 네가 아스투리아스에 갔었으니 말이다. 네가 그곳을 떠날 때 내 어머니의 상태는 어떠했느냐?" 그러자 그가 갑자기 슬픈 표정을 지으며 대답했다. "아! 나리, 그 측면에서는 나리에게 비통한 소식들밖에 전할 게 없네요." 그래서 내가 소리쳤다. "오 맙소사! 어머니가 돌아가신 게 확실하구나!" 그러자 내 비서가 말했다. "그분이 돌아가신 지가 벌써 6개월이 되었답니다. 나리의 외삼촌 힐 페레스 나리도요."

자식들이 나중에 몹시 감사하게 되는 데 꼭 필요한 애무를 어릴 적에 어머니로부터 받은 적이 없었음에도 불구하고, 나는 어머니의 죽음으로 인해 격렬한 비탄에 빠졌다. 그리고 선량한 참사원이던 외삼촌을 위해서도 눈물을 흘렸다. 그분은 내 교육에 정성을 들였으니까. 사실 내 괴로움은 길지 않았다. 곧이어 그 감정은 내 피붙이들에 대해 늘 간직하던 부드러운 추억으로 변질되었다.

9

공백작은 외동딸을 누구에게 어떻게 결혼시켰나 그 결혼이 빚어낸 쓰라린 결과

코스콜리나의 아들이 돌아오고 나서 얼마 안 되어 공백작은 무슨 생각엔지 골똘히 빠져 있더니 일주일 동안이나 그런 상태로 있었다. 나는 그가 어떤 큰 국정을 궁리하고 있다고 생각했다. 하지만 그를 그렇게 깊은 상념에 빠지게 만든 것은 그저 가족에 관한 일일 뿐이었다. 그는 어느 오후에 내게 말했다. "질 블라스, 내가 머릿속이 복잡하다는 것을 너도 눈치챘을 거다. 그래, 얘야, 나는 내 인생의 안녕이 달린 어떤 일에 몰두해 있다. 이제 너한테 털어놓고 싶구나."

그러더니 말을 계속했다. "내 딸 도냐 마리아는 결혼적령기에 있단다. 그래서 그 애를 놓고 수많은 귀족들이 경쟁을 벌이고 있다. 메디나 구스만 가문의 우두머리인 메디나 시도니아 공작의 장남인 니에블레스 백작, 그리고 카르피오 후작과 내 누나의 장남인 돈 루이스 데 아로가 내 딸이 선호할 만하고 가장 유력해 보이는 경쟁자들이다. 돈 루이스 데 아로는 특히 다른 경쟁자들보다 훨씬 탁월한 자질이 있어서, 온 궁정 사람들이 내가 그를 사윗감으로 선택할 거라고 확신하고 있어. 그럼에도 불구하고 내가 그 데 아로뿐만 아니라 니에블레스 백작도 제외하려는 이유는 말하지 않겠다. 다만, 내가 구스만 데 아브라도스 가문의 우두머리인 토랄 후작, 즉 돈 라미르 누녜스 데 구스만에게 눈길을 주고 있다는 말만 하겠다. 바로 그 젊은 귀족과 내 딸에게, 그리고 그들이 낳을 아이들에게 내 모든 재산을 물려주고 싶구나. 그리고 나는 올리바레스 백작에 대공이라는 칭호를 더하게 되는데, 그 작위를 그들에게 주고 싶은 거야. 그렇게 되면 내 손자들과 후손들은 아브라도스의 혈통과 올리바레스의 혈통 출신으로서 구스만 가문의 종손으로 통하게 될 거다."

그러더니 그는 덧붙였다. "자, 너는 이 계획에 동의하지 않느냐?" 그래서 내가 대답했다. "죄송합니다, 각하, 그 계획을 세우신 천재에 잘 어울리는 계획입니다만, 제가 두려운 것은 그저 메디나 시도니아 공작님이 그것에 대해 투덜대실 수 있을 거라는 점입니다." 그러자 총리가 말했다. "그러고 싶으면 그렇게 하라지 뭐. 나는 별로 걱정 안 해. 나는 그 가문을 안 좋아하거든. 그 가문은 아브라도스 가문에게서 종손의 권리와 그 권리에 따르는 칭호들을 가로챘단다. 내 누나인 카르피오 후작부인이 내 딸을 며느리로 삼지 못하는 슬픔이 나로서는 그의 불평보다 더 신경 쓰여. 그래도 어쨌든 나는 만족스럽고 싶고, 돈 라미르는 다른 경쟁자들을 물리치게 될 거야. 이건 결정된 거나 마찬가지야."

공백작은 그렇게 결심하고서, 그 특이한 전략에 관해 별달리 티내지 않으면서 실행에 옮겼다. 그는 왕뿐만 아니라 왕비에게 그 결혼에 관해 보고하면서 자기 딸에게 구혼하는 귀족들의 자질을 일일이 설명하고 나서, 자기 딸의 혼처를 왕과 왕비에게 전적으로 일임하며 정해 달라고 부탁했다. 하지만 토랄 후작을 얘기할 때는 모든 구혼자 중에서 가장 자기 마음에 든다는 말도 잊지 않았다. 왕은 자기 총리에 대해 맹목적인 호감을 갖고 있었으므로 그에게 이와 같이 답변했다.

> 나는 도냐 마리아에게 돈 라미르 누녜스가 어울린다고 믿는다네. 하지만 공백작 스스로 선택하시게. 당신이 가장 마음에 들어 하는 혼처가 내 마음에도 들 테니까.
>
> —왕

총리는 왕의 대답을 군주가 내리는 지시인 척하며 공개하고서 자기 딸을 토랄 후작과 서둘러 결혼시켰다. 이것이 카르피오 후작을 격분하게 했고, 도냐 마리아와 혼인하리라는 기대를 품었던 모든 구스만 사람들도 분노하게 만들었다. 그럼에도 불구하고 양쪽 다 그 결혼을 막을 수가 없어서, 겉으로는 크게 기뻐하고, 축하해 주는 척했다. 하지만 불만에 찼던 자들이 가만히 있어도 공백작은 아주 잔인한 복수를 당하고야 만다. 도냐 마리아가 열 달 후 낳은 딸이 태어나다가 죽고, 그로부터 며칠 후 딸조차 해산의 희생자가 되었던 것이다.

공백작은 오로지 딸만 바라보고 산 아버지였다. 게다가 메디나 시도니아의 가문에게서 종손의 권리를 빼앗을 계획이 그렇게 틀어지는 것을 봐야 했으니 얼마나 큰 손실이었겠는가! 그는 충격이 너무 커서 며칠 동안 틀어박혀 나 외에는 아무도 보지 않으려 했다. 나는 그의 극심한 괴로움에 맞춰 나 또한 그 정도로 상심한 것 같은 모습을 보였다. 사실을 말하자면, 나는 그 일을 핑계 삼아 안토니아를 떠올리며 또 한 번 눈물을 흘린 거였다. 그녀의 죽음이 토랄 후작부인과 유사하여 제대로 아물지 않은 상처가 다시 덧나 나를 너무 상심케 했다. 장관은 자기 자신의 괴로움에 몹시 짓눌려 있었으면서도 내 괴로움을 보고 놀라워할 정도였다. 그는 내가 그렇게 뜨거운 눈물을 흘리는 것을 보고 놀라서, 어느 날 내가 치명적인 슬픔에 빠진 듯 보였을 때 말했다. "질 블라스, 내 고통에 그렇게 민감한 심복을 두다니, 나로서는 꽤 부드러운 위로가 되는구나." 그래서 나는 나 자신의 비탄에 빠져 있으면서도 그에게 이렇게 대답했다. "아! 각하, 제가 각하의 고통을 격렬히 느끼지 않는다면, 아주 배은망덕하거나 아주 냉담한 성격을 타고난 인간이어야 할 겁니다. 그토록 완벽한 자질을 갖추셨던 따님이시고, 각하께서 그토록 애틋하게 사랑하시던 따님을 애도하시는 것을 생각하면, 제가 어찌 각하와 함께 눈물 흘리지 않을 수 있겠습니까? 아닙니다, 각하, 저는 각하의 은혜를 너무 많이 입었으므로, 각하의 즐거움과 걱정거리를 평생 함께 나눌 겁니다."

10

질 블라스가 시인 누녜스를 우연히 만나다

그 시인은 왕립극장에서 끊임없이 공연될 비극작품을 만들었다고 알렸다

그 연극의 불행한 성공과 이어지는 놀라운 행복

총리가 마음을 추스르기 시작했기에 나도 기분이 나아져서 어느 날 저녁 혼자서 사륜마차를 타고 산책을 하러 갔다. 가던 길에 아스투리아스의 시인 누녜스를 만나게 되었다. 그가 구호소에서 나온 이래 한 번도 본 적이 없던 터였다. 그는 아주 말쑥한 차림이었다. 나는 그를 불러서 내 마차에 올라타게 했고, 우리는 함께 성 헤로니모 들판에서 산책했다.

내가 그에게 말했다. "누녜스 씨, 이렇게 우연히 당신을 보게 되니 기쁘군요. 그렇지 않으면 내가 이런 즐거움도 갖지 못할…." 그러자 그가 얼른 말을 막으며 말했다. "불평 마, 산티아나. 내가 너를 보러 가고 싶지 않았던 것이 사실임을 솔직히 인정할게. 왜 그런지 이유를 말해 줄게. 너는 내가 시를 포기하기만 하면 좋은 일자리를 얻어 준다고 약속했어. 그런데 내가 아주 견실한 일자리를 찾아냈거든. 단, 내가 시를 짓는다는 조건하에서야. 나는 그 일자리가 내 기질에 가장 잘 맞기 때문에 수락했어. 내 친구 하나가 왕의 갤리선 금고관리인인 돈 베르트란 고메스 델 리베로 곁에 나를 위해 자리를 하나 얻어 준 거야. 자기 비용으로 급료를 주면서 재사(才士)를 하나 두고 싶었던 돈 베르트란은 내 시풍을 아주 탁월하다고 여겨서, 자기 사령부의 비서 자리에 지원한 대여섯 명의 작가들을 제쳐 놓고 나를 선택했어."

그래서 내가 말했다. "파브리시오, 정말 기쁘구나. 왜냐하면 그 돈 베르트란이 아주 부유한 것 같으니 말이다." 그러자 그가 대꾸했다. "뭐, 부자! 사람들이 그러는데, 그는 자기가 어느 정도로 부자인지 그 자신조차 모른대. 어찌됐든 내가 그의 집에서 해야 할 일이 무엇인지 말해 줄게. 그는 자신이 세련됐다고 자부하고, 재기 있는 남자로 통하고 싶어서, 아주 재기발랄한 여인들 몇 명과 문학적인 교류를 하고 있어. 그래서 나는 기지와 매력으로 가득한 편지들을 쓰려는 그에게 내 글 솜씨를 빌려주는 거야. 나는 그녀들 중 한 여인에게는 운문으로 편지를 쓰고, 다른 여인에게는 산문으로 편지를 쓰지. 가끔씩 내가 그 편지들을 직접 갖다주기도 해. 나의 재주가 얼마나 많은지 보게 해주려고…."

그래서 내가 말했다. "그런데 너는 내가 가장 알고 싶어 하는 것을 알려주지 않는구나. 그 서간체의 짧은 시들로 돈은 잘 받고 있는 거야?" 그러자 그가 대답했다. "아주 잘 받고 있어. 부유한 사람들이라고 모두 다 인심이 후한 것은 아니고, 노골적으로 인색한 인간들도 있긴 한데, 돈 베르트란은 나를 아주 고상하게 대해. 고정 급료로 받는 2백 피스톨라 외에도 이따금씩 조촐하게 특별수당도 받고 있어. 그래서 나는 귀족처럼 펑펑 쓸 수 있고, 나처럼 우울한 것을 싫어하는 몇

몇 작가들과 시간을 잘 보낼 수 있게 되었어." 그래서 내가 말했다. "그런데 그 금고관리인은 정신적인 작품의 아름다움을 느끼고, 그 작품들의 결점도 알아볼 만큼 취향이 꽤 있는 거야?" 그러자 누네스가 대답했다. "오, 천만에! 엄청나게 수다를 떨긴 하지만, 정통한 사람은 아니지. 그럼에도 '타르파'● 로 자처하고 있어. 그는 자기 의견을 과감하게 결정하고, 아주 도도한 어조로 너무 고집스럽게 주장해서, 그와 논쟁을 벌일 때면 그에게 양보해야만 하는 경우가 자주 있어. 자기에게 반박하는 자들에게 그가 습관적으로 퍼부어 대는 무례한 독설이 우박처럼 쏟아지는 것을 피하기 위해서지."

그러더니 그는 계속했다. "나는 그에게 반대하지 않으려고 매우 신경 써. 뭐가 되었건 내가 반대할 만한 소재를 그가 내놓는다 해도 말이야. 왜냐하면 그에게 반박했다가는 그로부터 불쾌한 표현들을 들을 게 틀림없고, 쫓겨나게 될 것이 아주 확실하니까. 그러므로 나는 그가 칭찬하는 것에 동의하고, 마찬가지로 그가 나쁘게 생각하는 것은 뭐든지 비난해. 그리 힘들지 않은 그런 아첨을 통해 나한테 유익한 사람들의 성격에 맞추는 기술을 터득함으로써 내 주인의 존중과 우애를 얻어 냈어. 그는 내게 비극작품을 하나 집필하게 했고, 그것에 관한 착상도 제공했어. 나는 그가 보는 앞에서 그 작품을 만들었지. 만약 그 작품이 성공하면, 내 영광의 일부는 그의 좋은 견해 덕분이야."

나는 그 시인에게 그 비극작품의 제목이 뭐냐고 물었다. 그는 대답했다. "그것은 〈살다냐 백작〉이야. 이 연극은 사흘 후 왕립극장에서

● 다시에, 제 6권, sur la satire X du Livre I, vers 38.

공연될 거야." 그래서 내가 그에게 말했다. "그 연극이 큰 성공을 거두기 바란다. 나는 네 재능에 대해 꽤 좋게 생각하니까 그런 기대를 하는 거야." 그러자 그가 말했다. "나도 그렇게 되기를 바라고 있어. 하지만 이보다 더 속기 쉬운 기대는 없어. 작가들은 연극작품이 어떤 결과를 얻을지 확신 못 하거든."

드디어 첫 공연을 하는 날이 왔다. 총리가 내게 심부름을 시키는 바람에 나는 극장에 가지 못했다. 내가 할 수 있는 거라고는 거기에 에시피온을 보내는 것이었다. 바로 그날 내가 관심 있던 연극이 성공했는지 최소한 알아보기라도 하기 위해서였다. 에시피온을 초조히 기다리고 있는데, 그가 나쁜 예감을 품게 하는 분위기로 돌아오는 모습이 보였다. 내가 그에게 말했다. "그래, 그 〈살다냐 백작〉에 관객들이 어떤 반응을 보였니?" 그러자 그가 대답했다. "몹시 거친 반응이었어요. 그보다 더 잔인하게 취급된 연극은 없을 겁니다. 입석 관객들이 너무 무례하게 굴어서 저는 분개하며 나와 버렸어요." 그래서 내가 말했다. "아, 나도 화가 치미는구나. 극시 집필에 대한 누녜스의 열정 때문에 …. 내가 그에게 안겨 줄 수 있는 행복한 운명보다 관객들의 치욕스런 야유를 더 좋아하다니, 그가 판단력을 잃은 게 틀림없지 않을까?" 그렇게 나는 우정 때문에 그 아스투리아스 시인에 대해 통렬한 비판을 해댔고, 그가 자화자찬하던 그 작품이 불행한 결과를 얻어서 상심했다.

이틀 후 나는 그가 기뻐 날뛰며 내 집에 들어오는 것을 보았다. 그는 소리쳤다. "산티아나, 내가 얼마나 황홀한지 네게 알려 주러 왔어. 친구야, 나는 나쁜 작품을 만들어서 행운을 얻었단다. 〈살다냐 백작〉에 대해 관객들이 이상한 반응을 보인 사실을 너도 알 거야. 모든 관객들이 앞다투어 그 작품에 대해 분노를 터뜨렸지. 그런데 그렇게 모두가 격노한 덕분에 일생일대의 행복을 얻었어."

나는 시인 누녜스가 그런 식으로 말하는 것을 들으며 상당히 놀랐다. 그래서 내가 말했다. "뭐라고, 파브리시오, 네 비극작품의 실패가 그 주체 못 할 기쁨을 주었다는 것이 말이 되니?" 그러자 그가 대답했다. "그래, 분명히. 돈 베르트란이 내 작품에 일부 기여했다는 것을 네게 이미 말했지? 그 때문에 그는 그 작품을 훌륭하다고 생각했던 거야. 그러므로 자기와 반대되는 감정을 보인 관객들에 대해 격렬히 화가 났었어. 그래서 오늘 아침에는 내게 말했지. '누녜스, *Victrix causa Diis placuit, sed victa Catoni.*● 자네 연극작품이 대중의 마음에 들지 않았다면, 그 대신 나, 나의 마음에는 들었다. 너한테는 그것으로 충분할 거야. 이 시대의 나쁜 취향으로 인해 부당한 대우를 받은 너를 위로하기 위해 내 재산에서 2천 에퀴를 떼어 내서 네게 주마. 이 길로 내 공증인에게 가서 계약서를 작성하자.' 그러고 나서 우리는 당장 공증인에게 갔어. 그 국고관리인은 증여증서에 서명을 했고, 첫해 몫을 내게 미리 주었지 ⋯ ."

나는 파브리시오에게 〈살다냐 백작〉의 불행한 운명을 축하했다. 그 불행이 저자에게 이롭게 돌아갔으니 말이다. 그는 말을 계속했다. "그렇게 칭찬해 주니 네가 정말 옳아. 나는 심하게 야유당한 것이 얼

● "승자들의 원인은 신들을 기쁘게 했고, 패자들의 원인은 카토를 기쁘게 했다", 마르쿠스 루카누스(39~65년, 로마 극시인), 《파르살리아》, 제 1권, 128행.

마나 기쁜지 몰라! 관객이 더 너그러워서 내게 박수를 보냈더라면, 내가 어떻게 되었겠니? 아무것도 못 얻었을 거야. 내가 한 일에서 그저 꽤 조촐한 금액밖에 못 끌어냈을 텐데, 그렇게 되지 않고 야유가 빗발쳐서 한순간에 나의 여생을 편히 살게 해주었어."

11

산티아나가 일자리를 얻어 준 에시피온이 누에바 에스파냐로 떠나다

내 비서는 시인 누녜스가 얻은 뜻밖의 행복을 보며 부러워하지 않을 수 없었다. 그는 일주일 내내 그 얘기를 했다. 그가 내게 말했다. "대단하네요, 운세의 변덕이라는 것이…. 때로는 가증스런 작가에게 재물을 꽉꽉 채워 주고, 훌륭한 작가들에게는 빈곤을 안겨 주다니 말입니다. 행운이 나도 하룻저녁에 부자로 만들어 줄 생각을 좀 하면 좋겠네요." 그래서 내가 그에게 말했다. "그렇게 될 수도 있지. 게다가 네 생각보다 더 일찍 말이다. 너는 지금 행운의 신전에 있잖아. 왜냐하면 총리대신의 집은 '행운의 신전'이라고 불릴 만하니까. 혜택받는 사람들을 갑자기 살찌게 해주는 그런 특혜를 주로 여기서 부여하니까." 그러자 그가 대답했다. "그건 사실입니다, 나리. 하지만 그것을 기다리려면 인내심을 가져야 하죠." 그래서 내가 말했다. "다시 한 번 진정해라. 어쩌면 어떤 좋은 권한을 막 받게 될 참인지도 모르니까." 실제로 며칠 안 되어 공백작을 위해 그를 유용하게 쓸 기회가 주어졌다. 그리고 나는 그 기회를 놓치지 않았다.

어느 날 아침 내가 총리대신의 집사인 라이문도 카포리스와 대화를 나누던 중 우리의 대화가 각하의 수입 쪽으로 흘러갔다. 그는 말했다. "각하는 모든 기사단의 기사령들에서 거둬들이는 수입을 누리고 있는데, 다 합쳐서 1년에 4만 에퀴에 해당한답니다. 각하는 그저 알칸트라의 십자가만 지니고 있으면 되는 거예요. 게다가 왕실 참모장, 대시종장, 인도제도(諸島)의 총재라는 직책들로부터 20만 에퀴의 수익이 들어오죠. 그런데 그것들을 다 합쳐도 각하가 인도제도에서 끌어내는 어마어마한 금액에 비하면 아무것도 아닙니다. 어떻게 해서 그런지 아십니까? 왕의 선박들이 세비야나 리스본에서 출발하여 인도제도로 갈 때는 거기에 포도주, 기름, 곡물들을 싣는데, 그것들을 올리바레스 백작령에서 공급합니다. 각하는 운임은 지불하지 않아요. 게다가 각하는 인도제도에서 그 상품들을 스페인에서 파는 가격의 네 배를 받고 팝니다. 그러고 나서 그 돈으로 향신료들과 물감들, 그리고 신대륙에서는 헐값이지만 유럽에서는 매우 비싸게 팔리는 다른 것들을 삽니다. 그는 그 무역으로 왕에게 조금도 손해를 끼치지 않으면서도 수백만을 이미 벌었어요."

그러고 나서 그는 계속했다. "당신에게는 놀라워 보이지 않겠지만, 그 무역을 담당하도록 고용된 사람들은 모두 부자가 되어 돌아오지요. 그들이 각하의 사업을 돌보면서 아울러 자기네 사업도 꾸려가는 것을 각하가 나쁘게 여기시지 않으니까요."

코스콜리나의 아들은 우리 대화를 듣고 있다가, 그렇게 듣고만 있을 수 없어서 돈 라이문도의 말을 가로막고 소리쳤다. "아무렴요! 카포리스 나리, 저도 그런 사람 중 하나가 되면 아주 기쁘겠네요. 그리고 저는 오래전부터 멕시코를 보고 싶었거든요." 그러자 집사가 그에게 말했다. "산티아나 나리가 당신의 욕구에 반대하지 않는다면 그 호기심은 곧 충족될 겁니다. 그 무역을 담당하도록 인도제도에 보내는 사람들을 내가 뽑을 때(왜냐하면 내가 그 사람들을 선택하니까), 내가 아무리 까다롭다 해도 당신을 내 장부에 무조건 올려놓겠습니다. 당신의 주인께서 그것을 원하신다면…." 그래서 내가 돈 라이문도에게 말했다. "그러면 기쁘겠습니다. 그런 우정의 표시를 해주시면 고맙겠어요. 에시피온은 내가 좋아하는 녀석이고, 게다가 아주 명민하며, 질책당할 일 같은 것은 조금도 하지 않도록 스스로 잘 통제할 겁니다. 한마디로 그에 대해서는 제가 저 자신처럼 보증합니다."

그러자 카포리스가 말했다. "그렇다면 당장 세비야로 가기만 하면 됩니다. 선박들이 한 달 후 인도제도를 향해 출범할 예정이니까요. 그가 출발할 때 어떤 사람을 위한 편지를 맡기겠습니다. 그 사람이 각하의 이익에는 아무 피해도 주지 않으면서 본인도 부유해지는 데 필요한 모든 지침을 제공해 줄 겁니다. 무엇보다 각하의 이익은 그에게 신성한 것이어야 하니까요."

에시피온은 그 일을 하게 된 것이 너무 좋아서 내가 주는 1천 에퀴를 가지고 서둘러 출발했다. 그 돈은 에시피온이 안달루시아에서 포도주와 기름을 살 돈이었다. 그는 그 포도주와 기름을 인도제도에 가서 팔게 될 것이다. 그런데 아주 큰 이익을 기대할 수 있는 그 여행이 아무리 좋다 해도 그는 나를 떠나며 눈물을 흘리지 않을 수 없었다. 나 또한 그의 출발을 보면서 냉담하게 있을 수는 없었다.

12

돈 알폰소 데 레이바가 마드리드로 오다. 그의 여행의 동기

질 블라스의 비탄과 이에 이은 기쁨

에시피온이 떠나자마자 총리대신의 한 시동이 내게 짧은 편지를 가져왔는데, 거기에는 다음과 같은 내용이 담겨 있었다. "산티아나 씨가 톨레도가에 있는 가브리엘 성상(聖像)이 있는 곳으로 가시면 거기서 좋은 친구 한 명을 보게 될 겁니다."

나는 생각했다. '이름을 밝히지 않은 이 친구는 누구일까? 왜 자기 이름을 감추는 걸까? 아마도 나를 놀라게 하는 즐거움을 주고 싶은가 보다.' 나는 당장 나가서 톨레도가로 향했다. 지정된 장소에 도착하자 거기에 돈 알폰소 데 레이바가 있어서 나는 적지 아니 놀랐다. 내가 소리쳤다. "아니 이게 누군가요? 나리께서 여기에!" 그러자 그는 나를 꼭 껴안으며 말했다. "그렇다네, 친애하는 질 블라스, 자네 눈앞에 있는 사람은 바로 돈 알폰소일세." 그래서 내가 말했다. "아니, 마드리드에는 어쩐 일로 오신 건가요?" 그러자 그가 말했다. "내가 왜 이 여행을 하는 건지 알려 주면 자네는 놀라고 상심할 걸세. 나는 발렌시아 총독직을 빼앗겼다네. 총리대신이 내 처신에 관해 해명하라고 나를 궁으로 소환했네." 나는 15분 동안 멍청히 말없이 있었다. 그러고 나서 그에게 말했다. "나리를 무엇 때문에 비난하는 건가요?" 그러자 그가 대답했다. "전혀 모르네. 하지만 내가 이렇게 실추된 것은 추기경이던 레르마 공작을 석 주 전에 방문해서 그런 것 같네. 레르마 공작이 한 달 전에 데니아성으로 쫓겨났거든."

나는 그의 말을 가로막았다. "오! 정말로 나리의 불행이 그 조심성 없는 방문 때문이라고 생각하시는 게 맞아요. 다른 이유는 찾지 마세요. 그 실추된 장관을 보러 가셨을 때는 평소의 신중함을 따르시지 않은 거네요." 그러자 그가 말했다. "잘못은 이미 저질러졌고, 나는 기꺼이 결정을 내렸다네. 가족과 함께 레이바성으로 물러나서 거기서 남은 생애 동안 푹 쉬면서 지낼 걸세." 그러더니 덧붙였다. "나를 힘들게 하는 거라고는 그저 나를 별로 상냥하게 맞아들이지 못할 거만한 장관 앞에 나서야 한다는 거지. 스페인 사람으로서는 대단한 굴욕이야! 하지만 어쩔 수가 없네. 그런데 그 일을 하기 전에 자네에게 말하고 싶었네." 그래서 내가 말했다. "나리, 나리께서 무슨 일로 고발당했는지 제가 알아보기 전까지는 장관 앞에 나서지 마십시오. 어쩌면 해결 방법이 없지 않을 수도 있어요. 어찌됐든 제가 나리에 대한 고마움과 우정 때문에 나리를 위해 제가 할 수 있는 일은 다 해볼게요. 나리도 그러는 것이 낫다고 여기실 겁니다." 이 말을 하고 나서 나는 그에게 당장 소식을 가져오겠다고 장담하고 그를 여인숙에 남겨놓고 나왔다.

그토록 요란스레 대서특필되었던 두 편의 보고서 이후로 나는 더 이상 국무에 끼어들지 않았으므로, 카르네로를 만나러 갔다. 돈 알폰소 데 레이바에게 발렌시아시의 총독 자리를 빼앗은 것이 사실인지 묻기 위해서였다. 그는 그렇다고 대답했으나, 그 이유는 알지 못했다. 그래서 나는 주저 없이 바로 각하에게 말해 보기로 결심했다. 돈 세사르의 아들에게 무슨 불평거리가 있는지 그에게서 직접 듣기 위해서였다.

나는 그 유감스런 결과에 너무 충격을 받은 터라 공백작의 눈에 상심한 듯 보이기 위해 슬픈 척할 필요도 없었다. 그는 나를 보자마자 말했다. "무슨 일이 있느냐, 산티아나? 네 얼굴에 슬픔이 역력하구나. 심지어 눈물이 막 흐를 것처럼 보이는 걸. 누군가 너를 모욕하기라도 했느냐? 말해 봐라, 곧 복수하게 해줄 테니." 그래서 내가 울며 대답했다. "각하, 제가 괴로움을 각하께 감추고 싶다 해도 그럴 수가 없을 겁니다. 절망에 빠졌거든요. 돈 알폰소 데 레이바가 더 이상 발렌시아의 총독이 아니라는 얘기를 방금 들었습니다. 저에게 그보다 더 치명적인 비탄을 초래할 만한 소식은 없을 겁니다." 그러자 총리가 놀라며 말했다. "무슨 소리 하는 거니, 질 블라스? 그 돈 알폰소와 그의 총독 자리가 너랑 무슨 상관이냐?" 그래서 내가 데 레이바 나리들에게 빚진 은혜들에 관해 상세히 말했다. 그러고 나서 문제의 총독 자리를 돈 세사르의 아들을 위해 레르마 공작으로부터 어떤 방식으로 얻어 냈는지도 얘기했다.

각하는 호의 가득한 관심을 갖고 내 말을 끝까지 듣고 나더니 말했다. "눈물을 닦아라, 친구야. 네가 그들에게 은혜를 입은 것을 나는 몰랐다. 그뿐만 아니라 돈 알폰소를 레르마 추기경이 총애하는 자로 여겼다는 것도 인정하마. 네가 내 입장이 되어 보렴. 그가 그 추기경을 방문한 것이 너 같으면 수상쩍게 여겨지지 않았겠느냐? 데 레이바가 그 추기경 덕에 자리를 얻게 되었으니 순전히 고마운 마음에 그럴 수도 있었을 거라고 믿고 싶구나. 네 덕분에 그 직책을 얻은 사람을 파직시켰다니, 유감이구나. 네가 잘되기를 나는 레르마 공작보다 훨씬 더 바라고 있다. 네 친구 돈 알폰소는 발렌시아시의 총독일 뿐이었는데, 이제 내가 그를 아라곤 왕국의 부왕으로 만들어 주마. 네가 이 소식을 그에게 알려 줘도 되고, 그에게 서약하러 오라고 통지해도 된다."

이 말을 들었을 때 나는 극도의 괴로움에서 정신이 혼미할 정도로 과도한 기쁨의 상태로 넘어가는 바람에 각하에게 드리는 감사 표시에도 그것이 드러날 정도였다. 하지만 내가 중언부언하는 것이 그를 불쾌하게 만들지는 않았다. 돈 알폰소가 마드리드에 있다고 그에게 알려 주자, 바로 그날 당장 그를 자기에게 소개해도 된다고 그는 말했다. 나는 즉시 성 가브리엘상으로 달려가서, 돈 세사르의 아들에게 그의 새로운 직책을 알려 주어 그를 몹시 기쁘게 해주었다. 그는 내가 말하는 것을 믿기 힘들어했다. 총리가 나를 아무리 좋아하더라도 나를 생각해서 그에게 부왕 자리를 줄 수 있을 거라고는 믿기 힘들었던 것이다. 나는 그를 공백작에게 데려갔고, 공백작은 그를 아주 정중히 맞아들였다. 그리고 그에게 발렌시아 총독 직책을 아주 잘 이끌었으므로 왕께서 그에게 더 큰 자리를 맡기기에 적합하다고 판단하여 아라곤의 부왕으로 임명했다고 말해 주었다. 그러고 나서 덧붙였다. "게다가 이 고위직은 당신의 신분을 뛰어넘는 것은 아니어서, 궁정이 당신을 선택한 것에 대해 아라곤 귀족들이 불평하지 못할 것이오."

각하가 나에 관해서는 아무 언급도 하지 않아서, 대중은 내가 이 일에서 얼마나 관여했는지 알지 못했다. 자칫하면 나로 인해 임명된 부왕에 대해 세간에서 험담을 했을 수도 있었을 텐데 말이다.

돈 세사르의 아들은 자신의 일이 잘 풀린 것을 확신하자마자 얼른 발렌시아로 가서 자기 아버지와 세라피나에게 그 소식을 알렸고, 곧 이어 그들은 다 함께 마드리드로 왔다. 그들이 처음으로 한 일은 나를 찾아와서 숱하게 고마워한 것이다. 나로서는 세상에서 가장 소중한 세 사람이 앞다투어 나를 포옹하려 드는 모습을 보자 어찌나 감동적이고 영광스럽던지! 부왕 자리가 자기네 가문에 부여할 영광뿐만 아니라 나의 열성과 애정에 대해서도 마찬가지로 깊이 감동한 그들은 지칠 줄 모르고 감사의 말을 했다. 그들은 심지어 내가 자기네와 똑같은 신분인 것처럼 말했다. 마치 내 주인이었던 사실을 잊은 것만 같았다. 그들은 내게 우애의 표시를 아무리 해도 모자란다고 믿었다. 불필요한 상황들을 생략하기 위해 돈 알폰소는 면허장을 받고 왕과 총리에게 감사하고, 의례적인 서약을 하고 나서 가족과 함께 마드리드를 떠나 사라고사로 정착하러 갔다. 거기서 그는 더할 수 없이 화려하게 직무를 시작했고, 아라곤 사람들은 박수갈채로 그를 환영했다. 사실상 내가 제공한 부왕을 그들이 아주 기분 좋게 맞아들였다는 것을 그 박수갈채로 알 수 있었다.

13

질 블라스가 왕의 처소에서 돈 가스톤 데 코고요스와 돈 안드레스 데 토르데시야스를 만나다

돈 가스톤과 도냐 엘레나 데 갈리스테오의 이야기의 결말

산티아나가 토르데시야스에게 해준 일

파직된 총독을 다행히 부왕으로 바꿔놓은 것이 나는 너무 기뻐서 기분이 붕붕 떠 있었다. 데 레이바 나리들도 나 못지않게 기뻐했다. 곧이어 친구를 위해 내 신망을 이용할 기회가 또 생겼다. 그 얘기를 내가 꼭 해야만 하는 이유는, 이전 총리 밑에서 궁정의 특혜를 팔던 그 질 블라스가 더 이상 아니라는 것을 독자들에게 알려 주기 위해서다.

나는 어느 날 왕의 부속실에 있으면서 귀족들과 얘기를 나누고 있었다. 그들은 나를 총리가 총애하는 사람으로 알고 있어서 나와의 대화를 우습게 여기지 않았다. 어쩌다 보니 그 무리 가운데 돈 가스톤 데 코고요스가 있었다. 내가 세고비아의 탑에 놔두고 왔던 그 국사범 말이다. 그의 곁에는 그 탑의 성주 돈 안드레스 데 토르데시야스가 있었다. 나는 함께 얘기하던 사람들 곁을 떠나 기꺼운 마음으로 그 두 친구에게 가서 포옹했다. 그들은 거기서 나를 보게 되자 놀라워했고,

나는 그들보다 더 놀랐다. 양쪽 다 격하게 포옹을 하고 나자 돈 가스톤이 말했다. "산티아나 씨, 우리는 서로 물어볼 말이 아주 많을 것 같네요. 여기는 그러기에 적당한 곳이 아닙니다. 토르데시야스 씨와 내가 당신하고 편하게 오래 얘기를 나눌 수 있을 만한 곳으로 당신을 데려갈게요." 나는 그 제안에 동의했다. 우리는 사람들을 헤치고 궁궐 밖으로 나왔다. 거기에는 돈 가스톤이 길에서 기다리게 한 사륜마차가 있었다. 우리 셋은 마차에 올라타고 황소 경주가 벌어지고 있는 장터의 큰 광장으로 갔다. 그곳의 아주 아름다운 호텔에 코고요스가 묵고 있었다.

우리는 가구가 훌륭한 어느 방으로 들어갔다. 그때 돈 안드레스가 말했다. "질 블라스 씨, 당신이 세고비아를 떠날 때는 궁정을 증오하는 것 같았고, 궁정에서 영원히 멀어지기로 결심한 듯이 보였는데요." 그래서 내가 대답했다. "실제로 그럴 생각이었어요. 그리고 고인이 되신 왕이 살아 있는 동안에는 그 마음이 바뀌지 않았었지요. 하지만 왕자님이 왕좌에 오르셨다는 것을 알았을 때 그 새 군주가 나를 알아볼지 아닐지 궁금했어요. 그분은 나를 알아보았고, 행복하게도 내게 호의적으로 대해 주셨지요. 그분이 나를 총리에게 직접 추천해 주셨고, 총리도 나를 좋아해 줬어요. 그래서 나는 새 총리하고는 레르마 공작과 지내던 때보다 훨씬 더 잘 지내고 있어요. 돈 안드레스 씨, 바로 이것이 제가 두 분에게 알려 드려야 할 얘기였어요. 그런데 당신은 여전히 세고비아의 탑의 성주인지 말해 주세요." 그러자 그가 대답했다. "아니라오, 사실은. 공백작이 내 자리에다 다른 사람을 데려다 놓았다오. 내가 전 총리에게 아주 헌신적이었을 거라고 믿은 것 같소." 그러자 돈 가스톤이 말했다. "그런데 나는 그 반대의 이유 때문에 자유의 몸이 되었어요. 총리는 내가 레르마 공작의 지시로 세고비아 감옥에 있다는 것을 알자마자 나를 방면시켜 주었어요. 질 블라스 씨, 이제부터는 내가 자유로워진 다음에 내게 일어난 일을 얘기해 주겠어요."

그러고 나서 말을 계속했다. "내가 감옥에 있는 동안 배려해 준 것에 대해 돈 안드레스에게 감사하고 나서, 나는 우선 마드리드로 갔어요. 그리고 올리바레스 공백작을 만났지요. 그랬더니 그가 말했습니다. '당신이 겪은 불행이 당신의 평판에는 조금도 해를 끼치지 못할 테니 염려 마시오. 당신은 무죄임이 완벽히 입증되었소. 당신의 공범이라고 의심받은 비야레알 후작이 죄가 없는 만큼 당신의 결백도 확신하는 바요. 그 후작은 포르투갈 사람이고, 심지어 브라간사 공작의 친척인데도 자신의 이익보다 내 주인인 스페인 왕의 이익을 더 생각한다오. 그러므로 당신이 그 후작과 관계를 맺는다고 해서 죄인으로 몰아붙여서는 안 되는 거였소. 당신을 반역죄로 몰았던 그 부당함을 배상해 주기 위해 전하가 당신에게 스페인 왕의 근위대에서 보좌관직을 맡게 해주셨소.' 그래서 나는 각하에게 그 일을 맡기 전에 숙모인 도냐 엘레오노라 데 라사리야를 뵈러 코리아에 가게 해달라고 간청했어요. 총리는 그 여행을 위해 한 달을 허락해 주었고, 나는 하인 단 한 명만 데리고 출발했습니다."

"우리가 콜메나르를 이미 지난 다음 두 개의 산 사이에 움푹 파인 길로 들어섰을 때, 어느 기사가 세 명을 상대로 용감하게 방어하고 있는 것을 보게 되었어요. 상대방 세 명은 한꺼번에 그를 공격하고 있었지요. 나는 망설임 없이 그를 구하려고 서둘러 합류하여 그의 곁에 자리를 잡았어요. 싸움을 하다 보니 상대편이 모두 복면을 쓰고 있는 것을 알았고, 그들이 기운 좋은 검객들이라는 것도 느꼈습니다. 그들이 힘도 좋고 수완도 좋았지만, 싸움에선 우리가 이기고 있었어요. 나는 그 세 명 중 한 명을 찔러서, 그가 말에서 떨어졌지요. 그러자 다른 두 명이 당장 도망쳤어요. 그 승리는 내가 죽인 그 불행한 자 못지않게 우리에게도 불길한 일이었어요. 왜냐하면 그 싸움이 끝나고 나서 보니 내 동반자와 내가 치명적인 부상을 입었더라고요. 그런데 그 기사를 제대로 보니 콤바도스, 바로 도냐 엘레나의 남편이었어요. 그러니 내가 얼마나 놀랐겠어요. 그 또한 자기를 방어해 준 사람이 바로 나라는 것을 알고는 적지 않게 놀랐어요. 그는 소리쳤어요. '아! 돈 가스톤, 세상에! 나를 구하러 온 사람이 당신이라니요? 당신은 그토록 너그럽게 내 편이 돼주었는데…. 바로 당신의 연인을 납치해 간 자를 돕고 있다는 사실을 모르고 있었군요.' 그래서 내가 대답했어요. '실제로 모르고 있었어요. 하지만 알았다 해도 내가 망설였을 거라고 생각하시나요? 나를 그렇게 저열한 영혼을 가진 자라고 잘못 판단하시렵니까?' 그러자 그가 대꾸했어요. '아니오, 아닙니다. 나는 당신에 대해 더 좋게 생각하고 있습니다. 만약 제가 방금 입은 부상 때문에 죽는다면, 당신만큼은 상처가 나아서 내 죽음이 당신에게 이로운 일이 되기를 바랍니다.' 그래서 나는 그에게 '콤바도스, 내가 비록 도냐 엘레나를 아직 잊지 못했다 해도, 당신의 목숨을 대가로 그녀를 소유하고 싶지는 않다는 것을 알아 두십시오. 저는 그 세 검객의 공격으로부터 당신을 구하는 데 공헌한 일이 자랑스럽기까지 합니다. 그렇게 해서 당신의 아내에게 좋은 일을 한 거니까요'라고 말했습니다."

"우리가 그런 식으로 말하고 있는 동안 내 하인이 말에서 내리더니, 먼지 위에 뻗어 있던 검객에게 다가가 복면을 벗기고 우리에게 그의 얼굴을 보여 주었습니다. 콤바도스는 그걸 보고 누구인지 당장 알아보았어요. 그는 소리쳤습니다. '카프라라입니다!' 그러더니 그는 '나의 사촌인데, 큰 유산을 놓고 나와 부당하게 다투다가 놓치게 되자 분해서 오래전부터 나를 죽일 생각을 품었고, 마침내 그 욕구를 실현하기 위해 이날을 선택했나 봅니다. 신의 없는 사촌이지요. 하지만 하늘은 그가 저지른 범죄에 대해 그를 희생자로 삼았네요'라고 말했습니다."

"그런데 우리는 피가 철철 흘렀고, 눈에 띄게 기력이 떨어졌어요. 그래도 비야레호 마을까지 갈 기운은 있었지요. 그 마을은 우리가 싸운 곳에서 사정거리의 겨우 두 배쯤 떨어진 곳에 있었어요. 우리는 첫 번째 여인숙에서 내려서 외과의를 불러 달라고 요청했지요. 아주 능숙하다고 알려진 의사 한 명이 왔어요. 그는 우리의 상처들을 살펴보더니 아주 위험하다고 판단했어요. 우리에게 붕대를 감아 주었고, 다음 날에는 붕대를 걷어 낸 후 돈 블라스의 상처가 치명적이라고 말했어요. 의사는 내 상처가 더 낫다고 판단했는데, 그의 예측이 틀리지 않았어요."

"콤바도스는 자신이 죽게 될 것으로 생각하며 죽음을 맞을 준비만 생각했어요. 그는 자기 아내에게 급히 속달을 보내어 그간 일어난 일과 그 당시 처한 처량한 상태에 관해 알렸어요. 도냐 엘레나가 곧이어

비야레호에 왔지요. 거기 도착할 때 그녀의 마음은 불안에 시달렸어요. 상반된 두 가지 원인 때문이었는데, 하나는 남편의 목숨이 위험에 처해서였고, 다른 하나는 나를 보면 다시 불타오르게 될지 모른다는 두려움 때문이었어요. 그래서 그녀는 끔찍하게 흥분돼 있었어요. 돈 블라스는 그녀와 함께 있게 되자 말했어요. '부인, 당신이 때맞춰 도착해서 내 작별인사를 받게 되었구려. 나는 이제 죽을 거요. 나는 내 죽음을 하늘의 벌이라고 여긴다오. 당신을 속여서 돈 가스톤으로부터 빼앗은 죄에 대한 벌이오. 그 벌에 대해 나는 불평하지 않고, 오히려 나 스스로 당신에게 권하겠소. 내가 그에게서 빼앗은 마음을 그에게 돌려주라고 말이오.' 도냐 엘레나는 남편에게 그저 눈물로 대답할 뿐이었습니다. 그야말로 그녀가 할 수 있는 최선의 대답이었지요. 남편이 책략을 이용하여 그가 나를 배신하게 만들었던 일을 아직 잊지 못했기 때문입니다. 그러기에는 나를 아직 완전히 떨치지 못한 거였어요."

"외과의가 예측했던 대로 사흘도 안 되어 콤바도스는 상처로 죽었어요. 반면 내 상처는 곧 나을 거라고 했어요. 젊은 과부는 남편의 장례를 충분히 영예롭게 치러 주기 위해 그의 시체를 코리아로 운구하는 일에만 몰두했어요. 내가 어떤 상태에 놓인 것인지 그저 예의상 물어보고 나서 비야레호를 떠나 집으로 돌아갔어요. 나는 일어날 수 있는 상태가 되자 코리아로 갔고, 거기서 몸이 완전히 회복되었지요. 그때 내 숙모인 도냐 엘레아노라와 돈 호르헤 데 갈리스테오가 엘레나와 나를 얼른 결혼시키기로 작정했어요. 운세가 또 어떤 새로운 역경을 통해 우리를 갈라놓을까 봐 두려워서 그랬던 겁니다. 돈 블라스가 죽은 지 얼마 안 되었으므로 그 결혼은 요란하지 않게 치러졌고, 며칠 안 되어 나는 도냐 엘레나와 함께 마드리드로 돌아왔어요. 공백작이 내 여행을 위해 정해 준 한 달을 내가 넘겼으므로, 나는 그 총리대신이 약속했던 보좌관 자리를 다른 사람에게 넘겼을까 봐 걱정했지요. 하지만 그는 그렇게 하지 않았고, 나의 사과를 친절하게 받아 주었어요."

그러더니 코고요스는 말을 이어갔다. "그러므로 나는 현재 스페인 근위대의 보좌관이고, 내 일이 즐겁습니다. 기분 좋게 만나는 친구들도 있고, 그들과 더불어 만족스럽게 살고 있어요." 그러자 돈 안드레스가 소리쳤다. "나도 그런 말을 할 수 있으면 좋겠네요. 그러나 나는 내 운명에 만족할 만한 상태가 영 아닙니다. 내게 몹시 유익했던 일자리를 잃었고, 견고한 일자리를 얻어 줄 만큼 충분히 신망 있는 친구도 없거든요." 그래서 내가 미소 지으며 그의 말을 가로막았다. "미안하지만, 돈 안드레스 씨, 당신한테는 내가 있잖아요. 어떻게든 당신에게 도움이 될 수 있을 친구 말입니다. 내가 당신에게 이미 말했잖아요. 레르마 공작에게서 사랑받던 때보다 공백작에게서 훨씬 더 큰 사랑을 받고 있다고…. 당신에게 견고한 일자리를 얻어 줄 사람이 아무도 없다고 감히 내 면전에서 말하다니요! 그 비슷한 도움을 내가 주지 않았나요? 그라나다 대주교의 신용을 통해 당신에게 멕시코로 가서 큰 재산을 모을 만한 자리에 임명되게 해줬던 일을 떠올려 보세요. 당신이 사랑 때문에 알리칸테시에 붙들려 있지 않았다면 그렇게 되었겠지요. 나는 현재 총리대신의 신임을 받고 있는 만큼 당신을 그때보다 더 잘 도와줄 수 있어요." 그러자 토르데시야스가 말했다. "그렇다면 당신을 전적으로 믿겠어요." 그러더니 그 또한 미소 지으며 덧붙였다. "하지만 나를 누에바 에스파냐로 보내지는 마세요, 제발. 설사 나를 멕시코의 대법원장으로 만들어 준다 할지라도 거기 가고 싶지 않아요."

그때 도냐 엘레나가 방으로 들어오는 바람에 우리의 대화는 그 지점에서 중단되었다. 그녀는 아주 우아했다. 그녀를 매력적인 여인일 거라고 상상했던 내가 옳았던 것이다. 코고요스가 그녀에게 말했다. "부인, 당신에게 내가 몇 차례 말한 적 있던 산티아나 씨를 소개하오. 그와 즐겁게 지낸 덕분에 감옥에서 보내는 지겨움을 자주 잊을 수 있었다오." 그래서 내가 도냐 엘레나에게 말했다. "네, 부인, 저와의 대화가 그의 마음에 들었나 봅니다. 왜냐하면 늘 부인 얘기를 했으니까요." 그러자 돈 호르헤의 딸이 나의 예의에 겸손히 응답했고, 그런 후 나는 그 부부 곁을 떠나며 말했다. 그들의 긴 사랑에 이어 마침내 결혼이 이루어져서 몹시 기쁘다고…. 그러고 나서 토르데시야스에게는 그의 거처를 알려 달라고 했다. 그가 알려 주자 나는 말했다. "작별인사는 하지 맙시다, 돈 안드레스. 내가 일주일 내로 권세를 선한 의지에 결합시키는 것을 당신이 보게 될 거라고 기대하니까."

나는 그 일에 실패하지 않았다. 바로 다음 날, 내가 그 성주에게 은혜를 베풀 기회를 공백작이 제공해 주었으니까. 각하는 말했다. "산티아나, 바야돌리드의 왕립감옥 총독 자리가 비어 있네. 그 자리는 일 년에 3백 피스톨라 이상을 버는 자리라네. 그것을 자네에게 주고 싶네." 그래서 내가 그에게 대답했다. "각하, 그 자리가 1만 두카도의 연금 수입을 가져온다 할지라도 저는 원하지 않습니다. 그 자리를 맡게 되면 각하로부터 멀어져야 할 텐데 그런 자리라면 모두 포기하겠습니다." 그러자 총리가 말했다. "그런데 네가 마드리드를 꼭 떠나지 않고도 그 직책을 아주 잘 수행할 수 있어. 가끔씩 바야돌리드로 가서 감옥을 방문하기만 하면 되는 거야." 그래서 내가 말했다. "각하께서는 말씀하시고 싶은 대로 하세요. 저는 그 자리를 원하기는 하는데, 단, 돈 안드레스 데 토르데시야스라는 선량한 귀족을 위해 제가 포기하도록 허락해 주십사 부탁드리는 조건하에서입니다. 그는 이전에 세고비아탑의 성주였는데, 제가 감옥에 있는 동안 제게 아주 잘해 주었어요. 이제 그 보답으로 이 선물을 주고 싶습니다."

그 말이 총리를 웃게 만들었다. 그는 말했다. "질 블라스, 내 보기에 너는 부왕을 만들었던 것처럼 왕립감옥 총독도 만들고 싶은가 보구나. 그래, 좋아! 친구야, 토르데시아스를 위해 그 비어 있는 자리를 허락하마. 하지만 그렇게 해서 네게 어떤 이익이 돌아오는지 당연히 내게 얘기하려무나. 왜냐하면 네가 아무것도 바라지 않고 네 신용을 이용하려 들 만큼 어리석다고는 생각하지 않으니까." 그래서 내가 대답했다. "각하, 빚이 있으면 갚아야 하는 것 아닌가요? 돈 안드레스는 자기가 할 수 있는 한 저를 즐겁게 해주었어요. 저도 그와 같은 것을 돌려주어야 하지 않을까요?" 그러자 각하가 내게 말했다. "이해관계를 초월한 사람이 되셨구려, 산티아나 씨. 이전 총리 밑에서는 훨씬 덜 그랬던 것 같은데 … ." 그래서 내가 그에게 말했다. "맞습니다. 나쁜 표본이 제 품행을 타락시켰지요. 그때는 모든 것이 돈으로 팔리던 때라서 그런 관행에 맞춰 살았던 겁니다. 오늘날에는 모든 것이 거저 주어지므로 제가 미덕을 되찾았어요."

그러므로 나는 돈 안드레스 데 토르데시야스에게 바야돌리드의 왕립감옥 총독 자리를 마련해 주었고, 곧이어 그를 그 도시로 보냈다. 나는 그에게 진 빚을 갚게 되어 만족스러웠고, 그 또한 새로 얻은 일터에 대해 나만큼 만족스러워했다.

14

산티아나가 시인 누녜스의 집에 가다
거기서 만난 사람들, 나눈 이야기

어느 날 오후, 나는 아스투리아스의 시인을 보러 가고 싶어졌다. 그가 어떤 곳에 묵고 있는지 몹시 궁금해서였다. 나는 베르트란 고메스 델 리베로 씨의 저택으로 가서 누녜스를 보러 왔다고 말했다. 그러자 문에 있던 하인이 내게 말했다. "그분은 더 이상 여기에 살지 않습니다." 그러더니 옆에 있는 집을 가리키며 덧붙였다. "지금 묵고 계신 데는 저기입니다. 그분은 뒤쪽에 있는 본채에 살고 계십니다." 나는 그리로 갔다. 그리고 작은 마당을 가로지른 후 완전히 헐벗은 방으로 들어갔더니 거기에 내 친구 파브리시오가 아직도 식탁에 앉아 있었고, 그날 대접하고 있던 동료 대여섯 명과 함께 있었다.

식사가 끝나 가고 있었기에 그들은 논쟁을 벌이는 중이었다. 그러나 시끄럽게 얘기하던 그들이 나를 보자 갑자기 침묵해 적막이 흘렀다. 누녜스는 일어나서 나를 열렬히 맞이하며 소리쳤다. "신사 여러분, 이렇게 방문하여 나를 영광스럽게 해주려는 산티아나 씨입니다.

총리대신이 총애하는 이 친구에게 나와 함께 영광을 돌리십시다.” 이 말에 손님들도 내게 인사하려고 모두 일어났다. 그리고 내게 부여된 직함을 고려하여 아주 정중히 예의를 갖추었다. 나는 마실 필요도, 먹을 필요도 없었는데 그들과 함께 식탁에 앉을 수밖에 없었다. 심지어 그들이 나를 위해 하는 건배에 호응하지 않을 수 없었다.

내가 나타나는 바람에 그들이 자유로운 대화를 계속하지 못하는 것 같이 보여서 나는 그들에게 말했다. “신사 여러분, 제가 여러분의 대화를 중단시킨 것 같습니다. 부디 다시 계속하세요. 그렇지 않으면 저는 가렵니다.” 그러자 파브리시오가 말했다. “이 신사들은 에우리피데스의《이피게네이아》에 관해 얘기하고 있었다네. 최고위 학자이신 멜초르 데 비예가스 씨께서 돈 하신토 데 로마라테 씨에게 그 비극작품에서 관심 가는 것이 무엇인지 묻고 계셨네.” 그러자 돈 하신토가 말했다. “네. 저는 이피게네이아가 처한 위험이라고 대답했죠.” 그러자 학사는 말했다. “그래서 저는 그 연극의 진정한 흥밋거리는 그 위험이 아니라고 반박했지요(그것은 내가 논증할 거니까).” 그러자 늙은 학사 가브리엘 데 레온이 소리쳤다. “그럼 그게 뭐란 말입니까?” 그러자 비예가스가 대답했다. “바람(風) 입니다.”

그러자 내가 생각하기에도 진지하지 못한 그 재치 있는 답변에 좌중이 다 같이 폭소를 터뜨렸다. 나는 멜초르가 오로지 대화를 흥겹게 하기 위해 그랬을 거라고 상상했다. 나는 그 학자를 알지 못했으니까. 그런데 그는 익살에 능한 사람이 전혀 아니었다. 그가 냉정히 말했다. “마음껏 웃으십시오. 관객의 흥미를 끌고, 강한 인상을 주고, 감동시키는 것은 오로지 바람뿐일 겁니다.” 그러더니 그는 말을 이었다. "트로이 포위공략을 하러 가기 위해 모인 수많은 군대를 상상해 보십시오. 우두머리들과 병사들이 그리스로 얼른 돌아가기 위해 자신들의 계획을 실행하려고 몹시 초조해할 것을 생각해 보시라고요. 그들은 자신에게 가장 소중한 가정의 수호신, 아내와 자식들을 그리스에 두고 왔습니다. 그런데 저주스러운 맞바람이 그들을 아울리스에 붙들어 놓고 항구에서 꼼짝 못 하게 하는 것 같습니다. 그 바람이 변하지 않으면 그들은 프리아모스 왕의 도시(트로이)를 포위 공격하러 갈 수 없을 겁니다. 그러므로 그 연극을 흥미롭게 하는 것은 바람입니다. 나는 그리스인들에게 찬성이고, 그들의 의도를 지지합니다. 나는 그들의 함대가 출발하기만을 바라고, 위험에 처한 이피게네이아에 대해서는 무관심한 눈으로 봅니다. 왜냐하면 그녀의 죽음은 신들로부터 순풍을 얻는 수단이기 때문입니다."

비예가스가 말을 마치자마자 좌중은 그를 비웃느라 다시 웃어 댔다. 누네스는 영악하게도 그의 감정을 지지함으로써 야유꾼들에게 훨씬 더 좋은 패를 주어서 그들은 바람에 관해 앞다투어 못된 농담들을 하기 시작했다. 하지만 비예가스는 그들 모두를 차분하고 도도한 표정으로 바라보며 그들을 무지한 자들, 저속한 정신들로 취급했다. 나는 매 순간 그 신사들이 열을 올리고, 언짢아질 거라고 예상했다. 장광설의 통상적인 결말이 그런 거니까. 그런데 내 예상이 빗나갔다. 그들은 서로 욕설을 주고받는 것으로 만족하고 나서, 마음껏 먹고 마신 다음에 물러갔다.

그들이 물러난 후 내가 파브리시오에게 왜 이제는 국고관리인의 집에 살지 않는지, 둘 사이가 안 좋아졌는지 물었다. 그가 대답했다.

"사이가 틀어졌냐고! 제발 그렇게 되지 않기를! 나는 돈 베르트란 나리와 그 어느 때보다 잘 지내고 있어. 그가 나 혼자 따로 묵을 수 있게 해준 거야. 그래서 내가 친구들을 초대하고 자유롭게 즐기려고 이 본채에서 사는 거야. 나는 친구들과 아주 자주 만나서 이렇게 즐겨. 왜냐하면 너도 잘 알다시피, 나는 내 상속자들에게 큰 재산을 물려주고 싶어 하는 기질이 아니잖아. 나로서는 다행히도 현재 날마다 즐거운 파티를 열 수 있다는 거야." 그래서 내가 말했다. "그렇다니 나도 기쁘다, 누네스. 너의 마지막 비극작품의 성공에 대해 또 축하하지 않을 수가 없구나. 위대한 로페는 8백여 편의 작품들을 썼는데도 너의 그 〈살다냐 백작〉이 네게 가져다준 돈의 4분의 1밖에 못 벌었어."

제 12 부

1

질 블라스가 총리에 의해 톨레도로 보내지다. 그 여행의 이유와 성공

거의 한 달 전부터 각하는 내게 날마다 말하곤 했다. "산티아나, 너의 기량을 적재적소에 사용할 때가 다가오는구나." 그렇지만 그런 때는 오지 않았다. 그러다가 마침내 그때가 와서 각하가 내게 다음과 같이 말했다. "톨레도 극단에 재능으로 떠들썩한 젊은 여배우가 하나 있다고 하는구나. 그녀는 아주 황홀하게 춤추고 노래하고, 심지어 아름답기까지 하다는 걸. 그런데 왕은 연극, 음악, 춤을 좋아한단다. 그렇게 남다른 자질을 가진 배우의 재능을 보고 듣는 즐거움을 왕이 박탈당해서는 안 되지. 그래서 너를 톨레도로 보내어 실제로 그토록 훌륭한 여배우인지 직접 판단해 보게 할 작정이다. 네게 어떤 인상을 주는지 그것만 고려할 거야. 네 식견을 믿으마."

나는 각하에게 그 일에 관해 보고를 잘하겠다고 대답하고 나서, 하인은 단 한 명만 데리고 출발할 채비를 했다. 그 하인에게는 총리의 하인 제복을 벗으라고 했다. 임무를 더 은밀히 수행하기 위해서였다.

그리고 이는 각하의 취향과 잘 맞는 태도였다. 나는 톨레도로 향했고, 거기에 도착해서는 성 가까이에 있는 여인숙에서 내렸다. 내가 땅에 발을 디디자마자 여인숙 주인은 나를 아마도 그 지역의 귀족일 거라고 여기며 내게 말했다. "기사님, 기사님은 내일 행해질 '화형식'의 장엄한 의식을 보러 오셨나 보군요." 그래서 나는 왜 톨레도에 왔는지 또 물어볼 기회를 그에게 주느니보다는 그냥 그렇게 믿도록 놔두는 것이 더 적절하다는 판단이 들어서 그렇다고 대답했다. 그러자 그가 말했다. "기사님은 여태껏 보신 적 없는 아주 대단한 행렬을 보시게 될 겁니다. 죄수가 백 명이 넘는다더군요. 그중 열 명 이상이 화형당할 예정이랍니다."

정말로 다음 날 동이 트기도 전에 그 도시의 모든 종이 울리는 소리가 들렸고, 그 종소리는 '화형식'이 곧 시작될 거라고 백성들에게 알리는 소리였다. 그 행사가 궁금하여 나는 얼른 옷을 입고 종교재판이 열리는 곳으로 갔다. 행렬이 지나가기로 돼 있는 거리들을 따라 주위에 온통 연단들이 있었다. 나는 돈을 주고 그중 하나에 자리를 잡았다. 곧이어 제일 먼저 도미니크 수도회 수도사들이 종교재판 깃발을 앞세우고 걸어오는 것이 보였다. 그 선량한 신부들 바로 뒤로 그날 종교재판소가 제물로 바치려는 처량한 희생자들이 뒤따랐다. 그 불행한 자들은 일렬로 왔고, 머리와 발은 헐벗은 채였으며, 각자 손에 양초를 하나씩 들고 있었다. 그들 곁에는 각자의 대부가 있었다. 어떤 이들은 빨간색으로 칠해진 성 안드레의 십자가가 점점이 있는 노란색 천의 큰 스카풀라리오●를 입고 있었다. 이는 '지옥의 옷'●●이라고 불린다. 또 어떤 이들은 '카로샤'●●●를 쓰고 있었는데, 이것은 설탕 빵 형태로 높이 올라가고 불꽃들과 악마 형상들로 뒤덮여 있는 두꺼운 종이 모자이다.

나는 그 불행한 자들을 내 두 눈으로 똑똑히 보면서 연민을 느꼈지만, 그런 감정을 드러내지 않으려고 조심했다. 그렇게 하면 죄를 짓는 것으로 여겨질까 봐 두려워서였다. 그러고 있던 때, 카로샤를 머리에 쓰고 있던 자들 중에서 일라리오 신부와 그의 동반자 암브로시오를 본 것만 같았다. 그들이 내가 있는 자리에서 너무 가까이 지나갔기에 착각할 수가 없었다. 나는 속으로 생각했다. '내가 뭘 본 거지? 하늘이 저 두 흉악범의 무질서한 생활에 지쳐서 저들을 종교재판의 정의에 넘겨 버렸구나!' 이렇게 생각하자 공포가 엄습하여 온몸이 떨렸고, 기절할 것만 같이 정신이 혼미해졌다. 저 사기꾼들과 맺었던 관계, 첼바에서 있었던 일, 마지막으로 우리가 함께 저지른 그 모든 일이 그 순간 내 머릿속에 떠올랐다. 그래서 나는 스카풀라리오와 카로샤로부터 나를 보호해 준 신에게 아무리 감사해도 모자랄 거라고 생각했다.

의식이 끝나자, 방금 본 끔찍한 광경에 부들부들 떨며 여인숙으로 돌아왔다. 하지만 내 머릿속에 꽉 찼던 비통한 장면들은 서서히 흩어졌고, 이제 내 주인이 내게 맡긴 일을 잘 수행해야겠다는 생각밖에 안 했다. 나는 극장에 가기 위해 연극이 시작될 시간을 초조하게 기다렸

● 두 조각의 천을 목에 매는 리본으로 합친 어깨띠, 또는 어깨에 두르는 띠.

●● 종교재판에 의해 화형에 처해지는 죄수가 입는 황색 옷.

●●● carocha. 본래 포르투갈어로서 '열등생에게 벌로 쓰는 모자'라는 뜻이 있다.

다. 그것이 제일 먼저 해야 할 일이라고 판단되었기 때문이다. 시간이 되자, 나는 얼른 극장으로 가서 어느 알칸타라 기사 옆에 앉았다. 곧이어 그와 대화를 나누게 되었다. 나는 그에게 말했다. "기사님, 낯선 이가 기사님에게 질문 한 가지 드려도 되겠습니까?" 그러자 그가 매우 정중히 대답했다. "기사 나리, 저한테는 아주 영광입니다." 그래서 나는 다시 말했다. "사람들이 톨레도의 배우들을 매우 칭찬하던데요. 그렇게 좋게 말하는 것이 혹시 잘못된 건 아닌지요?" 그러자 그 기사가 대답했다. "아닙니다. 이 극단은 나쁘지 않아요. 심지어 그들 가운데는 아주 대단한 인물들마저 있는 걸요. 그런 배우 중에 열네 살짜리 여배우인 아름다운 루크레시아도 있어요. 보시면 깜짝 놀라실 겁니다. 그녀가 무대에 오르면 제가 안 가르쳐 드려도 당장 아시게 될 거예요. 쉽게 구별해 내실 겁니다." 그래서 나는 그 기사에게 그녀가 그날 연기를 하느냐고 물었다. 그는 그렇다고 대답하였고, 심지어 그날 공연할 연극에서 아주 두드러진 역할을 맡았다고 말해 주었다.

연극이 시작되었다. 두 여배우가 나타났다. 그들은 매력적으로 보이는 데 도움이 될 만한 것들은 하나도 소홀히 하지 않았다. 그러나 그들의 다이아몬드가 발하는 광채에도 불구하고 둘 다 내가 기대하던 그녀가 아니라는 생각이 들었다. 마침내 루크레시아가 무대 안쪽에서 나왔고, 그녀가 무대에 나타나리라는 것은 길게 이어지는 박수갈채를 통해 예고되었다. 어찌나 매력적이던지! 아름다운 눈! 요염한 여인! 실제로 나는 그녀가 굉장히 만족스러웠고, 아니 그보다 그녀 자체가 강렬하게 인상적이었다. 그녀가 읊어 댄 운문의 첫 낭송에서

부터 자연스러움, 열정, 나이를 뛰어넘는 지성이 발견되었다. 그래서 연극이 진행되는 동안 그녀가 모든 사람으로부터 받는 박수갈채에 나도 기꺼이 합세했다. 옆의 기사가 내게 말했다. "자! 관객이 루크레시아를 어떻게 받아들이는지 보이십니까?" 그래서 내가 대답했다. "놀랍지 않네요." 그러자 그가 대꾸했다. "그녀가 노래 부르는 것을 들으시면 더할 겁니다. 완전히 시레나예요. 귀를 막지 못하고 그녀의 노래를 듣는 자는 불행할지니!" 그러더니 말을 이었다. "그녀의 춤도 노래 못지않게 어마어마하답니다. 그녀의 걸음걸이는 목소리만큼이나 위험해서 눈을 홀리고, 마음을 굴복시키죠." 이에 내가 소리쳤다. "기적이라는 점을 인정해야겠네요. 그 어떤 행복한 인간이 저토록 사랑스런 여자애를 위해 기꺼이 파산하는 즐거움을 갖는 걸까요?" 그러자 그가 말했다. "그녀에게 공인된 애인은 없어요. 심지어 그녀에 대한 험담에서조차 밀통에 대한 얘기는 없답니다." 그러더니 덧붙였다. "하지만 있을 수도 있겠죠. 왜냐하면 루크레시아는 자기 숙모 에스테야의 지휘 감독하에 있는데, 에스테야는 반박의 여지 없이 모든 여배우 중에서 가장 꾀바른 여자이거든요."

에스테야라는 이름에 나는 황급히 그 기사의 말을 가로막고, 그 에스테야가 톨레도 극단의 여배우냐고 물었다. 그러자 그가 말했다. "그녀는 최고의 여배우들 중 하나입니다. 오늘은 연기하지 않았어요. 그 점에서는 우리가 오늘 소득이 없었던 거죠. 그녀는 보통 시녀 역할을 합니다. 아주 훌륭하게 해내요. 주어진 역할에서 어찌나 큰 기지를 발휘하는지! 어쩌면 지나치다고 할 정도로 그래요. 사랑을 받아야 할 아름다운 결점이기도 합니다." 그 기사는 내게 에스테야의 경이로운 면모를 말하는 거였다. 그리고 그가 묘사한 바에 따르면, 그녀는 바로 라우라임에 틀림없었다. 내가 지금껏 그토록 많이 얘기했던 그 라우라, 그라나다에서 마지막으로 본 바로 그 라우라 말이다.

이에 관해 더 확실히 알아보기 위해 나는 연극이 끝난 후 무대 뒤로 갔다. 거기 있는 사람들에게 에스테야를 보고 싶다고 요청했고, 사방을 두리번거리며 그녀를 찾아보다가 마침내 대기실에서 발견했다. 그녀는 귀족들 몇 명과 얘기를 나누고 있었다. 그 귀족들은 아마도 그녀를 루크레시아의 숙모로만 여기고 있었을 거다. 나는 라우라에게 인사를 하려고 다가갔다. 하지만 그녀는 변덕 때문인지 아니면 내가 그라나다에서 급히 떠나 버린 것에 대해 벌을 주려고 그러는 건지 나를 아는 척도 하지 않았고, 내 인사를 아주 쌀쌀맞게 받아서 좀 당황스러웠다. 나는 그녀의 냉랭한 태도를 웃으며 타박했어야 하는데, 멍청하게도 화를 내고야 말았다. 심지어 거친 태도로 물러났고, 화가 나서 바로 다음 날 마드리드로 돌아가기로 작정했다. 그리고 생각해 보았다. '라우라에게 복수하기 위해, 그녀의 조카가 왕 앞에 나타나는 영광을 얻지 못하게 해야겠다. 내가 총리에게 루크레시아에 관해 내 마음대로 아무렇게나 말해 버리면 되는 일이다. 그녀의 춤이 우아하지도 않고, 목소리도 거칠고, 매력이라곤 그저 어리다는 점 때문에 그런 것일 뿐이라고 말하면 된다. 그러면 각하는 그녀를 궁정으로 부르고 싶은 마음이 사라질 거라고 난 확신한다.'

라우라가 나를 푸대접한 것에 대한 복수가 그것이었다. 하지만 내 원한은 길게 가지 못했다. 다음 날 내가 출발 준비를 하고 있는데 어린 하인이 내 방으로 들어와서 말했다. "산티아나 씨에게 전해 드릴 편지 한 통이 있어요." 그래서 내가 그 편지를 받으며 "내가 산티아나다, 애야"라고 대답했다. 그리고 그 편지를 펴보았더니 다음과 같이 적혀 있었다. "엊저녁에 당신이 극장 대기실에서 받았던 푸대접을 잊으십시오. 그리고 이 편지 전달자가 안내하는 곳으로 오십시오." 나는 즉각 그 어린 하인을 따라갔다. 우리가 극장 근처에 가자 그 아이는 나를 아주 아름다운 집으로 데려갔다. 그리고 나는 그 집에서 가장 세련된 처소 중 한 곳에서 단장을 하고 있는 라우라를 만났다.

그녀는 일어나서 나를 포옹하며 말했다. "질 블라스 씨, 당신이 우리 대기실에서 내게 인사하러 왔을 때, 당신에 대한 나의 태도가 불만스러웠으리라는 것을 나도 잘 알아요. 당신처럼 오랜 친구는 더 상냥한 대접을 기대할 권리가 있죠. 그런데 사과하기 위해서 말하자면, 나는 더할 수 없이 기분이 나쁜 상태에 있었어요. 당신이 내 앞에 나타났을 때 마침 나는 우리 극단의 어느 단원이 내 조카에 대해 내뱉은 험담 때문에 정신이 없었거든요. 나한테는 그 애의 명예가 나의 명예보다 더 큰 관심사라서 … ." 그러더니 덧붙였다. "당신이 불쑥 나가버려서 내가 무심했다는 것을 알아차렸어요. 그래서 당장 내 어린 하인에게 당신이 어디 묵고 있는지 알아보라고 시켰지요. 내가 한 잘못을 오늘 만회해야겠다는 생각에 … ." 그래서 내가 그녀에게 말했다. "완전히 만회되었어요, 친애하는 라우라. 그 일에 관해서는 더 이상 말하지 맙시다. 그보다는 내가 받아야 했던 처벌이 두려워서 그라나다를 급히 떠나야 했던 그 불행한 날 이후로 우리가 각자 겪은 일을 서로 얘기하기로 합시다. 당신이 기억하는지 모르겠지만, 나는 당신을 꽤 당혹스럽게 해놓고 떠났지요. 당신은 그 상황을 어떻게 모면한 겁니까? 당신의 그 포르투갈 애인을 진정시키기 위해 온갖 수완을 다 발휘해야 했을 것 같은데 … ?" 그러자 라우라가 대답했다. "전혀 아니라오. 그런 경우 남자들은 너무 나약해서 여자들이 해명할 기회조차 주지 않는 경우가 때때로 있다는 것을 잘 모르시나 보네?"

그러더니 그녀는 말을 계속했다. "나는 마리알바 후작에게 너와 내가 남매 관계라고 주장했지. 아, 미안해요, 산티아나 씨, 당신에게 예전처럼 그렇게 친근하게 말해서 … . 그러나 나는 예전 습관을 버릴 수가 없네. 뭐랄까, 나는 과감히 밀고 나간 거야. 그 포르투갈 귀족에게 내가 말했지. '이 모든 것이 누군가의 질투와 격분 때문에 일어난 일이라는 것을 모르시나요? 제 동료이자 경쟁자인 나르시사가 광분하여 저한테 그런 술책을 부린 겁니다. 자기가 놓친 당신의 마음을 제가 평온히 소유하는 것을 보자 화가 치민 거죠. 그녀가 조명 양초 담당 조수를 매수해서 자신의 원한에 이용하여 뻔뻔스럽게도 저를 마드리드에서 본 아르세니아의 시녀라고 소문내게 한 거랍니다. 그보다 더한 거짓말은 없어요. 돈 안토니오 코에요의 과부인 저는 연극배우의 시중이나 들기에는 너무 고상한 감정을 갖고 있었죠. 게다가 그 비난이 거짓이라는 점과, 저를 비난한 자들이 음모를 꾸몄다는 점을 증명해 주는 것은 바로 제 동생이 급히 물러가 버렸다는 것입니다. 제 동생이 있었다면 그 중상모략을 좌절시켰을 거예요. 하지만 아마도 나르시사가 새로운 술책을 써서 그 동생을 사라져 버리게 만들었을 겁니다'라고 말이야."

그러더니 라우라는 말을 계속했다. "그 이유들이 나를 변호하기에는 그리 설득력이 없을 텐데도, 후작은 친절하게 그것으로 만족했어.

그 유순한 귀족은 그 이후에도 나를 사랑했지. 그가 포르투갈로 돌아가기 위해 그라나다를 떠날 때까지는…. 네가 정말로 떠나고 난 뒤 거의 곧이어 그가 떠났어. 그러자 사파타의 아내는 나한테 빼앗겼던 애인을 이번에는 내가 잃게 되자 아주 즐거워했어. 그러고 나서도 나는 그라나다에 몇 년 더 머물렀지. 그다음에는 우리 극단이 갈라져서 (우리들 사이에서 가끔씩 일어나는 일이야), 모든 배우들이 흩어졌어. 어떤 사람들은 세비야로 갔고, 어떤 사람들은 코르도바로 갔어. 나는 톨레도로 왔고, 여기서 10년 전부터 내 조카 루크레시아와 함께 지내고 있어. 엊저녁에 연기했던 아이가 바로 그 애야. 그 연극에 출연했으니까."

이 지점에서 나는 웃지 않을 수가 없었다. 그러자 라우라가 왜 그러느냐고 물었다. 그래서 내가 말했다. "짐작이 안 가요? 당신에게는 형제도 자매도 없으니, 루크레시아의 숙모가 될 수 없잖아요. 게다가 우리가 마지막으로 헤어진 이후로 흐른 시간을 계산해 보고, 당신 조카의 나이와 그 시간을 대조해 보니, 그 아이는 당신의 조카이기보다는 훨씬 더 가까운 사이일 것 같은데요."

그러자 돈 안토니오의 과부가 얼굴을 좀 붉히며 대꾸했다. "무슨 소리인지 알겠어요, 질 블라스 씨, 그 시절을 그렇게 잘 파악하다니! 그 일에 관해 믿게 할 방법이 없네요. 자! 그래, 친구야, 루크레시아는 마리알바와 나의 딸이야. 그 애는 우리의 결합에서 태어난 아이지. 네게 더 이상 오래 숨기지 못하겠구나." 그래서 내가 말했다. "사모라 병원의 회계담당과 벌인 일을 털어놓고 나서 이번에는 그런 비밀을 드러내다니 참 대단한 노력을 하시는군요! 게다가 루크레시아는 너무 독특한 장점을 가진 인물이라서, 관객은 당신이 그들에게 그런 선물을 안겨 준 것에 대해 굉장히 감사해야 하겠네요. 극단의 다른 여자들이 더 나쁜 선물을 하지 않기를 바라야 할 겁니다."

어떤 영악한 독자가 이쯤에서 내가 마리알바 후작의 비서였을 때 라우라와 그라나다에서 따로 했던 대화들을 떠올릴지도 모른다. 그래서 어쩌면 내가 루크레시아의 아버지일지도 모른다고 의심한다면, 부끄럽게도 나는 그 독자에게 부당한 의심이라고 말해야 한다.

라우라의 얘기가 끝나자 이번에는 내가 그녀에게 그간에 일어난 주요 사건들과 현재 하고 있는 일에 관해 말해 주었다. 그녀는 내 얘기를 매우 주의 깊게 들었다. 그래서 내 얘기에 무관심하지 않다는 것을 알았다. 내가 이야기를 마치자 그녀가 말했다. "친구 산티아나, 내 보기에 당신은 세상이라는 무대에서 꽤 대단한 역할을 하는 것 같네요. 그래서 내가 얼마나 기쁜지 믿지 못할 겁니다. 내가 루크레시아를 마드리드로 데려가서 군주의 극단에 입단시킬 때 산티아나 씨를 막강한 후견인으로 얻게 되리라 감히 기대해 봅니다." 그래서 내가 대답했다. "조금도 의심치 마십시오. 내게 의지해도 돼요. 당신이 원하는 때 루크레시아를 군주의 극단에 입단시키겠어요. 그것은 내 권력에 대해 과대평가하지 않고도 약속해 줄 수 있어요." 그러자 라우라가 말했다. "당신의 말을 그대로 믿을게요. 내가 여기서 이 극단과 계약으로 묶여 있지만 않다면 당장 내일이라도 마드리드로 떠날 텐데." 그래서 내가 그녀에게 말했다. "궁정의 지시 하나면 당신의 계약을 깨버릴 수 있어요. 그리고 그것이 내가 담당하는 일입니다. 일주일 내로 그렇게 될 겁니다. 나는 톨레도 사람들에게서 루크레시아를 빼앗게 되어 기쁘네요. 그렇게 예쁜 여배우는 궁정 사람들을 위한 배우이지요. 그녀는 당연히 우리에게 속한 배우입니다."

내가 이 말을 마치고 있던 순간 루크레시아가 그 방으로 들어왔다. 마치 헤베● 여신을 보는 것만 같았다. 그 정도로 귀엽고 우아했다. 그녀는 방금 일어났기에, 화장술의 도움 없이도 빛나는 자연스런 미모가 보기에 황홀했다. 그녀의 어머니가 말했다. "이리 와요, 조카, 와서 이 신사가 조카에게 베풀려고 하는 은혜에 대해 감사하세요. 내 오랜 친구 중 한 분인데. 궁정에서 신망이 높고, 우리 둘을 군주의 극단에 넣어 줄 수 있다고 장담하시네요." 그러자 그 아가씨가 기뻐하는 것 같았다. 그녀는 고개를 깊이 숙여 인사했고, 매혹적인 미소를 띠며 말했다. "그렇게 고마운 의도를 갖고 계시다니 겸손히 감사드립니다. 하지만 저를 사랑하는 관객에게서 저를 빼앗으려 하시는 건데, 그렇다면 제가 마드리드 관객을 불쾌하게 하지 않으리라고 확신하시는지요? 저는 어쩌면 손해를 보게 될지도 모르는 거잖아요. 한 도시에서 두각을 드러내는 배우가 다른 도시에서는 반감을 사는 경우를 제 숙모님은 보셨다고 말씀하시던 게 생각나네요. 그래서 저는 두려워요. 저는 궁정 사람들의 멸시를 무릅쓰게 되고, 나리는 그들의 질책을 무릅쓰게 될지도 모르는 일인데, 그 점에 대해 염려하셔야 할 거예요." 그래서 내가 대답했다. "아름다운 루크레시아, 그 둘 다 우리가 두려워할 필요가 없는 것들이오. 나는 그보다 당신이 모든 사람들의 마음을 불타오르게 하여 우리 고관대작들 사이에 분열이 초래될까

● 그리스 신화에 등장하는 젊음의 여신.

봐 두렵소." 그러자 라우라가 내게 말했다. "내 조카의 두려움이 당신의 두려움보다 더 근거 있는 것입니다. 하지만 나는 당신들 두 사람의 두려움이 모두 헛된 것이 될 거라고 기대합니다. 루크레시아가 자신의 매력으로 반향을 일으키지 못한다 해도, 그렇다고 해서 멸시당할 만큼 그렇게 나쁜 배우는 아니지요."

우리는 그 대화를 얼마간 더 계속했다. 그 대화에서 루크레시아가 말한 것들을 통산해 보건대, 탁월한 정신을 가진 아가씨라고 판단할 만했다. 그러고 나서 나는 그들에게 마드리드로 오라는 지시를 궁정으로부터 당장 받게 될 거라고 장담하며 그녀들 곁을 떠났다.

2

산티아나가 임무수행에 관해 총리에게 보고하자, 총리는 그에게 루크레시아를 마드리드로 오게 하는 일을 맡기다

이 여배우의 도착과 궁정에서의 데뷔

마드리드로 돌아와 보니 공백작은 내 여행이 성공했는지 알고 싶어 매우 초조해하고 있었다. 그는 말했다. "질 블라스, 문제의 그 여배우를 보았느냐? 그녀가 과연 궁궐로 오게 할 만한 가치가 있더냐?" 그래서 내가 대답했다. "각하, 아름다운 여인들을 칭찬할 때 보통 필요 이상으로 찬사를 보내게 되는데, 그 어린 루크레시아의 명성은 오히려 그녀의 장점이 충분히 반영되지 못한 것이라고 할 수 있습니다. 미모에서나 재능에서나 실제로 경탄스런 인물입니다."

"아니 그럴 수가! 네가 말하는 것처럼 그렇게 사랑스러울 수가 있는 거냐?" 공백작이 소리치며 마음속으로 흡족해했다. 그런데 그 만족감이 눈에서 읽혔다. 그래서 나는 그가 혹시 자기 자신을 위해 나를 톨레도로 보낸 것이 아닐까 하는 생각이 들었다. 내가 그에게 말했다. "각하께서 그녀를 보시게 되면 아무리 칭찬을 해도 그녀의 매력이 깎인 표현일 수밖에 없다는 것을 인정하시게 될 겁니다." 그러자 가하는 말했다. "산티아나, 네 여행에 관해 자세히 얘기하렴. 네 얘기를 몹시 듣고 싶구나." 그래서 내 주인을 만족시키기 위해 말을 시작하면서 라우라의 이야기까지 포함하여 얘기해 주었다. 나는 총리에게 그 여배우가 포르투갈 귀족인 마리알바 후작과 라우라 사이에서 태어났으며, 그 후작은 여행을 하다가 그라나다에 머물렀는데 그때 라우라와 사랑하게 되었다고 알려 주었다. 마지막으로, 그 여배우들과 나 사이에 있었던 일을 상세히 얘기해 주자, 그가 말했다. "루크레시아가 귀족의 딸이라니 그거 잘됐구나. 그렇다니 더욱 관심이 가는구나. 그녀를 여기로 데려와야 한다." 그러더니 덧붙였다. "그런데 네가 시작했으니 네가 계속하렴. 나를 거기에 연루시키지는 마라. 모든 것이 질 블라스 데 산티아나에 기반을 두어야 한다."

나는 카르네로를 만나러 가서 그에게 말했다. 왕께서 자기 극단에 톨레도의 배우들인 에스테야와 루크레시아를 맞아들이겠다고 했으며, 각하께서는 그 지시를 신속히 집행하고 싶어 한다고…. 그러자 카르네로가 짓궂은 미소를 지으며 대답했다. "허, 그렇습니까, 산티아나 씨, 곧 그리하죠. 왜냐하면 당신이 그 두 여인에게 관심이 있는 것 같아 보이니 말입니다." 그는 이와 동시에 명령문을 직접 작성하여 발송문서를 내게 발급해 주었고, 나는 톨레도에 데리고 갔던 하인을 통해 에스테야에게 당장 보내 주었다. 일주일 후 그 모녀는 마드리드에 도착했다. 그녀들은 왕립극단에서 아주 가까운 가구 딸린 호텔로 가서 묵었다. 그리고 그들은 오자마자 내게 짧은 편지를 보내어 자기네가 도착했다는 사실을 알려 주었다. 나는 당장 그 호텔로 갔다. 거기서 무수히 많은 도움을 제공하고 난 후 그들로부터 그만큼의 감사를 받았다. 그들이 데뷔 준비를 하도록 놔두고 나오면서 그들에게 행복하고 찬란한 데뷔를 기원했다.

그녀들은 궁정의 지시로 왕립극단에 막 받아들여진 새 여배우들이라고 대중에게 예고되었다. 그리고 그녀들은 톨레도에서 박수갈채를 받곤 하던 연극으로 데뷔 공연을 했다.

공연물에 관한 한, 세계 그 어디에서나 누군들 새로운 것을 좋아하지 않겠는가? 그날 극장에는 관객들이 엄청나게 몰려들었다. 나도 그 공연을 놓치지 않았다는 것을 독자들이 잘 짐작할 것이다. 사실 나는 연극이 시작되기 전에는 좀 괴로웠다. 그 모녀의 재능이 훌륭하다는 것을 이미 잘 알았다 하더라도 그녀들이 걱정되어 떨고 있었다. 그만큼 그녀들에게 관심을 쏟았던 것이다. 하지만 그녀들이 입을 떼자마자 터져 나온 박수갈채로 내 염려는 완전히 사라졌다. 사람들은 에스테야를 희극으로 갈고 닦은 여배우로 여겼고, 루크레시아는 연인 역할에서 천재적인 배우라고 여겼다. 루크레시아는 모든 관객들의 마음을 빼앗아갔다. 어떤 이들은 눈의 아름다움을 찬미했고, 어떤 이들은 목소리의 부드러움에 감동했으며, 모두 다 그녀의 매력과 젊음의 찬란한 광채에 강렬한 느낌을 받고서 그녀에 대해 황홀해하며 객석을 떠났다.

그 여배우의 데뷔를 위해 내 예상보다 훨씬 큰 몫을 한 공백작도 그날 저녁 극장에 있었다. 연극이 끝날 무렵에 그가 나가는 것이 보였는데, 우리의 두 여배우에 대해 몹시 흡족해하는 것 같았다. 그가 그녀들에 대해 정말로 좋은 인상을 받은 것인지 사실을 알고 싶어서 나는 그를 따라 그의 집으로 갔다. 나는 그가 막 들어간 서재로 슬그머니

들어가며 그에게 말했다. "저, 각하! 각하께서는 그 어린 마리알바에 대해 만족하시나요?" 그러자 그가 미소를 지으며 대답했다. "이 각하께서는 대중의 호평에 자신의 호평을 보태지 않을 수가 없구려. 그래, 이 친구야, 나는 너의 루크레시아에 매혹되었다. 왕도 그녀를 보면 틀림없이 즐거워하실 거다."

3

루크레시아가 궁정을 떠들썩하게 하고, 왕 앞에서 공연하고, 왕의 사랑을 받게 되다

그 사랑의 귀결

새로운 두 여배우의 데뷔는 곧이어 궁정에서 큰 반향을 일으켰고, 바로 다음 날 왕이 일어났을 때 이 소식이 보고되었다. 몇몇 귀족은 특히 어린 루크레시아에 대해 떠벌렸다. 그들은 그녀를 너무 아름답게 묘사하여 군주는 이에 깊은 인상을 받았다. 하지만 그는 그들의 얘기에서 받은 인상을 감추면서 침묵을 지켰고, 그 말에 아무 관심도 없는 척했다.

그런데 공백작과 단둘이 있게 되자 왕이 그에게 얼른 물었다. 사람들이 그토록 칭찬하는 여배우가 누구냐고…. 총리는 왕에게 그녀는 톨레도에서 온 어린 배우인데 바로 전날 데뷔하여 큰 성공을 거두었다고 대답했다. 그러고는 덧붙였다. "그 여배우의 이름은 그런 직업을 가진 사람들에게 몹시 어울리는 루크레시아입니다. 그녀는 산티아나의 지인인데, 그가 그녀에 대해 너무 좋게 얘기하기에 전하의 극단에 받아들이기에 적합하다고 판단했습니다." 왕은 내 이름을 듣고 미소 지었다. 어쩌면 그 순간, 예전에 내가 그에게 카탈리나를 알게 해준 사람이었음을 다시 떠올리고는 이번에도 같은 도움을 줄 것 같은 예감이 들어서 그랬는지도 모른다. 그는 총리에게 말했다. "백작, 내일 그 루크레시아의 공연을 보고 싶소. 이를 산티아나에게 알리도록 하시오."

공백작은 이 대화 내용을 내게 말해 주면서 왕의 의도를 알려 주었다. 그리고 나를 그 두 여배우에게 보내어 그 사실을 알리게 했다. 나는 먼저 만난 라우라에게 말했다. "당신들에게 대단한 소식을 알리러 왔어요. 당신들의 내일 공연 때 스페인 왕국의 군주께서 관객들 중에 계실 거요. 총리가 그 사실을 당신들에게 알리라고 내게 지시했어요. 당신이 딸과 함께 전심전력을 다하여 영광스럽게 전하가 그 노력을 치하하게 되리라는 것을 의심치 않아요. 그런데 춤과 음악이 있는 작품을 선택하라고 충고하겠어요. 루크레시아가 가진 모든 재능에 왕이 감탄할 수 있도록…." 그러자 라우라가 대답했다. "당신의 충고를 따를게요. 왕이 만족스러워할지는 우리에게만 달린 일이 아닐 거예요." 그때 루크레시아가 실내복 차림으로 오는 것이 보였다. 아주 화려한 무대의상을 입었을 때보다 더 매력적이었다. 나는 그녀를 보면서 라우라에게 말했다. "왕은 다른 그 어떤 것보다 춤과 노래를 좋아하므로, 당신의 사랑스런 조카를 보면 흡족해하실 겁니다. 왕이 당신의 조카를 애인으로 삼으려 할 수도 있어요." 그러자 라우라가 말했다. "왕이 그러고 싶어지는 것을 나는 전혀 바라지 않아요. 그가 아무리 막강한 군주라 하더라도 자신의 욕망을 실현하는 데 장애들이 있을 수 있을 테니까. 루크레시아는 무대 뒤쪽에서 키워지긴 했어도

덕목을 갖추었고, 무대 위에서 박수받는 것을 아무리 좋아한다 할지라도 훌륭한 배우로 통하는 것보다는 정숙한 여인으로 통하는 것을 훨씬 더 좋아하거든요."

그러자 어린 마리알바가 대화에 끼어들며 말했다. "숙모님, 괴물을 무찌르기 위해 왜 괴물이 되어야 하는 거죠? 저는 왕의 구애를 물리치는 것을 결코 힘들어하지 않을 겁니다. 까다로운 취향이 그를 구해 낼 겁니다. 왕이 자신의 시선을 나에게까지 낮추면 받게 될 질책들로부터 …." 그래서 내가 말했다. "하지만 매력적인 루크레시아, 그 군주가 당신에게 애착을 느껴 애인으로 삼으려 한다면, 다른 평범한 애인처럼 그를 당신의 감옥에서 애달파하도록 그냥 놔둘 만큼 당신은 잔인합니까?" 그러자 그녀가 대꾸했다. "왜 안 돼요? 덕성은 차치하고라도, 그의 열정에 굴복하기보다는 저항하는 것이 제 허영심을 더 만족시킬 텐데요." 나는 라우라의 제자가 그런 식으로 말하는 것이 별로 놀랍지 않았다. 그리고 루크레시아를 그토록 잘 교육시킨 것에 대해 라우라에게 찬사를 보내며 그들 곁을 떠났다.

다음 날, 왕은 루크레시아를 보고 싶어 안달이 나서 극장으로 갔다. 노래와 춤이 섞여 있는 연극이 공연되었고, 우리의 젊은 여배우는 매우 반짝였다. 나는 처음부터 끝까지 군주에게서 눈을 떼지 않았고, 그가 무슨 생각을 하는지 그 눈길에서 간파해 내려고 애를 썼다. 하지만 그가 시종일관 근엄한 태도를 지키고 있는 척하는 바람에 아무것도 꿰뚫어 보지 못했다. 내가 알아내기 힘들었던 사실은 그 다음 날에서야 알게 되었다. 총리가 내게 말했다. "산티아나, 내가 방금 왕을 만나고 왔는데, 왕이 루크레시아에 대해 너무 열렬히 얘기했단다. 그러니 그가 그 어린 여배우에게 홀딱 빠진 것이 틀림없구나. 톨레도에서 그녀를 오게 만든 사람이 너라고 왕에게 얘기했더니, 그 일에 관해 너와 따로 얘기 나누고 싶어 할 거라고 내게 말하더라. 그러니 지금 당장 왕에게 가면 문에서 너를 들여보내 줄 거다. 그렇게 하라는 지시는 이미 내려졌으니까. 얼른 달려갔다가 돌아와서 무슨 얘기를 나눴는지 내게 얘기해 주렴."

내가 즉각 왕의 처소로 날아갔더니 왕이 혼자 있었다. 그는 나를 기다리면서 서성이고 있었고, 얼굴은 당혹스러워 보였다. 그는 내게 루크레시아에 관해 여러 가지 묻더니 그녀에 관한 얘기를 하게 만들었다. 그 어린 여자애가 이미 연애를 한 적은 없는지도 물었다. 그런 문제는 장담할 수 없는 일인데도 불구하고 나는 아니라고 확언했다. 그러자 군주가 대단히 기뻐하는 것 같았다. 그는 말했다. "그렇다면 너를 루크레시아에게 보내는 대리인으로 삼겠다. 그녀의 승리를 네가 가서 알리기 바란다." 그러더니 내 손에 5만 에퀴 이상의 보석들이 담긴 상자를 넘겨주며 덧붙였다. "가서 내가 그러더라고 말해라. 내 열정을 더 견실하게 표시하기 전에 우선 이 선물을 받아 달라고…."

나는 그 임무를 수행하기 전에 공백작에게 가서 왕이 내게 한 말을 하나도 빼지 않고 보고했다. 나는 총리가 기뻐하기보다는 상심할 거라고 생각했다. 왜냐하면 내가 이미 말했듯이, 총리 자신이 루크레시아와 연애를 하려는 것 같았기에, 자기 주인이 경쟁자가 되었으니 이를 알면 슬퍼할 것 같았으니까. 하지만 내가 착각한 거였다. 그는 그 일로 괴로운 듯 보이기는커녕 굉장히 기뻐했다. 게다가 그 기쁨을 주체 못 하고 나를 바닥에 쓰러지게 하는 몇 마디를 내뱉고야 말았다.

그는 소리쳤다. "오! 아무렴, 펠리페, 내가 너를 꼼짝 못 하게 할 거다. 이번에야말로 네가 두려워할 일이 생길 거야!" 그 폭언이 공백작의 책략을 온통 다 드러내 주었다. 그 나리는 군주가 진지한 사안들에 전념하게 될까 봐 군주의 기질에 가장 어울리는 즐거움거리들을 제공하여 군주로 하여금 쾌락이나 좇게 만들려는 거였다. 그러고 나서 그는 말했다. "산티아나, 시간 낭비하지 마라, 이 친구야. 네가 받은 중요한 지시를 얼른 가서 실행해라. 그런 임무를 하달받으면 영광으로 여길 귀족들이 궁정에는 많단다." 그러더니 말을 계속했다. "네가 이룬 공적에 대한 영예를 대부분 빼앗아 가던 레모스 백작은 이제 여기 없단다. 너는 그 영예를 온전히 다 갖게 될 것이고, 그 결실도 다 네 몫이다."

각하는 그런 식으로 내게 당의정을 주었고, 나는 그것을 아주 유순히 삼켰다. 그 당의정의 쓴맛을 느끼지 못한 것도 아니다. 왜냐하면 감옥에 다녀온 이래 사태를 도덕적 관점에서 보는 데 익숙해졌고, 그 우두머리 전령이라는 직책이 그가 말하는 것처럼 그리 영예로운 일이라고 생각하지도 않았기 때문이다. 그런데 내가 후회도 없이 그 일을 수행할 만큼 타락하지는 않았다 해도, 그렇다고 해서 그 일을 수행하지 않겠다고 거절할 만큼 덕성스러운 것도 아니었다. 그러므로 나는 오로지 총리를 기쁘게 해주어야겠다는 일념에 기꺼이 왕에게 순종했다. 내가 왕의 말을 따르는 것이 총리를 기쁘게 하는 일이니만큼⋯.

나는 우선 라우라에게 가서 따로 얘기하는 것이 적절하겠다고 판단했다. 그래서 그녀에게 가서 표현을 적절히 조절하여 내 임무에 관해 설명했다. 그러고 나서 보석 상자를 내보였다. 그 여인은 보석들을 보자 기쁨을 감추지 못하고 마음껏 터뜨렸다. 그녀는 소리쳤다. "질 블라스 씨, 가장 훌륭하고 가장 오래된 친구 앞에서는 자제를 하면 안 되죠. 내가 거짓되게 품행이 엄격한 척 꾸미면서 당신 앞에서 우거지상을 한다면, 그건 잘못하는 것일 테죠." 그러더니 말을 계속했다. "그래요, 그 점에 대해 의심치 마세요. 내 딸이 그렇게 대단한 정복을 해냈다는 것이 너무 기뻐요. 그로 인해 얻게 될 이익들이 죄다 떠오르네요. 하지만 우리끼리 얘긴데, 루크레시아는 사태를 나와 다른 시각으로 볼까 봐 걱정돼요. 그 아이는 연극배우이면서도 다른 사람의 권고를 듣기에는 너무 지혜로워서 상냥하고 부유한 젊은 귀족의 고백을 벌써 두 차례나 거절한 바 있어요." 그러더니 말을 이었다. "그 두 귀족이 왕은 아니지 않느냐고 당신은 말할 테지요. 인정해요, 어쩌면 왕관을 쓴 연인의 사랑이라면 루크레시아의 덕성마저도 어리둥절하게 만들지 모르죠. 그럼에도 불구하고 이 일이 어찌 될지는 불확실하다는 것을 당신에게 말하지 않을 수가 없네요. 그리고 나는 딸에게 강요는 하지 않을 거라는 점을 분명히 해두고 싶어요. 만약 그 아이가 왕의 그 일시적인 애정을 영광스러운 일이라고 여기기는커녕 그 영예를 치욕으로 여긴다면, 위대한 군주께서는 그 아이가 애정을 회피하는 것을 불만스럽게 여기시지 않기 바랍니다!" 그러더니 그녀는 덧붙였다. "내일 다시 오세요. 왕에게 호의적인 대답을 드려야 하는지 아니면 그의 보석들을 돌려드려야 하는지 말해 줄게요."

나는 라우라가 루크레시아에게 도덕적 의무 안에서 버티라고 하기보다는 그 의무로부터 멀어지라고 권고하리라는 것을 의심치 않았다. 그리고 이에 대해 기대가 몹시 컸다. 그렇지만 훗날 내가 알게 된

바로는, 다른 어머니들 같았으면 딸들을 좋은 일에다 끌어다 놓기가 힘들 텐데, 라우라는 자기 딸을 나쁜 일에 끌어들이기가 그만큼 힘들었다는 것이다. 게다가 더 놀라운 일은, 루크레시아가 군주와 비밀리에 만나 얘기를 나눈 후 그의 욕망에 자신을 내맡긴 것이 너무 후회스러워서 불쑥 세상을 등지고 강생수도원에 틀어박혔다가 거기서 곧 병에 걸려 슬퍼하며 죽은 것이다. 라우라는 딸을 잃고 그 죽음에 대해 자책하느라 마음을 달랠 길이 없어서 자신의 아름다운 날들의 쾌락을 한탄하기 위해 '회개하는 딸들'의 수녀원에 들어가 버리고 말았다. 왕은 루크레시아의 뜻밖의 은둔에 충격을 받았으나, 그 젊은 왕은 오래 상심하는 기질이 아니어서 서서히 마음을 달랬다. 공백작은 그 사건에 무심한 듯 보였으나, 그럼에도 괴롭지 않을 수 없었다. 독자도 그 점을 믿기 힘들지 않을 것이다.

4

총리가 산티아나에게 맡긴 새로운 일

나도 루크레시아의 불행을 아주 통렬히 느꼈다. 그 불행을 초래한 원인이 내게도 있으므로 너무 후회가 되어 나 자신을 비열한 인간으로 여겼다. 그래서 그 만남의 당사자의 지위가 아무리 왕이었다 해도, 나는 메르쿠리우스의 지팡이• 노릇을 영원히 그만두기로 작정했다. 심지어 총리에게까지 부탁했다. 나는 그런 일을 하는 것이 너무 혐오스러우니, 그 어떤 일이건 다른 일을 하게 해달라고 부탁했다. 그러자 그가 말했다. "산티아나, 너의 그 섬세함이 나를 매료시키는구나. 네가 그렇게 청렴한 녀석이니 너의 지혜에 더 어울리는 일자리를 주고 싶구나. 그것은 다음과 같다. 내가 너한테 터놓으려는 말을 주의 깊게 들어라."

• 메르쿠리우스는 로마 신화에 등장하는 신으로, 상인들의 신이자 도둑들의 신이며, 신들의 전령이기도 하다.

그는 말을 계속했다. "내가 신임을 얻기 몇 년 전 어느 날 우연히 몸매도 너무 좋고 얼굴도 너무 아름다운 여인을 보게 되어 그녀를 따라간 적이 있었다. 그리고 그녀가 도냐 마르가리타 스피놀라라는 이름의 제노바 여인이라는 것을 알게 되었지. 그녀는 마드리드에서 자신의 미모를 이용하여 생계를 이어가고 있었다. 궁정 법관이자 부유하고 늙은 유부남인 돈 프란시스코 데 발레아사르가 그 교태부리는 여자를 위해 상당히 많은 돈을 썼단다. 그런 얘기를 들으면 그녀에 대해 그저 경멸감만 들어야 할 텐데, 오히려 그녀의 호의를 발레아사르와 나눠 갖고 싶은 욕구가 격렬히 들더라. 나는 이 엉뚱한 욕망을 만족시키려고 어느 매파에게 도움을 청했다. 그녀는 수완 좋게 얼마 안 되어 그 제노바 여인과의 비밀 면담을 주선해 주었지. 그 만남에 이어 여러 차례 더 만나게 되어 내 경쟁자와 나는 우리가 그녀에게 주는 선물들을 대가로 똑같이 좋은 대접을 받았어. 어쩌면 우리처럼 행복해하는 다른 애인이 또 있었을지도 모르지."

"어찌됐든 마르가리타는 이 사람 저 사람으로부터 숱한 찬사를 들어서 어쩌다 보니 어머니가 되어 아들을 낳았는데, 자신의 애인들 각자에게 친자관계를 주장하려 들었다. 그러나 그 누구도 그 아이의 아버지라고 솔직하게 자처할 수가 없어서 그 아이를 아들로 인정하려 들지 않았다. 그래서 그 제노바 여인은 애인들에게서 받는 돈으로 그 아이를 키울 수밖에 없었어. 그녀가 그렇게 18년간 지속하다가 죽게 되었을 때는 아이에게 물려줄 재산이 하나도 없었고, 더 나쁜 점은 교육도 시키지 못했다는 것이다."

각하는 그렇게 말하더니 얘기를 계속했다. "바로 이것이 너한테 하려던 고백이야. 그리고 이제는 내가 세운 큰 계획을 알려 주마. 네가 그 불쌍한 아이를 비루한 처지에서 끌어내어 자질을 향상시켜서 내가 명예로운 아들로 인정할 만한 수준까지 끌어올려 달라는 것이다. 한쪽 극단에서 다른 쪽 극단으로 치닫게 하는 일이지."

그 기상천외한 계획에 나는 입 다물고 있을 수가 없었다. 나는 소리쳤다. "아니, 나리, 어떻게 각하께서 그토록 이상한 결심을 하실 수가 있는 건가요? 이렇게 말씀드려 죄송합니다. 제가 너무 지나쳤습니다." 그러자 그가 얼른 말했다. "내가 왜 이런 결정을 내렸는지 이유를 말해 주면 너도 그 결정이 합리적이라고 생각할 거다. 나는 내 방계혈족이 나의 상속자가 되는 것을 원치 않는다. 내가 올리바레스 부인에게서 아이를 얻지 못할 거라고 절망할 만큼 내 나이가 그리 많은 것은 아니라고 너는 말할 테지. 하지만 각자 자신에 대해 알고 있다. 내가 아버지가 되어 보려고 화학을 이용해 봤지만 비결이란 없었고, 소용없는 짓이었다. 그 말이면 네게 충분한 답이 되었을 거다. 그런데 자연의 결함을 행운이 보완하면서, 어쩌면 정말로 내가 친아버지일지도 모를 아이를 내게 선물하기에, 그 아이를 입양하려는 거란다. 이는 이미 결심을 굳힌 일이야."

총리가 입양을 염두에 두고 있는 모습을 봤을 때, 그의 마음을 단념시키려 하다가는 오히려 어리석은 짓을 하게 만들 수도 있겠다 싶어 나는 그의 뜻을 꺾으려는 생각을 버렸다. 그는 덧붙였다. "이제 돈 엔리케-펠리페 데 구스만을 교육시키는 일만 남았어(그가 향후 품위를 갖춘 상태가 될 때까지는 이 이름으로 불리게 할 생각이거든). 친애하는 산티아나, 그를 지도하도록 내가 선택한 사람이 바로 너다. 그에게 집을 갖춰 주고, 온갖 분야의 선생들을 찾아 주고, 한마디로 그를 완벽한 기사로 만드는 일에서 너의 재기와 나에 대한 네 애정에 기대를 건다." 그렇게 말하는 공백작에게 나는 젊은 귀족을 교육하는 일을 한 번도 해본 적이 없으므로 그 일에 별로 적절치 못하다고 말하면서 그 일을 수락하지 않으려 했다. 하지만 그는 내 말을 가로막고 내 입까지 막으면서, 스페인 왕국의 최고위직을 맡게 될 그 양자의 가정교사가 꼭 되어 주어야 한다고 말했다. 그래서 나는 각하를 만족시키기 위해 그 임무를 수행할 준비를 했다. 그는 나의 일에 대한 보상으로 1천 에퀴의 연금을 받게 해줌으로써 내 조촐한 수익을 늘려 주었다. 그 연금은 맘브라 기사령에서 들어오는 수익이었다.

5

제노바 여인의 아들이 공증 증서에 의해 인정되고, 돈 엔리케-펠리페 데 구스만으로 명명되다

산티아나는 이 젊은 귀족에게 집과 온갖 분야의 선생들을 제공한다

실제로 공백작은 지체하지 않고 도냐 마르가리타 스피놀라의 아들을 입양했고, 이에 대한 인증은 왕이 기꺼이 승인해 주었다. 돈 엔리케-펠리페 데 구스만(여러 아버지를 가진 이 아이에게 주어진 이름이다)은 올리바레스 백작의 유일한 상속자이자, 산 루카르 공작령의 상속자로 공언되었다. 총리는 이 사실을 모르는 사람이 없도록 카르네로를 통해 스페인의 대사들과 고관대작들에게 이 성명을 알리게 했다. 이 소식을 들은 사람들은 적잖이 놀랐다. 마드리드의 야유꾼들은 그 일을 오래도록 재미있어했고, 풍자시인들도 자신들의 필력으로 악의를 분출할 좋은 기회를 놓치지 않았다.

나는 공백작에게 내가 정성을 기울여야 할 그 인물이 어디 있느냐고 물었다. 그는 대답했다. "그 아이는 이 도시에서 어느 숙모가 데리고 있는데, 네가 그 애를 위한 집을 마련하는 즉시 그 애를 데려올 거다." 그 일은 곧이어 집행되었다. 나는 저택을 하나 빌려서 훌륭하게 가구를 갖추게 했다. 시동들, 관리인, 경호원들도 고용했고, 카포리스의 도움으로 하인들의 자리도 채웠다. 필요한 사람들을 다 갖췄을 때 나는 그 사실을 각하에게 알렸고, 각하는 구스만 집안의 애매한 새 자식을 데려오게 했다. 꽤 잘생긴 얼굴의 젊은이였다. 각하는 그에게 나를 손가락으로 가리키며 말했다. "돈 엔리케, 이 기사는 네가 세상을 살아가는 데 안내자가 되어 달라고 내가 선택한 기사란다. 나는 그를 전적으로 신뢰하고, 너에 대한 전권을 부여했다." 그러더니 내게 말했다. "그렇다네, 산티아나, 자네에게 이 아이를 넘기겠네. 자네가 이 아이에 대해 내게 잘 보고하리라는 것을 의심치 않네." 그러고 나서 총리는 그 젊은이에게 내 뜻에 따르도록 권고하는 다른 말도 덧붙였다. 그러고 난 후 나는 돈 엔리케를 그의 저택으로 데리고 갔다.

그 집에 도착하자 나는 그가 보는 앞에서 모든 하인들을 한 명씩 점검하며 각자가 맡은 일을 그에게 말해 주었다. 그는 자기 처지가 변한 데 대해 어리둥절하는 것 같지 않았고, 하인들이 그에게 보이는 존경심이나 주의 깊은 공경에 기꺼이 관심을 표했다. 우연히 그렇게 된 그 처지인데도 늘 그랬던 듯 자연스러워 보였다. 그는 재기가 없지는 않았지만, 지독하게 무지해서 읽기와 쓰기를 겨우 할 정도였다. 나는 그에게 라틴어의 기초를 가르쳐 줄 선생을 붙여 주었고, 지리 선생, 역사 선생, 검술 선생을 고용했다. 춤 선생도 잊지 않았음을 독자는 잘 짐작하리라. 그저 선택의 문제만 곤혹스러웠다. 그 시절에 마드리드에는 유명한 춤 선생이 너무 많아서 누구를 뽑아야 할지 모를 지경이었으니까.

내가 그런 곤란을 겪고 있을 때, 우리 저택에 화려한 옷차림을 한 남자가 마당으로 들어오는 것이 보였다. 나와 얘기하고 싶다고 하기에 그를 맞으러 나가면서 최소한 산티아고 아니면 알칸타라 기사단의 기사일 거라고 상상했다. 나는 그에게 뭘 도와주면 되겠냐고 물었다. 그는 직업이 무엇인지 알려 주는 우아한 인사를 여러 차례 하고 나서 대답했다. "산티아나 씨, 돈 엔리케 씨의 선생님들을 선택하시는 분이 바로 나리라는 얘기를 들어서, 저의 도움을 제공하고자 왔습니다. 제 이름은 마르틴 리헤로입니다. 감사하게도 저는 나름 유명합니다. 저한테는 학생들을 구걸하러 다니는 습관이 없습니다. 그런 것은 별 볼 일 없는 선생에게나 어울리는 일이죠. 저는 보통 저를 찾아오기를 기다립니다만, 메디나 시도니아 공작, 돈 루이스 데 아로, 그리고 구스만 집안의 다른 몇몇 나리들을 가르친 바 있고, 어찌 보면 저는 이 집안을 섬기도록 태어난 사람이므로, 제가 먼저 와서 말씀드리는 것이 도리라고 생각했습니다." 그래서 내가 대답했다. "그 말을 들어 보니 당신이 우리에게 필요한 사람이라는 생각이 드네요. 한 달에 얼마 받으십니까?" 그러자 그가 말했다. "4두블론입니다. 요즘 시세가 그래요. 저는 교습을 일주일에 두 번만 합니다." 그래서 내가 소리쳤다. "한 달에 4두블론이라고요! 비싸군요." 그러자 그가 놀라는 기색으로 말했다. "아니, 비싸다니요! 철학 선생에게는 한 달에 1피스톨라를 주시겠네요!"

그렇게 우스운 말대꾸에 웃음을 참을 재간이 없어서 나는 진심으로 웃어 댔다. 그러고 나서 리헤로 씨에게 정말로 그의 직업을 가진 사람이 철학 선생보다 낫다고 생각하느냐고 물었다. 그는 말했다. "의심의 여지 없이 그렇게 생각합니다. 우리는 그런 분들보다 더 유용하니까요. 우리 손을 거치기 전에는 어떻습니까? 뻣뻣한 몸에, 투박하기 짝이 없죠. 하지만 우리의 교습을 받고 나면 서서히 발전하여 자신도 느끼지 못하는 새에 모양을 갖춰 갑니다. 한마디로 우리는 우아하게 움직이는 법을 가르쳐 주고, 고상하고 진중한 분위기를 띠는 태도를 제공하는 겁니다.

나는 그 춤 선생의 이치에 굴복하고, 돈 엔리케에게 한 달에 4두블론의 가치에 합당하게 가르치라고 그를 붙들었다. 예술의 대가들이 정한 가격이니까.

6

에시피온이 누에바 에스파냐에서 돌아오다.
질 블라스가 그를 돈 엔리케 곁에 두다

이 젊은 귀족에 관한 연구: 그에 대한 사람들의 경의,
공백작이 그를 어느 여인에게 결혼시킬지.
어떻게 질 블라스는 본의 아니게 귀족이 되었는지

내가 돈 엔리케의 집을 아직 절반밖에 꾸미지 못했을 때 에시피온이 멕시코에서 돌아왔다. 나는 그에게 여행이 만족스러웠느냐고 물었다. 그가 대답했다. "그런 것 같아요. 왜냐하면 현금 3천 두카도를 들여 그 나라에서 팔아치운 상품 가치의 두 배 정도 되는 상품들을 가져왔으니까요." 그래서 내가 말했다. "축하한다, 얘야. 이제 너의 출세가 시작되는구나. 다음해에 인도제도에 다시 가서 그런 운세를 완수해야 할지 말지는 네게 달린 일일 것이다. 멀리 가서 재산을 모으는 수고를 하느니 마드리드에서 쾌적한 일자리를 얻는 쪽을 택한다면, 내게 말만 해라, 너한테 줄 자리가 하나 있으니까." 그러자 코스콜리나의 아들이 말했다. "오! 아무렴요, 망설일 거 없지요. 저는 긴 항해를 하며 또 위험에 처하느니 나리 곁에서 좋은 일자리를 맡는 것이 더 좋아요. 설명해 주세요, 주인님. 주인님의 종복에게 어떤 일을 주시려는 건데요?"

나는 그에게 사정을 더 잘 알려 주기 위해 공백작이 구스만 가문에 막 들여놓은 젊은 귀족에 관해 얘기해 주었다. 그 이상한 내용을 그에게 자세히 설명하고, 총리가 나를 돈 엔리케의 가정교사로 임명한 사실을 알려 준 뒤 에시피온을 그 양자의 시종으로 쓰고 싶다고 말했다. 에시피온은 더 이상 묻지도 않고 그 직책을 기꺼이 수락했다. 그리고 그 일을 너무 잘 해내서 사나흘도 안 되어 새 주인의 신뢰와 우정을 얻어냈다.

나는 제노바 여인의 아들이 나이로 보아 내가 선택한 교육자들이 별로 가르칠 만한 대상이 아닌 듯싶어서 그들이 헛수고를 하게 될 거라고 생각했는데, 그 아이는 내 예상을 뒤엎었다. 그는 가르쳐 주는 족족 쉽게 이해하고 기억했다. 그의 스승들은 그에 대해 매우 만족스러워했다. 나는 공백작에게 그 소식을 전하러 서둘러 갔다. 공백작은 그 얘기를 듣자 엄청나게 기뻐하며 흥분에 싸여 소리쳤다. "산티아나, 돈 엔리케가 기억력과 이해력이 뛰어나다는 소식을 알려 주어 너무 기쁘구나. 그 아이가 결국 내 혈육이라는 것을 네가 인정하는 셈이지. 이는 그 아이가 정녕 내 아들이라는 것을 확신케 하는 일이다. 나는 마치 올리바레스 부인이 나은 아이인 것처럼 그 아이에게 애정이 느껴지니 말이다. 친구야, 자연이 제 모습을 드러내는 것이 네게도 보일 거다." 나는 총리에게 내 생각을 말하지 않았다. 그의 나약함을 존중하면서, 그가 맞건 틀리건 자신을 돈 엔리케의 아버지로 믿으며 즐거워하도록 내버려 두었다.

구스만 가문 사람들은 들어온 지 얼마 안 되는 그 젊은 귀족에 대해 모두 극심한 증오심을 품고 있었다. 그럼에도 불구하고 그들은 전략상 그 감정을 감추었다. 심지어 그의 애정을 갈구하는 척하는 자들까지 있었다. 당시 마드리드에 있던 대사들과 고관대작들이 그 아이를 방문했고, 공백작의 합법적인 자식에게나 어울릴 만한 온갖 경의를 표했다. 총리는 그들이 자신의 우상에게 아첨하는 것을 보고 너무 기뻐서 지체 없이 그 아이에게 품격을 갖춰 주었다. 돈 엔리케를 위해 알칸타라 십자훈장과 1만 에퀴 가치의 기사령을 왕에게 요청하는 것으로부터 시작한 것이다. 그리고 얼마 안 되어 왕실 시종의 직책까지 받게 해주었다. 이어서 그 아이를 결혼시킬 작정을 하고서 스페인에서 가장 고귀한 집안의 여인을 아내로 맞게 해줄 생각으로 카스티야 공작의 딸인 후아나 데 벨라스코에게 눈길을 던졌다. 그리고 카스티야 공작과 그의 친척들이 내켜 하지 않는데도 불구하고 총리는 자신의 권위를 행사하여 후아나를 돈 엔리케와 혼인시켰다.

그 결혼이 있기 며칠 전, 총리는 나를 불러서 내 손에 종이들을 쥐여 주며 말했다. "자, 질 블라스, 내가 너를 위해 만든 귀족증명서이다." 이에 나는 꽤 놀라서 말했다. "각하, 각하께서는 제가 샤프롱과 시종 사이에 태어난 자라는 것을 알고 계십니다. 저를 귀족으로 승인하신다면 귀족계급을 모독하는 일이 될 것입니다. 그리고 전하께서 저에게 베푸실 수 있는 모든 은혜 중에서 제가 가장 받을 자격도 없고 바라지도 않는 은혜입니다." 그러자 총리가 말했다. "너의 출생은 쉽게 걷어 올릴 수 있는 장애물이다. 너는 레르마 공작의 내각과 나의 내각에서 국가 업무를 맡아 해왔다." 그러더니 미소 지으며 덧붙였다. "게다가 군주에게 네가 보상받을 만한 일들도 했잖니? 한마디로, 산티아나, 네게 주려는 이 영예를 너는 받을 자격이 없지 않다. 더욱

이 내 아들 곁에서 맡은 지위는 네가 귀족이어야만 할 수 있는 자리란다. 바로 그 때문에 네게 귀족증명서를 주는 거야." 그래서 내가 대답했다. "각하께서 그렇게 원하시니 따르겠습니다, 각하." 나는 이 말을 마치고 내 증명서들을 갖고 나왔고, 그 증명서들을 호주머니 속에서 꽉 쥐었다.

거리로 나오자 나는 생각했다. '이제 나는 귀족이다. 내 부모에게서 물려받지 않고도 귀족이 되었다. 이제 내 마음대로 '돈 질 블라스'로 부르게 할 수 있을 것이다. 내가 아는 누군가가 그렇게 부르면서 나를 비웃을라치면 나는 그에게 내 귀족증명서의 존재를 알려 줄 것이다.' 나는 그것들을 호주머니에서 꺼내며 계속 속으로 말했다. '자, 그럼 이것들을 읽어 봅시다. 평민이 어떻게 출세하는지 좀 보자고요.' 나는 실질적으로 유효한 내 증명서들을 읽었다. 내가 왕과 국가의 안녕을 위해 몇 차례 드러냈던 열성을 인정하려고 왕이 내게 하사하기에 적합하다고 판단한 증명서이다. 나는 그 칭송에 감히 대답하련다. 그 증명서 때문에 내가 교만해지는 일은 결코 없을 거라고…. 내 출신의 비천함이 늘 눈앞에 떠올라서, 그 증명서가 주는 명예가 허영심을 불러일으키기는커녕 나를 겸허하게 만들었다. 그래서 나는 귀족증명서가 있다고 떠벌리지 않고, 서랍 속에 잘 넣어 두기로 마음먹었다.

7

질 블라스가 파브리시오를 우연히 또 만나다

그들의 마지막 대화와 누녜스가 산티아나에게 전한 중요한 의견

독자들도 눈치챘겠지만, 아스투리아스의 시인은 나를 곧잘 소홀히 했다. 그리고 내 쪽에서도 일이 바빠서 그를 거의 보러 가지 못했다. 나는 그가 에우리피데스의 《이피게네이아》에 관해 늘어놓던 날 이후로 그를 본 적이 없다. 그런데 태양 문 근처에서 우연히 그를 만나게 되었다. 그는 인쇄소에서 나오는 길이었다. 나는 그에게 다가가며 말했다. "오! 오! 누녜스 씨, 인쇄소에 갔다 오나 보군요. 새로운 작품으로 대중을 위협하시려나 보네요."

그러자 그가 대답했다. "대중이 기다리는 게 바로 그것일 텐데…. 문단에서 반향을 일으키게 될 내 소책자가 지금 인쇄되고 있어." 그래서 내가 말했다. "네 작품이 훌륭하다는 것은 의심할 바 없어. 하지만 네가 소책자를 집필하기 좋아한다니 놀라운 걸. 정신을 영광스럽게 해주지는 못하는 조잡한 것들이지 않나…." 그러자 파브리시오가 말했다. "나도 잘 알아. 그리고 소책자들을 읽기 좋아하는 사람들만

끝까지 읽는다는 것도 모르지 않아. 그런데 어쩔 수 없는 이유가 있단다. 네게 고백건대, 필요에서 비롯된 일이야. 너도 알다시피 배고픔이 늑대를 숲에서 나오게 만들지."

그래서 내가 소리쳤다. "뭐라고! 〈살다냐 백작〉의 저자가 그런 소리를 하다니? 2천 에퀴의 연금을 받는 자가 그런 말을 할 수 있는 거야?" 그러자 누녜스가 내 말을 가로막았다. "진정해, 친구야. 나는 꼬박꼬박 잘 나오는 연금을 향유하던 그 운 좋은 시인이 더 이상 아니야. 돈 베르트란의 재무관리인 일이 돌연 엉망이 되어 버렸어. 그가 왕의 돈을 건드리고 낭비했어. 그래서 모든 재산이 압류되었고, 내 연금은 악마들에게 가버렸지." 그래서 내가 말했다. "그것 참 슬픈 일이구나. 그래도 그쪽에서 뭔가 기대할 만한 것이 있지 않을까?" 그러자 그가 대답했다. "전혀 없어. 문학적 재능이 궁핍한 만큼 물질적 형편에서도 궁핍한 고메스 델 리베로 씨는 침몰했어. 사람들 말에 의하면, 다시는 수면 위로 떠오르지 못할 거래."

그래서 내가 말했다. "그렇다면, 친구야, 네가 연금을 잃어버린 것에 대해 위안이 될 만한 일자리를 내가 찾아 주어야겠구나." 그러자 그가 말했다. "안 그래도 돼. 내각 사무실에서 3천 에퀴의 봉급을 받는 일자리를 제공해 준다 할지라도 나는 거절할 거야. 사무직은 뮤즈들의 젖먹이가 가진 재능에는 맞지 않아. 나한테는 문학적인 즐거움이 필요해. 뭐라고 해야 할까? 나는 시인으로 살고 죽기 위해 태어났어. 그냥 내 운명대로 살고 싶어."

그는 말을 계속했다. "그런데 우리가 아주 불행할 거라고 상상하지는 마. 우리는 완벽히 독립적으로 살고 있을 뿐만 아니라, 태평하고 쾌활한 사람들이니까. 사람들은 우리가 데모크리토스의 식사를 자주 하고 있을 거라고 생각하지만, 그건 잘못 알고 있는 거야. 내 동료들 중에서 예언자인 척하는 자들만 빼고는 다들 좋은 집에 드나들며 식사해. 나에게도 나를 기꺼이 초대하는 집이 둘 정도 있어. 그리고 식사가 확실히 보장되는 다른 두 곳도 있어. 하나는 내가 소설 하나를 헌정한 바 있는 세력 있는 징세청부사무소장 집이고, 다른 하나는 마드리드의 부유한 부르주아의 집이야. 그 부르주아는 재사들이 모이는 그의 식탁에 나를 늘 초대하고 싶어서 안달이지. 다행히 그는 재사들을 선택하는 데 있어서 그리 까다롭지 않아서, 이 도시에서는 그가 원하는 만큼 얼마든지 찾아내."

그래서 내가 그 시인에게 말해다. "네가 네 처지를 만족스러워한다니, 가엾게 여기는 것은 그만둘게. 어찌됐든 네가 아무리 우정 관계를 소홀히 해도 너를 견뎌 주는 친구 질 블라스가 늘 네게 있다는 것을 다시 확실히 해두마. 내 돈주머니가 필요하게 되면 언제든 과감히 오렴. 꼭 필요한 도움을 수치심 때문에 받지 못하는 일은 없도록 해. 그리고 너를 돌보는 즐거움을 내게서 빼앗지 마."

그러자 누녜스가 소리쳤다. "너의 그 너그러운 마음이 고맙구나, 산티아나. 나를 위해 그토록 좋은 일을 해줄 생각이라니 굉장히 고맙다. 그 보답으로서 네게 유익한 의견을 하나 말해 줄게. 공백작이 아직 무엇이든 다 할 수 있고 네게 호의를 베풀 수 있는 동안, 너는 그 시간을 잘 활용하여 부유해지렴. 왜냐하면 사람들 말에 따르면, 그 총리의 입지가 그리 견고하지 못하다더구나." 그래서 나는 그 얘기가 정통한 소식통에서 비롯된 거냐고 물었다. 그는 대답했다. "나는 이 소식을 칼라트라바의 어느 늙은 기사에게서 들었어. 그 기사는 가장 비밀스런 일들까지 알아내는 데 아주 기묘한 재능을 가진 사람이지. 그래서 사람들은 그가 하는 말을 신탁처럼 듣고 있어. 내가 어제 그에게서 들은 얘기를 해줄게. 공백작에게는 적들이 굉장히 많은데, 그들이 그를 망하게 만들려고 다 함께 모인다는 거야. 공백작이 왕에 대한 자신의 영향력을 너무 믿고 있어서 사람들의 원한을 사는가 봐. 사람들의 주장에 따르면, 이미 왕에게까지 도달하는 불평들에 왕이 귀 기울이기 시작한대." 나는 누네스에게 그 경고에 대해 고맙다고는 했으나, 실제로는 그 말에 별로 주의를 기울이지 않았다. 나는 집으로 돌아오면서 내 주인의 권세는 흔들릴 수 없다고 확신했다. 숲에 뿌리내리고 있어서 폭풍이 몰아쳐도 쓰러지지 않을 오래된 떡갈나무로 여겼던 것이다.

8

질 블라스는 파브리시오의 경고가 틀리지 않았다는 것을 어떻게 알았나

왕의 사라고사 여행

그런데 그 아스투리아스의 시인이 해준 얘기는 근거 없는 말이 아니었다. 궁궐에 공백작을 반대하는 비밀동맹이 있고, 왕비가 그 동맹의 우두머리라고 사람들은 주장했다. 하지만 그 동맹원들이 총리를 좌천시키기 위해 취한 조치들에 관한 소문이 대중 사이에는 전혀 퍼지지 않았다. 그 이후로도 총리에 대한 왕의 신임이 조금이라도 손상을 입었는지에 대해 나는 전혀 알지 못한 채 1년 이상이 흘렀다.

하지만 프랑스의 후원을 입은 카탈루냐 사람들의 반란, 그 반란자들에 대한 진압의 성공 등으로 정부에 대한 백성들의 불평은 더욱 심해졌다. 이 때문에 왕이 출석한 가운데 회의가 열렸고, 왕은 스페인 궁궐에 주재하는 신성로마제국 황제의 대사인 그라나 후작이 그 회의에 참석하기를 바랐다. 거기서 왕이 카스티야에 머물러야 하는지, 아니면 왕의 군대에 합류하기 위해 아라곤으로 넘어가야 하는지가 의제에 붙여졌다. 군주가 군대로 떠나지 않기를 바랐던 공백작이 제일 먼저 발언했다. 그는 국가의 중심에서 벗어나지 않는 것이 왕의 위엄에 더 적합하다고 표현했다. 그는 웅변술이 발휘할 수 있는 온갖 이유를 다 동원하여 자신의 감정을 뒷받침했다. 그가 말을 마치자마자 그 회의에 참석한 모든 사람이 그의 의견을 따랐다. 그러나 후작만 예외였다. 그는 오로지 오스트리아 왕가를 위해서만 열성을 다했고, 자기 국가의 특권에 기대어 총리의 의견을 반박했다. 그가 반대 의견을 너무 강력히 제기하자, 왕은 그의 견고한 추론에 깊은 인상을 받아서, 그 의견이 회의의 다른 모든 목소리와 상반되는데도 불구하고, 그의 의견을 수용했다. 그러고는 자기가 군대로 떠날 날짜를 지정했다.

그 군주는 생전 처음으로 자기가 총애하는 총리와 감히 다르게 생각했던 것이다. 총리는 그 새로운 국면을 참혹한 모욕으로 여기며 매우 치욕스럽게 생각했다. 총리는 그 일을 자유롭게 곱씹어 보기 위해 서재로 물러나다가 나를 알아보고 불러 세웠다. 그리고 자기와 함께 서재로 들어가자고 하더니 흥분한 기색으로 회의에서 일어난 일을 내게 말해 주었다. 놀라움에서 아직 깨어나지 못한 사람 같았다. 그는 계속해서 말했다. "아, 산티아나, 20년 이상 오로지 내 입을 통해서만 말하고, 내 눈을 통해서만 보는 왕이 내 의견보다 그라나의 의견을 선호했단다. 어떻게 그랬냐고? 그 대사에게 찬사를 퍼부으며 그랬다니까 … . 그리고 특히 오스트리아 왕가를 위한 대사의 열성을 칭찬하면서 말이야. 마치 그 독일인이 나보다 더 열성적인 것처럼 … ."

총리는 말을 계속했다. "나에게 대항하는 당파가 있고, 왕비가 그 우두머리라는 것을 쉽게 판단할 수가 있어." 그래서 내가 말했다. "아니! 각하, 무엇을 두려워하시나요? 왕비는 12년 이상 전부터 각하를 국무의 주인으로 여기는 것에 익숙하시지 않나요? 왕께서 왕비에게 자문을 구하지 않는 습관을 들인 것은 바로 총리 각하께서 그렇게 만드신 것 아닌가요? 군주께서 그러나 후작에게 그렇게 하신 것은, 자신의 군대도 보고 싶고 원정도 가고 싶어서 후작 편에 섰을 수도 있지요." 그러자 공백작이 말을 가로막았다. "너는 이해를 못 하는구나. 내 적들이 바라는 것은, 왕이 자기 군인들 틈에 있음으로써 고관대작들에 늘 둘러싸여 있는 것이다. 그리고 내가 총리직에 있는 것에 대해 감히 모욕적인 말을 할 만큼 나를 불만스러워하는 사람이 한둘이 아니기를 그들은 바라고 … ." 그러더니 그는 덧붙였다. "하지만 그들이 착각하는 거다. 왕이 여행하는 동안 그 어떤 고관대작에게도 접근하지 못하게 할 수 있을 테니까." 그는 실제로 그렇게 했고, 어떻게 했는지는 이제부터 상세히 얘기할 만한 가치가 있다.

출발 날짜가 오자, 군주는 왕비에게 자기가 없는 동안 내각을 돌보라고 맡긴 후 사라고사를 향해 길을 나섰다. 하지만 사라고사에 도착하기 전에 아란후에스를 거쳤는데, 그곳에서 지내는 것이 너무 쾌적하여 거기서 거의 석 주나 머물렀다. 총리는 아란후에스에서 왕을 쿠엥카로 가게 만들었고, 거기서는 왕에게 여흥거리들을 제공하여 훨씬 더 즐겁게 해주었다. 그러고 나서 아라곤의 몰리나에서는 군주로 하여금 사냥의 즐거움에 몰두하게 만들었다. 그런 후 사라고사로 데려갔다. 그의 군대는 거기서 멀리 있지 않았으므로 그는 거기로 갈 채비를 했다. 하지만 공백작이 왕에게 몬손 벌판을 점령하고 있던 프랑스인들에게 잡힐지 모른다고 믿게 만들어서, 왕은 겁에 질려 처소에 틀어박혀 있기로 결정했다. 사실상 그 위험이라는 것은 전혀 두려워할 필요가 없는 것이었는데도, 감옥에 있는 것처럼 지낸 것이다. 총리는 그 공포를 이용하여 왕의 안전을 지킨다는 구실하에 엄중히 감시했다. 그래서 군주를 따라가기 위해 과도한 지출을 했던 고관대작들은 왕을 따로 접견할 기회조차 얻어 내지 못했다. 펠리페 왕은 사라고사에서 불편하게 지내는 것이 마침내 지겨워지고, 시간 보내기는 훨씬 더 힘들어서, 아니 어쩌면 죄수로 있는 것이 너무 힘들어서, 이윽고 마드리드로 돌아갔다. 그 군주는 군대의 장군인 로스 벨레스 후작에게 스페인 군대의 명예를 지키는 일을 떠맡기고, 그렇게 원정을 끝내 버렸다.

9

포르투갈의 혁명과 공백작의 실추

왕이 돌아오고 나서 며칠 안 되어 유감스런 소식이 마드리드에 퍼졌다. 카탈루냐의 항거를 보고 스페인의 굴레를 흔들어놓을 좋은 기회로 여긴 포르투갈 사람들이 무기를 들고 브라간사 공작을 자기네 왕으로 선택했다는 소식이었다. 그들은 그 공작을 왕좌에 붙들어 놓기로 작정하고, 스페인이 독일, 이탈리아, 플랑드르, 카탈루냐에서 적들을 상대하고 있는 형편이므로, 자기네는 실패하지 않을 거라고 예상했다. 그들은 그토록 혐오스러운 스페인 지배에서 해방되려면 이보다 더 유리한 계제는 없다고 여긴 것이다.

특이한 것은, 궁정과 온 도시가 그 소식에 아연실색한 듯 보였을 때, 공백작은 브라간스 공작을 비웃으며 왕과 농담하려 들었다는 점이다. 그러나 펠리페는 경우에 맞지 않는 그런 농담에 맞장구치기는 커녕 심각한 분위기를 띠어서 총리를 당황하게 했다. 그래서 총리는 실총을 예감했다. 왕비가 공개적으로 그에게 반대하며 그의 형편없는 행정부가 포르투갈의 항거를 초래했다고 큰 소리로 비난했을 때, 그는 자신의 실추를 더 이상 의심하지 않았다. 대부분의 고관대작들, 특히 사라고사에 갔었던 귀족들은 공백작의 머리 위에 폭풍이 형성되었다는 것을 알아채자마자 왕비에게 달라붙었고, 이는 그의 신망에 결정타를 가했다. 왜냐하면 이전의 포르투갈 총독부인이던 과부 만토바 공작부인이 리스본에서 마드리드로 돌아와서 왕으로 하여금 사태를 분명히 보게 해주었기 때문이다. 포르투갈 왕국의 혁명은 오로지 총리의 잘못 때문에 일어난 것임을… .

그 왕녀의 말은 군주의 머릿속에 더할 수 없이 강한 인상을 남겨 놓았다. 그래서 군주는 자기가 총애하던 총리에 대한 집착을 마침내 버리고, 그에 대한 애정을 온통 다 거두어 버렸다. 총리는 자신의 적들이 하는 말에 왕이 귀 기울인다는 것을 알게 되었을 때, 왕에게 사임 의사를 표명하며 궁정에서 멀어지게 해달라고 간단한 편지를 썼다. 그가 총리 직책에 있는 동안 왕국에서 일어난 모든 불행을 사람들이 부당하게 그의 탓으로 돌리기 때문이라고 사유를 밝혔다. 그는 그 편지가 큰 효과를 낼 거라고 믿었다. 군주가 그에 대한 우정을 아직 보존하고 있어서 그가 떠나는 것을 만류할 거라고 믿었던 것이다. 하지만 전하가 한 대답이라고는, 그의 요청을 수락하며, 그가 가고 싶은 데로 물러날 수 있다는 내용이었다.

왕이 직접 쓴 이 내용은 그런 대답을 전혀 예상치 못했던 각하로서는 천둥 번개 같은 것이었다. 그래서 매우 망연자실했음에도 불구하고, 그는 침착한 척했다. 그리고 내게 자기 같은 상황이라면 어떻게 하겠느냐고 물었다. 나는 그에게 말했다. "저라면 쉽게 결정할 겁니다. 궁궐을 떠나 제 땅 중 한 곳으로 가서 여생을 평온히 지낼 겁니다." 그러자 내 주인이 말했다. "너는 참 건전하게 생각하는구나. 나는 군주와 그저 딱 한 번 면담한 후 로에체스로 가서 세상 경력을 끝내고 싶구나. 내가 맡았던 그 무거운 짐을 잘 떠받들기 위해 인간으로서 할 수 있는 일은 다 했고, 사람들이 나의 죄로 몰아붙이는 그 슬픈 사건들을 예견하는 것이 내게 달린 일은 아니었다는 것을 왕에게 지적하고 싶구나. 온갖 수를 다 써도 바람과 파도에 끌려가는 자기 선박을 보는 능란한 조종사보다 더 큰 잘못을 저지른 것은 아니니까." 그 총리는 군주와 얘기하면서 사태를 바로잡아서 자기가 잃었던 터를 되찾을 수 있을 거라는 기대를 했던 것이다. 하지만 그는 왕을 접견하지 못했다. 게다가 전하의 처소에 마음대로 들어가느라 사용했던 열쇠를 돌려 달라는 요청만 받았다.

그러자 그는 이제 아무 희망이 없다고 판단하여 정말로 은퇴를 작정했다. 그는 자기 서류들을 살펴보고, 어마어마한 양의 서류들을 신중하게 불태웠다. 그러고 나서 자기 집의 하인들과 데려가고 싶은 고용인들을 지명했으며, 출발을 위한 지시들을 내렸고, 출발 날짜를 바로 다음 날로 정했다. 그는 궁궐을 나갈 때 천민들로부터 모욕당하는 것이 두려워서, 이른 새벽에 부엌문을 통해 빠져나갔다. 그리고 그의 고해신부와 나와 함께 보잘것없는 마차에 올라타고 아무 탈 없이 로에체스로 향했다. 로에체스는 그가 영주로 있던 마을이고, 그의 아내인 백작부인이 성 도미니크 수도회 소속의 멋진 수녀원을 짓게 했던 마을이다. 우리는 네 시간도 안 되어 거기에 이르렀고, 그를 수행하던 사람들 모두 얼마 안 되어 우리를 뒤따라 도착했다.

10

공백작의 평안을 우선 흔들어놓은 염려와 근심, 이에 이은 행복한 평온

은퇴한 총리의 소일거리

올리바레스 부인은 남편이 로에체스로 떠나게 놔두었고, 자신은 그가 떠난 다음에도 궁궐에 며칠 더 머물렀다. 혹시 자신의 간청과 눈물로 그를 다시 불러들이게 할 수 있지는 않을까 시험해 볼 요량으로 그런 거였는데, 폐하 내외 앞에 엎드려 조아려 봤자 아무 소용없었다. 그녀가 아무리 능란하게 준비했어도 왕은 그녀의 간청에 전혀 아랑곳하지 않았고, 왕비는 그녀를 극도로 증오했으므로 그녀가 눈물을 흘리는 모습을 보며 즐거워했다. 그래도 총리의 아내는 물러서지 않았다. 왕비의 시녀 직책이라도 좋으니 달라고 간청할 정도로 자신을 낮췄지만, 얻어 낸 결실이라고는 그 비굴함이 동정보다 오히려 경멸만 자극했다는 것을 알게 된 거였다. 그녀는 그런 굴욕적인 시도를 헛되이 너무 많이 한 데 대한 참담한 심경으로 남편에게 갔다. 그리고 펠리페 4세의 치하에서라면 어쩌면 왕국의 첫 번째 자리였을 총리 자리를 잃은 것에 대해 남편과 함께 몹시 슬퍼했다.

그 여인이 마드리드를 떠날 때 어떤 상태였는지 남편에게 얘기하자 공백작은 더욱 슬퍼했다. 그녀는 울면서 말했다. "당신의 적들, 메디나 코엘리 공작, 그리고 당신을 증오하는 다른 고관대작들은 당신을 총리 직책에서 물러나게 한 것에 대해 왕을 끊임없이 칭송하고, 백성들은 뻔뻔하게도 당신의 실총을 기뻐하며 축하하고 있어요. 국가의 불행이 종식되려면 당신의 행정부가 종식되어야 하는 것처럼 … ." 그러자 내 주인이 말했다. "부인, 당신도 나처럼 하시오. 슬픔을 삼키고, 피할 수 없는 폭풍엔 굴복해야 하오. 그렇소, 나는 죽을 때까지 늘 총애를 받을 수 있을 거라고 믿었던 것이 사실이오. 장관들이나 총애받는 자들이 흔히 갖는 환상이지. 그런 이들은 자기네 운명이 군주에게 달려 있다는 점을 잊는다오. 레르마 공작도 나처럼 착각했던 것 아니겠소? 그가 입었던 자줏빛 관복이 권위를 영원히 지속시켜 줄 확실한 보증이라고 상상했던 거라오."

바로 그런 식으로 공백작은 아내에게 인내심으로 무장하라고 권고했다. 그러는 동안 그 자신도 돈 엔리케로부터 받는 전보들을 통해 날마다 새로운 흥분에 휩싸였다. 돈 엔리케는 궁정에서 벌어지는 일을 관찰하려고 거기에 남아 있으면서 공백작에게 현황을 정확히 알려 주려고 애썼다. 그 젊은 귀족의 편지를 갖다주는 사람은 에시피온이었다. 그는 아직도 돈 엔리케 곁에 있다. 하지만 나는 그 귀족이 도냐 후아나와 결혼한 이후부터는 더 이상 그와 함께 살지 않았다. 그 양자의 전보는 늘 유감스런 소식들로 가득했다. 그래서 불행하게도 그에게서 다른 소식은 기대도 하지 않았다. 어떤 때는 고관대작들이 공백작의 은퇴에 관해 공식적으로 즐거워하는 것으로 만족하지 못하고,

공백작의 비호를 받던 자들의 직책이나 직무를 박탈시키려고 모두 모였다고도 했다. 언젠가 한 번은 돈 루이스 데 아로가 총애를 받기 시작했고, 필시 그가 총리가 될 것 같다고 편지를 보냈다. 내 주인이 알게 된 그 모든 슬픈 소식 중에서 그를 더욱 상심시킨 듯 보인 것은 나폴리 부왕국에서 일어난 변화였다. 궁정은 오로지 올리바레스 백작에게 모욕을 줄 목적으로, 백작이 좋아하던 메디나 데 라스 토레스 공작에게서 그 부왕국을 빼앗아 백작이 늘 증오하던 카스티야 해군제독에게 주어 버렸던 것이다.

석 달 동안 각하는 고독 속에서 오로지 혼란과 슬픔만 느꼈다고 할 수 있다. 그러나 성 도미니크 수도회 소속인 데다가 견고한 신앙에 박력 있는 언변까지 갖춘 고해신부가 그를 위로하는 능력을 가졌다. 백작에게 이제는 오로지 구원만 생각해야 한다고 힘 있게 하도 얘기하다 보니, 그는 은총의 도움으로 다행스럽게도 마음에서 궁정을 놓아 버리게 되었다. 각하는 이제 마드리드의 소식을 더 이상 알고 싶어 하지 않았고, 오로지 잘 죽을 준비 외에는 다른 아무것도 신경 쓰지 않았다. 올리바레스 부인도 은퇴 생활을 꽤 잘 이용하였다. 자기가 건립한 수녀원에서 신의 섭리가 마련해 놓은 위로를 발견한 것이다. 수녀들 가운데는 성스러운 수녀들이 있어서 경건함이 넘치는 말들로 백작부인 인생의 씁쓸함을 어느새 달콤함으로 바꾸어 놓았다. 내 주인은 세상일로부터 마음이 벗어남에 따라 더 평온해졌다. 그가 하루를 어떻게 보내는지는 다음과 같다. 거의 오전 내내 수녀들의 교회에서 미사를 보며 지내고, 그런 다음 점심 식사를 하러 온다. 그 후 두 시간 정도 온갖 종류의 놀이를 하는데, 이때 함께 하는 사람은 나, 그리고 그의 애정을 전보다 더 받는 하인들 중 몇몇이다. 그러고 나면 그는 보통 혼자서 자기 서재로 물러나 해가 질 때까지 머물렀다. 해가 지면 정원을 한 바퀴 돌거나 마차를 타고 성 주위를 산책하러 가곤 했다. 어떤 때는 고해신부를 대동하고, 어떤 때는 내가 동반했다.

어느 날 나는 그와 단둘이 있게 되었을 때 그의 얼굴에서 반짝이는 평온을 감탄하며 무람없이 그에게 말했다. “각하, 제가 기쁨을 터뜨리게 허락해 주십시오. 각하가 만족스러워하시는 듯 보이므로, 이제 은퇴에 익숙해지시기 시작하는 거라고 판단되옵니다.” 그러자 그가 대답했다. “이미 완전히 익숙해져 있단다. 오래전부터 업무에 전념하는 습관이 붙었음에도 불구하고, 여기서 이끌어 가는 부드럽고 평화로운 생활이 나날이 더 좋아지는 것이 확실하구나.”

11

공백작이 갑자기 슬퍼지고 몽상에 빠지다
그 슬픔의 놀라운 이유와 애석한 여파

각하는 소일거리를 다양하게 즐기기 위해 가끔씩 정원을 가꾸기도 했다. 어느 날 그가 일하는 모습을 보고 있던 차에 그가 내게 농담하며 말했다. "봐라, 산티아나, 궁정에서 추방된 장관이 로에체스에서 정원사가 되었구나." 그래서 내가 같은 식으로 대답했다. "각하, 코린토스에서 학교 선생이던 시라쿠사의 디오니시우스를 보는 것만 같네요." 그러자 나의 주인은 미소를 지었고, 그렇게 비교하는 것을 불만스러워하지 않았다.

그 주인이 실총을 극복하여 이전에 늘 하던 생활과는 너무 다른 생활에서 매력을 발견하게 되어 성에 사는 우리들 모두가 아주 기뻐했다. 그러다가 그가 눈에 띄게 변하는 것이 역력하여 우리는 괴로워졌다. 그가 침울해지고, 몽상에 잠기고, 깊은 우수에 빠졌다. 우리와 노는 것도 그만두었고, 우리가 흥을 돋우기 위해 이것저것 생각해 내 봤자 그는 모든 것에 대해 아무 감흥이 없는 듯 보였다. 점심 식사 후에는 자기 서재에 홀로 틀어박혀서 저녁까지 머물렀다. 지나간 영화를 회상하느라 슬퍼하는 것이라고 우리는 상상했다. 그렇게 생각하면서 성 도미니크 수도회 신부로 하여금 그를 따라다니게 했으나, 신부의 능변도 각하의 우울증을 물리쳐 내지 못했고, 그 증세는 진정되기는커녕 더 심해지기만 하는 것 같았다.

나는 각하가 말하고 싶어 하지 않는 어떤 원인이 있을 거라는 생각이 들었다. 그래서 그에게서 그 비밀을 끌어낼 계획을 짜기로 했다. 이를 위해 나는 다른 사람 없이 그와 단둘이 얘기할 수 있는 순간을 엿보았다. 마침내 그런 순간을 발견하고서 그에게 존경심과 애정이 섞인 태도로 말했다. "각하, 질 블라스가 주인님께 감히 질문 하나를 드려도 되겠습니까?" 그러자 그가 대답했다. "말해도 된다, 허락하마." 그래서 내가 말했다. "각하의 얼굴에 드러나던 그 만족스런 표정은 어찌 되었나요? 운세의 부침에 흔들리지 않으시던 그 기세는 더 이상 없으신 건가요? 잃어버린 총애가 다시 아쉬워지신 건가요? 덕성으로 극복해 내셨던 권태의 심연에 다시 빠지신 건가요?" 그러자 총리가 대답했다. "아니다, 다행히. 내 정신은 내가 궁정에서 해냈던 역할에 더 이상 몰두하지 않는다. 내가 받았던 영예들을 완전히 잊어버렸으니까." 그래서 내가 말했다. "그렇다면 도대체 왜! 그때의 기억을 더 이상 떠올리지 않을 힘을 갖고 계시다면, 왜 우리 모두를 불안케 하는 우울증에 빠지실 정도로 약해지신 건가요?" 그러고 나서 나는 그의 무릎에 몸을 던지며 계속했다. "무슨 일인가요, 사랑하는 주인님? 주인님을 괴롭히는 우울한 비밀이 있는 것 같은데요. 주인님께서는 산티아나에게까지 비밀로 하실 수가 있는 건가요? 저의 조심성,

열성, 충성심을 다 아시면서? 도대체 제가 어떤 불행 때문에 주인님의 신뢰를 잃어버린 건가요?"

그러자 나리가 말했다. "여전히 너를 신뢰한단다. 하지만 네가 보다시피 내가 지금 푹 빠져 있는 슬픔의 이유를 네게 밝히기는 싫다. 그런데 너처럼 아랫사람이자 친구인 상대방의 간청에는 버텨 낼 수가 없구나. 그러니 내 괴로움이 뭔지 말해 주마. 내가 이렇게 터놓기로 작정할 수 있는 상대는 오로지 산티아나 너뿐이다." 그러더니 말을 계속했다. "그래, 나는 내 인생을 야금야금 소모하는 시커먼 우울증에 사로잡혀 있다. 거의 매 순간 끔찍한 형태로 내 눈앞에 나타나는 유령을 본단다. 그것은 환영일 뿐이고, 현실과는 아무 상관없는 유령일 뿐이라고 나 자신에게 말해봤자 아무 소용없어. 그것이 끊임없이 나타나서 내 눈을 어지럽히고, 나를 불안케 한다. 나는 그 유령을 보면서 아무것도 아니라고 확신할 만큼 정신이 말짱하긴 하지만, 그 환영에 괴로워할 만큼 나약하기도 하단다." 그러더니 덧붙였다. "네가 말하도록 강요한 내용이 바로 그거야. 이제 내가 우울증의 원인을 모두에게 감추려 하는 것이 잘못인지 아닌지 네가 판단해 보렴."

아마도 몸이라는 기계가 고장이 난 것으로 추정되었다. 나는 그런 기이한 일을 알게 되자 놀랍기도 하고, 괴롭기도 했다. 그래서 총리에게 말했다. "각하, 식사를 너무 적게 드셔서 그런 건 아닐까요? 지나치게 간소하게 드시잖아요." 그러자 그가 대답했다. "처음엔 나도 그렇게 생각했다. 그래서 절식 때문에 그런 건지 시험해 보려고 며칠 전부터 평소보다 많이 먹고 있다. 그런데 그래 봤자 다 소용없구나. 유령이 사라지지 않아." 그래서 내가 그를 위로하려고 말했다. "사라질 겁니다. 각하께서 충성스런 종복들과 다시 즐기시면서 정신을 좀 흐트러뜨리면, 제 생각에 얼마 안 가서 그 어두운 우울증에서 해방되실 겁니다."

그 면담이 있고 나서 얼마 안 되어 나리는 병에 걸렸다. 그는 사태가 심각해지리라고 느껴서 마드리드에서 공증인 두 명을 데려오게 했다. 유언장을 작성하기 위해서였다. 때로는 환자들의 병을 낫게 하기도 한다는 명성을 가진 유명한 의사도 세 명 오게 했다. 의사들이 온다는 소문이 성안에 퍼지자 그저 한탄과 흐느낌만 들렸다. 주인의 죽음이 가까워진 것처럼 여긴 것이다. 그 정도로 의사들에 대한 반감이 컸다. 그들은 통상적으로 그들의 처방을 집행하는 약제사 한 명과 외과의 한 명을 데리고 다닌다. 그들은 우선 공증인들이 맡은 일을 하게 놔둔 다음에야 자기네 일을 할 태세였다. 그들은 상그라도 의사의 원칙을 준수하는 자들이므로, 첫 진찰을 하고 나서부터 사혈에 또 사혈을 처방했다. 그래서 엿새 후에는 공백작을 극단의 상태로 몰아갔고, 이레째에는 그를 환영으로부터 해방시켰다.

총리가 죽은 후 로에체스성에는 진심 어린 격한 괴로움이 만연했다. 모든 하인들이 비통해하며 그를 애도했다. 그의 유언에 자신들도 포함된 것이 확실하다고 해서 그 슬픔이 위로되는 것은 아니었다. 그러기는커녕, 그를 되살릴 수만 있다면 다들 기꺼이 유산을 포기할 태세였다. 그가 가장 애지중지했던 나, 그의 인품 때문에 순수한 마음으로 그를 좋아했던 나로서는 다른 사람들보다 훨씬 더 상심할 수밖에 없었다. 안토니아가 죽었을 때, 공백작의 사망 때보다 더 많은 눈물을 흘렸는지 의심스러울 정도다.

12

공백작의 죽음 후 로에체스성에서 일어난 일

산티아나가 택한 결정

총리는 본인의 지시대로 수녀원에서 장중하지도 않고 화려하지도 않게 안장되었다. 그저 우리의 탄식 소리만 있을 뿐이었다. 장례식을 치른 후 올리바레스 부인은 우리에게 유언장을 읽어 주게 했다. 모든 하인들이 만족해할 만한 유언이었다. 각자 맡은 자리에 비례하여 유산을 받도록 돼 있었고, 가장 적은 유산이 3천 에퀴였다. 내 것이 가장 규모가 컸다. 각하는 내게 1만 피스톨라를 남겨 주었다. 나에 대해 품었던 특별한 애정의 증표였다. 그는 병원들도 잊지 않았고, 여러 수도원에 고인을 위한 1년간의 미사 자금도 설정해 놓았다.

올리바레스 부인은 하인들을 모두 마드리드로 보내어 각자 자기 유산을 회계 관리인인 돈 라이문도 카포리스에게서 받게 해주었다. 카포리스는 유산을 지급하라는 지시를 이전에 받았던 것이다. 그런데 나는 그들과 함께 떠날 수가 없었다. 너무 비탄에 빠진 나머지 열이 심하게 나서 일주일가량 성에서 꼼짝 못 했다. 그러는 동안 도미니크 수도회 고해신부는 나를 버려두지 않았다. 그 선량한 종교인은 나에 대해 우애를 품고 있었고, 내 구원에 관심을 가졌다. 내가 회복되자 그는 내게 무엇이 되고 싶으냐고 물었다. 나는 대답했다. "전혀 모르겠어요, 신부님. 그 점에서 저는 저 자신과 아직 화합을 이루지 못했어요. 독방에 틀어박혀서 회개하고 싶은 순간들도 있어요." 그러자 그 수도사는 소리쳤다. "귀한 순간들이네! 산티아나 씨, 당신은 그런 순간들을 이용하는 것이 좋을 거요. 당신에게 친구로서 충고하는데, 그렇다고 해서 종교인이 될 필요는 없고, 예를 들어 마드리드의 우리 수도원에서 피정을 하고, 당신의 전 재산을 기부하여 자선가가 되고, 수도원에서 성-도미니크 수도복을 입고 죽게 되면 좋을 것 같소. 그런 식으로 속세의 생활을 마감하는 사람들이 많이 있다오."

당시의 내 정신 상태로는 그 종교인의 충고가 화를 돋우지는 않았기에 나는 그 신부님에게 생각해 보겠다고 대답했다. 하지만 이어서 잠시 보게 된 에시피온에게 그 점에 관해 자문을 구했더니, 그는 반대 의견을 내세우면서, 그가 보기에는 아픈 사람이나 할 수 있는 생각으로 보인다고 말했다. "참, 나! 산티아나 나리, 그런 은퇴가 나리에게 좋아 보이다니요? 리리아스의 성이 더 쾌적한 은퇴를 제공하지 않나요? 예전에도 나리가 그 성에 매료되었다면, 이제 자연의 아름다움에 더 민감해질 나이가 되신 지금, 그 성의 감미로움을 훨씬 더 즐거이 향유하시게 될 텐데요."

코스콜리나의 아들은 힘들이지 않고 내 마음을 바꿔 놓았다. 나는 그에게 말했다. "친구야, 네가 도미니크 수도회 신부님을 이기는구나. 내 보기에도 실제로 내가 성에 돌아가는 것이 더 나을 것 같다.

그렇게 결정하련다. 내가 길을 나설 상태가 되는 즉시 우리는 리리아스로 돌아가자." 그 일은 곧이어 실행되었다. 왜냐하면 내가 더 이상 열이 없어서 얼마 안 되어 그 결심을 실행할 만큼 꽤 튼튼해졌으니까. 에시피온과 나는 마드리드로 갔다. 그 도시를 보자 이전만큼 즐겁지가 않았다. 내 마음속에 아주 부드러운 추억으로 간직돼 있는 총리를 그 도시에서는 거의 모든 주민이 끔찍하게 기억하고 있다는 사실을 알기에 그 도시를 고운 시선으로 볼 수가 없었다. 그래서 나는 대여섯 날만 머물렀다. 그 며칠도 에시피온이 리리아스로 떠나는 데 필요한 준비에 쓴 시간이었다. 그가 우리의 여행 장비를 챙기는 동안 나는 카포리스를 보러 갔고, 카포리스는 내 유산을 두블론 금화로 주었다. 내 연금이 들어오는 기사령들의 징세관들도 만났다. 그들과 지불에 관해 조정을 했다. 한마디로 내 업무들을 처리했던 것이다.

우리가 출발하기 전날, 나는 코스콜리나의 아들에게 돈 엔리케에게 하직 인사를 했느냐고 물었다. 그는 대답했다. "네, 오늘 아침에 우리 둘 다 기분 좋게 헤어졌어요. 그래도 어쨌든 그는 제가 떠나게 되어 섭섭하다는 표시를 했어요. 그런데 그는 저에 대해 만족했을지 몰라도, 저는 그에 대해 별로 만족하지 않았어요. 하인이 주인 마음에 드는 것만으로는 충분하지 않죠. 동시에 주인도 하인 마음에 들어야 해요. 달리 말하자면, 서로 아주 힘든 관계예요." 그러더니 덧붙였다. "게다가 돈 엔리케는 이제 궁정에서 그저 딱한 인물일 뿐이어서 더할 수 없이 멸시를 받아요. 거리에서도 사람들이 그에게 손가락질을 하고, 그를 그저 '제노바 여인의 아들'이라고만 부르죠. 덕성스러운 하인이 명예가 실추된 주인을 섬기는 것이 과연 기분 좋을지 생각해 보세요."

우리는 마침내 어느 화창한 날 동이 틀 무렵 마드리드에서 출발하여 쿠엥카로 향했다. 우리가 어떤 순서로, 어떤 탈것을 이용했는지 말해 보겠다. 내 심복과 나는 마부가 모는 두 마리 노새가 끄는 마차를 탔고, 세 마리 노새에는 우리의 옷가지들과 돈을 실었다. 그 세 마리 노새는 마부 두 명이 이끌면서 우리 뒤를 바싹 따라왔다. 에시피온이 선택한 두 명의 건장한 하인들은 노새를 타고 그 뒤를 따라왔는데, 둘 다 완전무장을 하고 있었다. 마부들도 검을 차고 있었고, 우리가 탄 마차의 마부는 안장 앞부분에 좋은 권총 두 자루를 갖고 있었다. 그러므로 우리는 모두 남자 일곱 명이었고, 그중 여섯 명은 아주 과감했다. 나는 내 유산에 대해 불안해하지 않고 유쾌하게 길을 갈 수 있었다. 우리가 통과하는 마을들에서 우리의 노새들은 우쭐거리며 종소리를 냈다. 그리고 농민들은 우리 행렬이 지나가는 것을 보기 위해 각자 대문으로 몰려나왔다. 그들이 보기에는 최소한 어느 부왕국을 소유한 고관대작의 행렬 같았을 것이다.

13

성으로 돌아온 질 블라스

혼기가 찬 영세대녀 세라피나를 다시 만난 즐거움과 그가 사랑하게 된 여인

강행군을 하면서까지 갈 필요가 전혀 없었기에 리리아스로 가는 데 보름이 걸렸다. 내가 원했던 거라고는 그저 무사히 도착하는 것이었고, 내 바람은 이루어졌다. 리리아스성을 보자 안토니아의 추억이 떠올라서 우선은 슬픈 생각이 좀 들었다. 하지만 나를 즐겁게 할 수 있을 것들에만 몰두하려 해서 곧이어 관심을 다른 데로 돌릴 수 있었다. 게다가 안토니아가 죽은 지 20년이 흘렀으므로, 그 세월이 그 일에 대한 감정을 많이 약화시켰다.

성에 들어서자마자 베아트리스와 그녀의 딸이 급하게 와서 인사했다. 이어서 아버지, 어머니, 딸이 기뻐 어쩔 줄 모르며 서로 얼싸안았다. 그 모습이 나를 매료시켰다. 포옹을 무수히 많이 한 후 나는 내 대녀를 유심히 바라보며 말했다. "아니, 내가 리리아스를 떠날 때 요람에 있던 그 세라피나가 맞는 거니? 이렇게 잘 자라고 이토록 예쁜 세라피나를 보니 너무 기쁘구나. 이제 이 아이를 혼인시킬 생각을 해야겠는 걸." 그러자 세라피나가 내 마지막 말에 얼굴을 좀 붉히며 소리쳤다. "아니, 뭐라고요! 대부님, 저를 잠깐 보셔 놓고는 벌써부터 저를 치워 버릴 생각을 하시네요!" 그래서 내가 대꾸했다. "아니다, 딸아, 결혼 때문에 너를 잃고 싶지는 않다. 우리는 너를 부모로부터 빼앗지 않으면서 너를 데리고 있을 수 있는, 말하자면 우리와 함께 살 그런 신랑감을 원한다."

그러자 베아트리스가 말했다. "그럴 만한 사람이 한 명 있긴 해요. 이 지방의 귀족이 어느 날 이 촌락의 성당 미사 때 세라피나를 보고는 그 아이를 사랑하게 되었어요. 그가 나를 만나러 와서 자신의 열정을 밝히고, 동의해 달라고 요청했어요. 그래서 내가 '당신이 내 동의를 얻는다 하더라도, 더 진전된 것은 아닐 겁니다. 세라피나의 운명은 그녀의 아버지와 대부에게 달려 있어요. 그들만이 그녀에 대해 결정을 내릴 수 있지요. 내가 당신을 위해 할 수 있는 일이라고는 내 딸을 영예롭게 하는 당신의 구혼을 그분들에게 알리기 위해 편지를 쓰는 것뿐이죠'라고 말했어요. 실제로 두 분에게 그 사실을 당장 전하려던 참이었는데, 이렇게 돌아오셨군요. 그러니 이제 적절하다고 판단되는 대로 하세요."

그러자 에시피온이 말했다. "그런데 그 '귀족'의 성격은 어떤데? 대부분의 귀족들과 비슷하지는 않은지? 자기가 귀족이라는 것에 대해 자부심이 강해서 평민한테는 오만불손한 거 아냐?" 그러자 베아트리스가 대답했다. "오! 그거라면, 아니에요. 아주 부드럽고 예의 바른 청년이에요. 게다가 얼굴도 잘생기고, 아직 서른 살도 안 되었어요." 그래서 내가 베아트리스에게 말했다. "그 신사에 대해 꽤 좋게 묘사하는군요. 이름은 뭐라고 하던가요?" 그러자 에시피온의 아내가 대답했다. "돈 후안 데 후테야입니다. 그가 부친의 유산을 물려받은 지는 오래되지 않았고, 여기서 1리쯤 떨어진 성에서 그가 돌봐 주는 누이동생과 함께 살고 있어요." 그래서 내가 말했다. "예전에 그 귀족의 가문에 대한 얘기를 들은 적이 있어요. 발렌시아 왕국에서 아주 지체 높은 가문들 중 하나랍니다." 그러자 에시피온이 소리쳤다. "나는 귀족이라는 점보다 마음과 정신의 자질을 더 높이 평가해요. 그 돈 후안이 교양 있는 사람이라면 우리에게 적합할 겁니다." 그러자 세라피나가 대화에 끼어들며 말했다. "그렇다는 평판이 있어요. 그를 아는 리리아스 주민들은 그에 관해 온갖 좋은 얘기를 다 해요." 내 대녀가 그렇게 말하여 나는 미소를 지으며 그녀의 아버지를 바라보았다. 에시피온은 그 말을 나만큼 잘 포착해서, 자기 딸에게 구애하는 그 돈 후안이 딸의 마음에도 든 거라고 판단했다.

그 신사는 우리가 리리아스에 도착했다는 사실을 곧 알게 되었다. 이틀 후 그가 성에 나타났으니 말이다. 그는 반가워하며 우리에게 다가왔다. 그의 인품은 베아트리스가 말한 그대로였고, 그가 가진 자질에 대해서도 아주 호의적이 되게 했다. 그는 이웃의 자격으로 우리가 무사히 돌아온 것을 축하하러 왔다고 말했다. 우리는 그를 최대한 상냥하게 맞아들였지만, 그 방문은 순전히 예의를 갖추느라 한 것일 뿐이었다. 양쪽에서 온갖 인사치레를 다 한 뒤 돈 후안은 세라피나에 대한 사랑에 관해서는 한 마디도 하지 않고, 그저 우리를 다시 보러 오게 해달라고 했다. 그리고 자기에게는 큰 즐거움이 될 것 같은 이웃 관계를 이용하게 해달라는 부탁만 하고 물러갔다. 그가 가고 나자 베아트리스는 우리에게 그 귀족에 대해 어떻게 생각하느냐고 물었다. 우리는 그에게 호감이 간다고 대답했으며, 세라피나에게 그보다 더 좋은 혼처는 없는 것 같다고 했다.

바로 다음 날 나는 점심 식사 후 코스콜리나의 아들과 함께 전날 약속한 대로 돈 후안을 방문하러 갔다. 우리는 안내자를 따라서 그의 성으로 갔다. 45분쯤 후 안내자는 우리에게 말했다. “자, 여기가 돈 후안 데 후테야의 성입니다.” 우리는 벌판에서 눈을 크게 뜨고 아무리 둘러보아도 소용없었다. 한참 동안이나 그 성이 보이지 않았다. 그 성은 높은 나무들이 시야를 가리고 있던 숲 한가운데 산기슭에 위치해 있었다. 그래서 거기에 도착해서야 눈에 들어왔다. 그 성은 고색창연하고 황폐해 보였는데, 그런 모습이 성 주인의 호사스러움보다는 고귀함을 증명해 주었다. 그럼에도 불구하고 안으로 들어가 보니 가구들이 세련되어서 건물의 낡은 모습을 상쇄시켜 주었다.

돈 후안은 멋지게 장식된 방에서 우리를 맞아들였고, 이어서 한 여인을 우리에게 소개해 주었다. 그의 누이동생 도로테아라고 했다. 열아홉 내지 스무 살쯤 돼 보이던 그녀는 우리의 방문을 예상했던 사람처럼 아주 잘 차려입었고, 우리에게 상냥하게 보이고 싶어 했다. 내 보기에는 온갖 매력을 다 갖추었고, 안토니아와 비슷한 느낌을 주었다. 즉, 내가 동요되었던 거다. 하지만 그 흥분을 너무 잘 감추어서 에시피온조차 눈치채지 못했다. 우리의 대화는 전날처럼 우리가 가끔씩 서로 만나고, 좋은 이웃으로 더불어 살아가는 서로 간의 즐거움으로 흘러갔다. 그는 세라피나에 관해 아무 말 하지 않았고, 우리도 그의 사랑을 고백하도록 부추길 만한 얘기는 전혀 하지 않았다. 우리는 그 얘기를 그가 먼저 꺼내는 것이 좋다고 여긴 것이다. 대화를 나누는 동안 나는 가능한 한 도로테아의 얼굴을 보지 않는 척했음에도 불구하고 그녀에게 눈길이 자주 갔다. 내 눈길이 그녀의 눈길과 마주칠 때마다 그녀는 그만큼의 새로운 면모를 내 마음에 새겨 주곤 했다. 하지만 그 사랑스런 대상을 정확히 묘사하자면, 완벽한 미모는 아니었다고 말하련다. 찬란한 하얀 피부에 장미보다 더 붉은 입술을 갖고 있기는 했으나, 코는 너무 길고, 눈은 너무 작았다. 그럼에도 전체적으로 나를 황홀케 했다.

결국 나는 후테야성에 들어갈 때와 다른 마음으로 나오게 되었다. 리리아스로 돌아올 때 머릿속이 도로테아로 가득 차 있었으니 …. 나는 오로지 그녀만 보였고, 그녀에 관해서만 말했다. 에시피온은 그런 나를 놀라워하며 바라보았다. "아니, 그러니까, 주인님! 돈 후안의 누이동생에게 완전히 빠지셨군요! 그녀가 나리에게 사랑을 불러일으킨 겁니까?" 그래서 내가 "그렇다네, 친구"라고 대답하고, 부끄러워서 얼굴을 붉혔다. "오, 맙소사! 안토니아가 죽은 이래 예쁜 여자들을 그토록 많이 봐도 늘 무관심했던 내가 이 나이에 방어할 겨를도 없이 사랑의 불길이 타오르게 하는 여인을 만나야 하는 거니?" 그러자 코스콜리나의 아들이 말했다. "그렇다면, 나리, 이 일을 한탄할 것이 아니라 자축해야 합니다. 나리는 사랑으로 불타오르는 것이 아직 우스꽝스럽지 않은 나이입니다. 세월이 흘렀어도 나리의 얼굴은 생기를 잃지 않아서 여인의 마음에 들 희망이 없지 않아요. 제 말을 믿으세요. 나리께서 돈 후안을 다시 보게 될 때 과감히 그에게 누이동생을 달라고 하세요. 그는 나리 같은 분에게 누이를 거절할 수가 없습니다. 게다가 도로테아의 혼인상대자는 절대적으로 귀족이어야 한다면, 나리도 귀족이시잖아요? 귀족증명서도 있고, 나리의 후손을 위해서는 그것으로 충분합니다. 세월이 흘러서 그 귀족증명서에 두꺼운 베일이 쳐져서 너덧 세대 후 그 베일로 모든 가문들의 출신이 덮어지면, 산티아나 가문은 아주 명망 있는 집안이 될 겁니다."

14

리리아스에서 치러진 두 결혼식

질 블라스 데 산티아나의 이야기가 마침내 끝나다

에시피온은 내가 거절을 감내해야 할지도 모르는 위험은 생각도 않고 그런 말을 하면서, 도로테아에게 사랑 고백을 하라고 부추겼다. 나는 그러기로 결심은 했지만, 생각만 해도 몸이 벌벌 떨렸다. 내가 내 나이로 안 보이고, 실제보다 한 10년은 젊어 보인다 하더라도 젊은 미녀의 마음에 들지 의심스러워하는 것이 타당하다. 그럼에도 나는 그녀의 오빠를 보는 즉시 그녀를 아내로 맞고 싶다는 말을 감행하기로 작정했다. 그녀의 오빠 쪽에서는 내 대녀를 얻게 될지 확실치 않았으므로, 그 또한 불안이 없지 않았다.

다음 날 아침 내가 옷을 다 입었을 때, 그가 우리 성에 또 왔다. 그가 내게 말했다. "산티아나 씨, 오늘은 심각한 사안을 얘기하러 왔습니다." 나는 그를 내 서재로 들였고, 거기서 우선 본론으로 들어갔다. 그는 말했다. "제 생각에 당신은 왜 제가 여기 왔는지 모르시지 않을 것 같군요. 저는 세라피나를 사랑합니다. 성주님은 그녀의 아버지에 대해 전권을 갖고 계시므로, 제게 유리하게 말씀해 주십사 부탁드립니다. 제가 사랑하는 사람을 얻게 해주십시오. 성주님 덕분에 제 인생의 행복을 얻게 해주십시오." 그래서 내가 대답했다. "돈 후안 씨, 당신이 먼저 본론을 얘기하니, 나 또한 당신과 마찬가지로 그런 얘기를 해도 나쁘게 여기지 않을 테지요. 그리고 내 대녀의 아버지에게 좋게 말해 주겠다고 약속하고 나서, 나도 당신에게 나에 대해 당신의 누이동생에게 잘 말해 달라고 부탁하려는데, 그것도 나쁘게 여기지 않으시겠죠."

이 마지막 말에 돈 후안은 기뻐하며 놀라움을 터뜨렸다. 그의 그런 모습을 보고 나는 좋은 징조라고 여겼다. 이어서 그가 소리쳤다. "아!, 도로테아가 어제 성주님의 마음을 정복했다니, 그럴 수 있는 건가요?" 그래서 내가 그에게 말했다. "나는 그녀에게 매혹되었어요. 내 청혼이 그녀와 당신의 마음에 든다면, 나는 세상에서 가장 행복한 남자라고 생각할 겁니다." 그러자 그가 말했다. "그 점에 대해서는 확신하셔도 됩니다. 우리가 온전한 귀족이긴 하지만, 당신과의 결합을 소홀히 여기지는 않을 겁니다." 그래서 내가 말했다. "힘들이지 않고 평민을 매제로 받아들이겠다니 아주 기쁘군요. 그래서 당신을 더욱 존경합니다. 당신은 그런 점에서 올바른 정신을 보여 주고 있습니다. 하지만 당신이 누이동생을 꼭 귀족에게만 결혼시키려 할 만큼 허영심에 차 있었다 하더라도, 그런 허영심을 만족시켜 줄 만한 것이 내게 있다는 것을 알아 두십시오. 나는 총리 집무실에서 20년 동안 일했어요. 내가 국가에 공헌한 바에 대한 보상으로 왕이 내게 귀족증명서를 하사했다오. 그 증명서를 보여 주겠소." 나는 이 말을 마치고 나서 서랍에 잘 감춰 두었던 증명서를 꺼내어 그 귀족에게 보여 주었다. 그는 굉장히 흡족해하며 처음부터 끝까지 주의 깊게 읽었다. 그러더니 돌려주며 말했다. "훌륭하네요. 도로테아는 이제 당신에게 속한 사람입니다." 그래서 내가 소리쳤다. "그럼 당신은 세라피나에 대해 기대하세요."

그렇게 해서 두 혼인이 우리 사이에 결정되었다. 이제 예비신부들이 이 결정에 기꺼이 동의하는지 알아보는 일만 남았다. 왜냐하면 돈 후안과 나는 똑같이 섬세해서 여인들의 의사에 아랑곳하지 않는 그런 남자들이 아니었기 때문이다. 그러므로 그 귀족은 후테아성으로 돌아가서 자기 누이동생에게 나를 제안했고, 나는 에시피온과 베아트리스와 내 대녀를 모이게 해서 그 기사와 방금 나눈 대화의 내용을 알려 주었다. 베아트리스는 망설임 없이 그를 사위로 받아들이자는 의견이었고, 세라피나는 침묵으로 자기도 어머니와 같은 마음이라는 것을 알려 주었다. 그녀의 아버지도 사실상 의견이 다르지는 않았지만, 지참금에 대한 불안을 내비쳤다. 돈 후안의 성의 수리보수가 시급해 보이는 만큼 얼마간의 지참금이 필요할 테니까. 나는 에시피온의 입을 막으면서 그것은 내 소관이고, 나는 내 대녀에게 지참금을 위해 4천 피스톨라를 선물할 거라고 말했다.

바로 그날 저녁 나는 돈 후안을 다시 만났다. 내가 그에게 말했다. "당신의 일이 아주 훌륭하게 되어 가고 있어요. 내 일도 나쁜 상태에 있지 않기 바랍니다." 그러자 그가 대답했다. "그 일도 더할 수 없이 잘돼 가고 있어요. 도로테아의 동의를 얻기 위해 권위를 내세우며 애먹는 일 같은 것은 없었어요. 제 동생은 성주님의 인품에 반했고, 성주님의 태도도 마음에 들어 했어요. 성주님은 그녀가 좋아하지 않으면 어쩌나 하고 불안해하신 반면, 그녀는 성주님에게 드릴 것이 그녀의 마음과 손밖에 없어서 더욱 걱정하며 … ." 그래서 내가 기뻐 날뛰며 그의 말을 가로막았다. "아니, 내가 뭘 더 바라야 하는 거죠? 그 매력적인 도로테아가 자신의 운명을 내 운명과 엮는 것을 싫어하지 않는데, 나로서는 더 이상 바랄 것이 없습니다. 그녀의 지참금이 없어도 나는 그녀와 결혼할 수 있을 만큼 꽤 부자이고, 그녀를 얻는 것만으로도 내 모든 소원이 이루어질 텐데 … ."

돈 후안과 나는 행복하게 사태를 거기까지 끌어 온 것이 너무 만족스러워서 우리의 결혼식을 서두르기 위해 불필요한 의식들은 하지 않기로 결정했다. 나는 그 귀족과 세라피나의 부모를 만나게 해주었다. 결혼 조건에 서로 합의한 후 그가 우리 곁을 떠나면서 다음 날 도로테아와 함께 다시 오겠다고 약속했다. 나는 그 여인에게 잘 보이고 싶어서 몸단장을 하고 멋을 부리는 데 최소한 세 시간은 들였다. 그런데도 아직 내 모습이 만족스럽지 않았다. 애인을 보러 가려고 준비하는 사춘기 소년에게는 그런 일이 그저 즐거움일 뿐이다. 하지만 늙어 가기 시작하는 남자로서는 수고스런 일이다. 그래도 나는 과분하게 행복했다. 나는 돈 후안의 누이동생을 다시 보게 되었다. 그녀가 나를 너무 호감 어린 눈으로 보기에 나는 나 자신을 아직 나름대로 괜찮은 사람으로 생각하게 되었다. 나는 그녀와 긴 대화를 나눴다. 그리고 그녀의 독특한 정신에 반했다. 내가 아주 교양 있고 사려 넘치는 사랑을 받는 남편이 될 거라는 생각이 들었다. 나는 그토록 달콤한 기대에 부풀어서 발렌시아에 있는 공증인들 두 명을 불러들였고, 그들은 혼인

계약서를 작성했다. 그러고 나서 우리는 파테르나 주임신부의 도움을 받았다. 그 신부는 리리아스로 와서 후안과 나를 우리의 연인들에게 짝지어 주었다.

그렇게 해서 나는 결혼 촛대에 두 번째 불을 붙이게 했고, 그 점에 대해 뉘우칠 이유는 생기지 않았다. 도로테아는 덕성스런 아내로서 자신의 의무를 즐거움으로 삼았고, 내 욕구를 미리미리 정성스레 챙겼으며, 마치 내가 젊기라도 한 듯 내게 애정을 가졌다. 다른 한편, 돈 후안과 내 대녀는 서로 불길에 타올랐다. 특이한 것은, 동서지간인 두 여인이 서로에 대해 아주 열렬하고 진실한 애정을 품었다는 점이다. 내 쪽에서는 내 처남에게서 너무 많은 장점을 발견하여 그에 대해 진정으로 애정이 생겨났고, 그도 그 애정에 대해 배은망덕으로 갚지 않았다. 마침내 우리 사이에는 화합이 단단히 자리 잡아서, 저녁에 헤어져야 할 때면 그 작별이 힘들었다. 다 함께 다음 날 다시 만나는데도…. 그래서 우리는 두 집안을 하나로 만들기로 결정하고서, 어떤 때는 리리아스성에서 살고, 어떤 때는 후테야성에서 살았다. 이를 위해 우리는 총리가 주신 돈으로 대대적인 수리를 하였다.

독자 친구여, 내가 그토록 소중한 사람들과 감미로운 생활을 이끌어 온 지도 벌써 3년이 되었다네. 만족의 절정은, 하늘이 내게 아이를 둘이나 허락해 주셨다는 점이라네. 그들의 교육은 내 노년의 즐거움거리가 될 것이고, 나는 그들의 아버지일 거라고 경건히 믿는다네.

—끝

프랑스 피카레스크 소설의 대표작과 작가에 관하여

알랭-르네 르사주(Alain-René Lesage)는 1668년 5월 8일에 브르타뉴 지방의 사르조에서 궁정의 공증인이자 서기였던 클로드 르사주와 잔느(결혼 전 성은 브르뉘가)의 외아들로 태어난다. 아버지 클로드 르사주는 혼인 때 그 자신의 아버지 자크 르사주가 구입한 케르비스툴 영지의 주인 자격으로 '귀족'이라고 서명을 한다. 그런데 어머니 잔느는 1677년에, 그리고 아버지 클로드는 1682년에 세상을 떠난다. 그래서 알랭-르네는 열네 살에 고아가 되어 반느에 있는 예수회학교에 기숙생으로 보내진다. 부모도 없는 처지에 갑자기 많은 학생들 틈에서 생활하게 된 사춘기 아이에게 이토록 급작스런 생활 변화가 쉽지는 않았을 텐데, 그의 생애를 살펴본 으젠 랭티약에 따르면, 다행히도 이 학교의 교장인 보샤르 신부의 눈에 띄어 각별한 관심과 보살핌을 받는다. 알랭-르네에게 후견인 자격으로 숙부 둘이 있긴 했으나, 서로 경쟁하듯 이 조카의 돈을 약탈하고 유산을 횡령해 갔다. 이어서 알랭

-르네 르사주는 파리로 보내진다. 처음에는 철학을 공부해야겠다는 막연한 계획이 있었으나, 금세 법학으로 방향을 바꾼다. 그리고 공증인의 서기, 징세청부 등의 업무를 한동안 수행한 후 파리고등법원의 변호사가 된다. 그러는 와중에 파리 부르주아● 출신의 마리-엘리자베트 위아르와 결혼을 하여 가정을 꾸린다. 그들은 향후 네 명의 자식을 두게 된다.

변호사가 된 르사주는 일거리가 별로 없어서 당시 볼테르나 시인 장-바티스트 루소를 위시하여 자유사상가들과 재사들이 모이던 문학 살롱인 '탕플'에 드나들다가 희극작가인 당쿠르를 만나게 되는데, 얼마 안 되어 이 둘은 연극계에서 경쟁 관계에 놓이게 된다. 그리고 르사주는 다른 문인들이 흔히 그러듯이 자기가 드나들던 문학 살롱을 창작활동에 십분 활용한다. 예를 들어 당시로서는 파격적이던 연극작품 〈튀르카레〉(*Turcaret*)의 집필이 끝났을 때는 무대에 올릴 작정을 하기 전에 우선 살롱들에서 원고가 돌아다니게 만들었다. 독자들의 반응을 타진하는 일이기도 했고, 그들이 그의 작품을 받아들일 수 있도록 터를 닦는 작업이기도 했다.

그런데 르사주가 문인으로서 한 첫 작업은 번역이었다. 그의 첫 번역은 《아리스타이네토스의 연애편지》(*Lettres galantes d'Aristénète*)였다. 그는 파리대학에서 만나 친구가 된 당셰에게 이 원고를 보낸다. 당셰는 르사주보다 앞서 작가의 길을 걷고 있던 시인인데, 이 친구가

● 여기서 '부르주아'라 함은 오늘날 우리가 사용할 때의 함의가 아니라, 도시의 중인(中人) 계층이라는 의미를 띠며 사용된 단어다. 즉, 귀족계층이 아니라는 뜻이다.

르사주의 원고를 샤르트르에서 출간케 한다. 단, 출간지는 샤르트르가 아니라 로테르담으로 표기하게 했다(검열을 피하기 위해 당시에 흔히 쓰던 수법이다). 그러고 나서 파리에 정착하고, 법원에서 변호사로 받아들여지는데, 얼마 안 되어 변호사 일을 그만두고 전업작가의 길을 걷기 시작한다. 이런 무모한 결정을 내릴 수 있었던 것은 당시 장관이던 위그 드 리온의 아들인 쥘르 드 리온 신부가 르사주에게 6백 리브르의 후원금을 대준 덕분이기도 했다. 하지만 르사주는 당시의 증언들에 따르면 몸과 마음이 건실한 사람이어서 문인으로서, 더 나아가 시민으로서 자신을 격하시키는 비굴한 처신은 결코 보이지 않았고, 정신적으로 늘 독립적인 입장을 견지하였다.

그럼에도 여전히 작가로서 입신한다는 것이 그리 녹록지는 않았다. 친구가 많긴 했어도 술수를 쓴다거나 남에게 부탁하는 것을 좋아하지 않았고 청렴한 기질이었기에, 궁핍을 면하기 힘들었다. 그의 자질을 잘 알고 있던 드 빌라르 총사령관이 자기 곁에 일자리를 하나 마련해 주려 하였으나 르사주는 거절했다. 이외에도 그와 비슷한 유리한 제안들을 종종 물리치곤 했다. 르사주는 평생토록 그렇게 독립적인, 다시 말해 떳떳한 입장을 고수했다. 리온 사제가 그에게 가졌던 꾸준하고 진실한 우정은 아마도 그런 면모 덕분이지 않을까 싶다.

1707년에 르사주는 두 편의 연극작품, 〈동 세자르 위르생〉(*Don César Ursin*)과 〈자기 주인의 경쟁자 크리스팽〉(*Crispin, rival de son maître*)을 발표하는데, 〈크리스팽〉만 그의 기대에 부응한다. 스페인 극작가 후안 루이스 데 알라르콘 이 멘도사(Juan Ruiz de Alarcón y Mendoza, 1581~1639)의 영향이 뚜렷한 이 연극작품은 스페인이 당시 프랑스 문단에 끼친 영향을 증명해 주는 한 사례이기도 하다. 사실상 르사주가 스페인 문학에 관심을 갖고 스페인 작품들의 번역을 통해 문인 생활을 시작하게 된 계기는 그에게 재정적 지원을 해준 리욘 신부의 권유이다. 종교인으로서 그런 조언을 해주었다는 것이 이색적이고 흥미롭기도 한데, 리욘 신부의 스페인 선호 취향은 스페인 대사였던 아버지로부터 온 것일 거라는 추측이 유력하다. 다른 한편, 프랑스에서 스페인 문학의 영향은 사실상 일찍이 16세기 후반부터 줄기차게 감지되어 왔다. 후에 19세기 작가 바르베 도르비이(Barbey d'Aurevilly, 1808~1889)가 "날카롭고 예리한 관찰의 걸작"이라고 극찬하는 마담 돌누아(Marie-Catherine d'Aulnoy, 1651~1705)의 《스페인 여행 이야기》(*Relation du voyage d'Espagne*, 1691)가 출간 당시뿐만 아니라 이후에도 지속적인 성공을 얻은 것도 그 한 예이다. 그리고 프랑스 문학과 문단에 대해 자세히는 모르는 독자라 할지라도 피에르 코르네유의 《르 시드(엘 시드)》나 몰리에르의 《동 쥐앙(돈 후안)》의 제목에서 그 유행의 흔적을 느낄 수 있었을 것이다.

이러한 영향권 내에 있을 뿐만 아니라 그 자신 또한 스페인 유행이 지속되는 데 한몫하기도 한 르사주는 결정적으로 《질 블라스 이야기》(*Histoire de Gil Blas de Santillane*)를 통해 스페인이 원조로 통하는 '피카레스크 소설' 장르에서 프랑스 대표작가로 자리매김하게 된다. 르사주가 최초로 피카레스크 양식으로 작품을 썼다고 할 수는 없으나, 이 분야에서 의미 있는 첫 작품으로 꼽히므로, 프랑스의 피카레스크를 생각하면 가장 먼저 떠올리게 되는 작가가 바로 르사주이고, 작품은 《질 블라스 이야기》가 된 것이다. 연극작품을 주로 쓴 르사주이지만, 후대에 이름을 남기게 해준 작품들은 《질 블라스 이야기》와 또 다른 소설 《절름발이 악마》(*le Diable boiteux*, 1707)이다. 그리고 그로 하여금 글로 먹고살게 해준 작품도 《질 블라스 이야기》였다.

그런데 르사주는 자신에게 글쓰기의 모델들이 되어 주었던 스페인 문학 작품들의 영향하에 머무르지 않고 나름의 독창성을 발휘할 줄 알았기에 적지 않은 실패들을 딛고서 프랑스 문학사에서 의미 있는 족적을 남길 수 있었다. 그는 1740년에 소설 《찾아낸 가방》(*La Valise trouvée*)을 펴내기까지 문인으로서의 활동을 계속하였다. 하지만 거의 모든 작가들이 프랑스학술원에 들어가려는 열망을 가졌던 것과 달리(이는 오늘날에도 달라지지 않았다), 그는 그럴 야심도 없었고, 그러려는 노력도 하지 않았다. 야망과 허영에서 자유로웠던 유쾌한 영혼이었던 것이며, 이러한 점은 그의 작품들에서도 당연히 드러난다.

그의 노년의 삶은 《질 블라스 이야기》의 결말에 나오는 질 블라스의 평화로운 노년과 비슷한 면이 적지 않다. 탐구 취향, 건실한 생활 태도, 현모양처의 한결같은 애정과 관심, 진정한 친구들 그리고 문학이 주는 즐거움 속에서 평화롭게 지내던 노년의 르사주에게도 때로는 잔혹한 현실이 주는 시련 또한 없지 않았다. 1743년에 연극배우이던 장남 몽메닐이 갑작스레 죽은 것이다. 르사주는 이 장남이 법조인이 되길 바랐고, 실제로 그리되어 몇몇 송사를 성공적으로 이끌기도 했으나, 결국 연극배우가 되었던 아들이다. 작가 르사주가 소설 못지않게 매진했던 분야가 연극이긴 했어도 연극배우라는 직업에 대해 반감이 컸는데, 장남이 연극배우가 되는 것도 모자라 셋째 아들 페테넥마저 장터 연극의 배우가 된다. 그래서 아버지 르사주는 늘 다정한 딸과 모범적인 처신을 보이며 성직자의 길을 택한 둘째 아들에게서 위안을 얻는다. 장남 몽메닐이 연극계로 가자 아버지 르사주는 한동안 그를 보려 하지 않기까지 했으나 얼마 후 화해하고 더욱 친밀해졌는데, 그러던 터에 그 장남이 갑자기 죽은 것이다. 이 죽음은 아버지 르사주에게 너무 큰 충격이었다. 그리하여 1743년 말에 은퇴를 결정하고 성당 참사원이던 둘째 아들이 있는 불로뉴-쉬르-메르로 간다. 거기서 딸의 결혼지참금조차 없을 정도로 가난한 형편 속에서 지내다가 1747년에 죽음을 맞는다. 그의 장례식에는 그 지방 행정관이던 드 트레상 백작도 참모들과 함께 참석했다. 르사주의 아내는 조금 더 산 뒤 1752년 4월 7일에 남편이 죽을 때의 나이와 같은 나이로 생을 마감한다.

르사주는 어릴 적부터 청각장애 증상을 보였고, 이에 관해 그 자신이 〈튀르카레〉의 프롤로그에서 밝히고 있다. 항간에서는 바로 그 때문에 그가 아카데미 프랑세즈의 회원이 되지 못했을 거라고도 한다. 하지만 그의 인생 전반과 다른 일화들로 비추어보건대, 알랭-르네 르사주는 문인으로서 독립성과 품위를 유지하며 그 어떤 타협에도 굴하지 않았기에, 즉 부귀영화를 탐하지 않았기에 늘 궁핍하게 살았다. 헛된 영화보다는 고고한 소박함을 선택한 것이다. 그는 죽을 때까지 아버지로서의 의무를 충실히 하여 덕성스러운 삶의 표본을 자식들에게 유산으로 물려주었고, 신앙 또는 신념에서도 타협을 모르고 자신의 양심을 끝까지 지킨 인물이었다. 외양에 치중하고, 술수와 위선이 난무하던 시대에 올곧은 처신으로 일관한 드문 작가다.

앞서 본 바처럼 자유로우면서 꼿꼿한 정신의 소유자이던 르사주의 역작 《질 블라스 이야기》는 저자의 그런 면모를 고스란히 담고 있다. 의연하고 정직하면서도 보헤미안 기질이 다분한 르사주가 본인 자신도 성숙해 가며 썼기에(《질 블라스 이야기》는 작가로서는 대기만성형인 르사주가 47세에 첫 출간을 하여 67세에 완간한 작품이다), 이런 종류의 장편소설이 흔히 그러하듯 저자의 정신적 성숙(완숙)의 추이가 드러나기도 하는 소설이다. 이렇게 긴 작품을 한달음에 쓰기는 불가능할 거라는 추정이 지극히 당연해 보이는 만큼, 실제로도 이 작품은 창작 시작 시점과 완료 시점 사이가 20년이 넘는 오랜 시간의 결실이다. 출간 시점은 세 번으로 나뉜다. 그리고 그 세 부분은 각 시기에 따라 저자가 처해 있던 상황이나 기분, 그리고 정치 사회적 정황에 따른 차이점들을 여러 차원으로 드러낸다. 그뿐만 아니라, 소설 속 이야기의 배경이 되는 스페인 황금기 시절에 학업을 위해 고향을 떠난 주인공이 계획을 바꾸어 하인 일부터 시작하여 파란만장한 행적 끝에 높은 지위까지 오르는 동안 관찰하게 된 사회 각 계층의 풍속이나 행태에 관한 묘사는 소설의 허구 세계 그 이상의 의미를 지닌다. 일종의 행태학적 탐구의 소설화라고 할 수 있을지 모른다.

총 제12부 중에서 6부까지는 1715년에 초판이 출간되었는데, 주인공의 젊은 날들이 그려지는 만큼 활동과 사건들의 연속이고, 주인공뿐만 아니라 그가 조우하는 인물들도 대부분 '피카로'(악당) 들이며, 저자가 밝혔듯이 "이 세상의 작은 악행들과 더 크고 더 강력한 악행들까지도" 그려 보이는 데 주력하였다. 그러면서도 비극적이거나 숙명적이거나 하는 장엄한 분위기가 아니라, 가볍고 유머마저 섞이는 피카레스크 본연의 속성들이 한껏 드러나는 부분이다. 두 번째 부분인

7~9부는 1724년, 마지막으로 10~12부는 1735년에 출간된다. 주인공이 마드리드로 떠나 궁정 생활을 하게 되는 두 번째 부분에서는 활동과 사건도 물론 풍부하지만, 여기에 17세기 모럴리스트 작품들처럼 관찰과 인간 탐구에 이은 성찰이 많아진다. 세 번째 부분에서는 이러한 점들이 더욱 강화되고, 주인공의 모범적인 변화와 정신적 성숙을 보여 주는 예화들이 특징적이다. 20년 세월 동안 저자 자신이 변화되고 성숙해 가는 만큼 주인공도 이에 따라 변화하고 성숙한 것이리라.

뿐만 아니라 흥미롭게도 1715년, 1725년, 1735년은 각각 사회적으로도 중요한 시기들이었다. 1715년에 루이 14세가 사망했으니 첫 번째 부분은 루이 14세 말년에 쓰인 것이고, 두 번째 부분은 섭정기에 쓰였으며, 세 번째 부분은 루이 15세 치하에 쓰인 것이다. 이 변화무쌍하고 어수선하던 기점들과 엇비슷하게 맞아 들어가는 출간 시기들은 그냥 묵과하고 넘어가기에는 꽤 의미심장하다. 통상 고전주의를 마감하는 시기로 잡는 1715년, 사상적으로나 풍속 면에서 자유분방하던 섭정기, 그리고 뉴턴의 과학적 발견들의 전파와 영국의 합리주의적 사고방식의 영향이 두드러지던 1730년대, 우연이었건 아니건 간에 이는 작품 이해에서 무시하지 말아야 할 요소들일 것이다. "사회생활의 총체적 묘사"(앙리 쿨레) 라고 평가될 만큼 당시 사회상의 방대한 화폭이라 할 수 있는 이 작품은 이후의 비평가들과 소설가들로 하여금 르사주를 풍속소설의 창시자로 여기게 만들었다. 이 소설 줄거리의 공간적·시간적 배경인 17세기 초 스페인은 그저 무대장식과도 같은 것일 뿐이고, 작품세계 속에서 벌어지는 행태들과 사건들은 르사주가 처해 있던 사회의 양상들이다. 줄거리가 진행되면서 변화되는 주인공의 모습은 집필 시기 사회상과의 긴밀한 관계를 감지케 하고, 그 긴 시기 동안 저자가 겪었을 변화(또는 성숙)와도 밀접한 연관이 있음을 드러내고야 만다.

그런데 《질 블라스 이야기》를 언급할 때 풍속소설로서의 면모보다 우선 먼저 떠올리게 되는 특징은, 앞서도 언급되었듯이 프랑스 피카레스크 소설의 대표작으로 꼽힌다는 점이다. '피카레스크'란 프랑스의 《라루스 백과사전》에 따르면, 16세기 중반 스페인에서 생겨난 장르로서, 당시 유행하던 목가적인 전원시나 멋을 한껏 부리며 세련미를 추구한 문학 작품들에 대한 반발로서 풍자나 냉소적 대응의 분위기를 띤다. '피카레스크'는 악당을 의미하는 스페인어 '피카로'의 형용사이다. 피카로, 즉 '반영웅'(反英雄, *anti-hero*)을 주인공으로 하는 이 양식은 애초에는 몇 가지 공통점들(자서전적인 1인칭 서술, 하층계급 출신의 주인공, 이 주인공이 다양한 계층들로 파고들며 겪는 파란만장한 사건과 직업 경험 등)을 공유하였다. 그러나 유럽 각 나라로 전파되어 '피카레스크'란 수식어로 지칭되는 작품들을 상호 비교해 보면 이 요소들의 조합에서 다양한 양상들이 보인다. 즉, 이 요건들을 늘 모두 충족해야만 하는 것은 아니고, 각 작품에서 앞서 지적한 요소들 중 몇 가지만 취하고 어떤 요소는 빠지거나 다소 변형됨으로써 그 양상이 다양해진다는 얘기다.

스페인에서는 1553년 작자 미상의 《라사리요 데 토르메스의 생애》(*La Vida de Lazarillo de Tormes*)의 출간을 계기로 피카레스크 양식의 소설이 등장하기 시작했는데, 두 번째 작품은 꽤 한참 뒤인 1599

년 마테오 알레만(Matéo Alemán, 1547~1614)에 의해 발표된 《구스만 데 알파라체》(*Guzmán de Alfarache*)이다. 이전에 이와 유사한 작품들이 있었다고 주장하면서 이들을 원조로 보는 것에 반대하는 입장들도 있으나, 일반적으로 이 작품들을 피카레스크 장르의 효시로 보는 것이 통례다. 이 피카레스크 소설들은 종래의 문학 전통에서 벗어나는 양상을 보이기 때문이다. 피카레스크 소설은 스페인 황금기의 어수선한 사회 속에서 가정적으로나 사회적으로나 기댈 곳 없는 빈털터리 주인공의 지난할 뿐만 아니라 명예롭지 못한 삶을 그림으로써, 종래의 소설에 등장하는 이상적인 주인공의 탁월한 면모나 혁혁한 공적들과는 완전히 상반되는 내용을 담았다.

피카레스크 소설의 주인공들은 '생존'을 위해 한 재산 얻거나 어떻게든 출세해야겠다는 욕구가 강한데, 그들의 출신 조건이 안정된 신분 상승을 애초에 불가능하게 만들기에, 이들은 '기회'를 잡고자 끊임없이 이동해야 하는 처지에 놓인다. 그리하여 '방랑'은 피카레스크의 공통적 속성들 중 하나일 수밖에 없다. 그렇다 해도 주인공의 경험들만으로는 사회의 부패상이나 세상의 악을 다 보여 주기 힘들기 때문에 다른 이들의 경험들을 통해 그 부족한 부분들을 메우게 된다. 이 때문에 주요 플롯에서 곁가지로 일탈하는 서브플롯들이 형성되기 일쑤이고, 그것으로도 모자라서 '끼워 넣은 이야기들'(*histoires insérées*)이 주요 플롯과 무관하게 불쑥불쑥 튀어나온다. 하지만 이런 형식 자체는 피카레스크 양식에서만 보이는 것은 아니다. 이는 오히려 영웅적인 주인공의 연애를 주제로 하는 전통적인 소설들에서 익히 사용되던 기법이어서, 17~18세기 스페인뿐만 아니라 프랑스 소설들에서도 매우 빈번히 보게 된다. 다만, 피카레스크 소설에서는 그런 서브플롯들 또는 끼워 넣은 이야기들의 기능이 다른 카테고리의 소설에서보다 더욱 분명하다는 점이 특기할 만하다. 그 이야기들은 주인공 질 블라스가 자신의 파란만장한 인생 속에서 쌓는 풍부한 경험들을 더욱 보완해 주는 경험들이고, 그런 만큼 교훈들도 더해지게 마련이다.

피카레스크 소설이 스페인에서 거둔 큰 성공은 이웃 국가들의 문단에도 반향을 일으켜서 프랑스, 영국, 독일 등지에서도 피카레스크 소설들이 등장한다. 그리고 르사주의 《질 블라스 이야기》는 초판부터 거둔 성공에도 불구하고, 어쩌면 당연히 예상된 몇몇 비판적 반응들에 직면한다. 이야기의 배경이 스페인인 것은 앞서 언급한 스페인에 대한 관심과 유행으로 인해 별문제가 되지 않으나, 그때까지는 소설 주인공이 '버젓한' 문학작품의 경우 귀족 출신이거나 이에 준하는 자질의 인물이던 것이 통례이므로, 비록 배움을 거치기는 했으나 서민 출신인 데다가 이야기 초반에서 수차례 부도덕한 행동과 말을 일삼을 뿐만 아니라 세상을 알게 되고 나서는 더욱 영악해지는 주인공의 이야기이고 보니, 아무리 결말이 도덕적이라 해도 대놓고 환호할 만한 분위기가 아니었던 것이다. 이 현실적이고 사실주의적인(하지만 19세기의 사실주의와는 좀 다른 의미에서) 주인공이 흥미롭기는 하지만, 소설은 모름지기 도덕적이어야 한다는 암묵적인 규약에서 벗어나 있어서, 당시 소설들이 안고 있던 '딜레마', 즉 사실주의적인 냉정한 현실 묘사로 일관하려다 보면 도덕적인 이상을 그려내기 힘들고, 도덕적인 이야기를 쓰려다 보면 '진실임 직하지' 못한 딜레마에 여전히 봉착하게 된다. 그리고 이 딜레마로 인해 어떤 관점에서건 비판을 완전히 면할 수는 없었다.

그럼에도 불구하고 이 소설은 많은 독자들을 끌어들였고, 그 호응은 꾸준하여 현재까지 총 250차례 이상 재출간되었다. 스페인에 대한 관심과 유행만으로는 그런 지속적인 반응을 설명할 수 없음이 확실하다. 초판 출간 당시 독자들에게는, 이 작품이 스페인에 대한 열풍보다는 현실을 에둘러 담고 있으리라는 기대감 때문에, 이야기 속에서 현실 속의 인물이나 사건에 대한 단서들을 찾으려는 심리가 더 컸을 것이다. 앞서 언급했듯이 공간 배경은 스페인이고, 인물들도 스페인 이름을 지니고 있지만 그들의 언행과 벌어지는 사건들은 당대 프랑스 사회를 암시하고 풍자하기 때문이다(게다가 르사주는 스페인을 방문한 적이 단 한 번도 없었다고 한다).

이 또한 이 소설만의 특성이 아님은 물론이다. 몽테스키외의 《페르시아 편지》도, 볼테르의 《캉디드》도 모두 저자들의 관심이 집중돼 있는 프랑스 중심부와 사회상에 대한 위험한 관점을 피력하기 위한 수단으로서 이야기 공간을 옮겨 놓은 작품들이다(몽테스키외도 페르시아를 직접 방문한 적이 없고, 1676년에 출간된 《타베르니에의 여섯 차례의 여행》을 출처로 삼아서 《페르시아 편지》를 썼다). 그런 만큼 독자들에게는 흥미진진할 수밖에 없고, 이는 토론이 활발했던 프랑스 상류사회 문화 속에서도 도서에 대한 정치적·문화적 검열이 빡빡했던 당시에 문인들이 아주 흔하게 이용한 장치이다. 즉, 이국정취보다 독자의 흥미를 더 자극한 것은 독자들의 '지금, 여기'에 대한 호기심을 충족시키는 요소들일 수 있다. 이런 점은 그때나 지금이나 비슷할 것이다.

그러나 이 작품이 배경으로 삼는 시대에 살고 있지 않은 이후의 독자들, 더 나아가 외국 독자들은 그런 점보다는 이 작품이 갖는 보편적 가치에 더욱 끌린다. 이 작품에서 보이는 인간 본성에 대한 통찰력 있는 사건 전개와 이에 따른 성찰들이 독자들 각자의 삶을 돌아보게 하고, 각자의 삶 속에서 유사한 경험들을 들춰내어 비교해 보면서 실소도 하고 다시 깨달음도 얻게 하는 것이다. 이것은《질 블라스 이야기》속에는 인간에 대한 관찰과 인간 본성에 대한 탐구에 주력했던 라브뤼예르나 라로슈푸코 같은 작가들의 인간에 대한 통찰력에 버금가는 예리한 관찰과 분석을 실은 사건들과 고찰들이 곳곳에 포진되어 있기 때문이다. 이런 관찰과 분석은 인간에 대한 성찰을 인간군의 정형화로 이끌기도 한다. 그래서 등장인물들은 개별적 특성을 지닌 '개인'으로서 그려지기보다는 '유형'(*type*) 들로 구현된다. 집착적으로 자주 등장하는 유형은 우선 의사이고, 주인공이 자주 접하는 이들이 궁정 사람들이므로 귀족들 또한 항구적으로 등장하며, 저자가 소설 못지않게 연극에도 매진했으므로 연극인들과 연극계 또한 꽤 자주 등장한다. 그리고 이 시대에 빠질 수 없는 인간군인 성직자들과 종교계 또한 늘 따라붙는다. 이들이 이 시대를 구성하고 이끌어 가는 주체들로서 이 시대 특유의 풍속을 대표하는 것이 분명하긴 하지만, 이들이 보이는 속성이나 행태가 우리에게 낯설기만 하지는 않다. 유형화된 그들의 '인간적인' 면모들은 우리 안에도 있는 것들이기 때문이다. '문화'라는 외피가 다를 뿐, 본질(인간의 속성) 은 크게 다르지 않기 때문일 것이다.

그러므로 우리나라에서는 처음 번역 출간되는 이 소설이 우리 독자들에게 우선은 숱한 스페인 지명과 인명들로 인해 얼른 와닿지 않을

지 모르겠으나, 주인공의 여정을 찬찬히 따라가다 보면 그 낯선 이름들 뒤에서 우리에게 아주 익숙한 '인간'의 모습과 인간군을 발견하게 될 것이다. 생존을 위한 속임수와 타협, 그럼에도 가끔씩 발동하는 관용과 베풂, 숱한 배신의 군상들 가운데서 어쩌다 얻게 되는 귀한 우애와 보은 등…. 이 모든 것들이 우리의 삶 속에서도 발견될 수 있는 만큼 그러한 것들을 소설에서 또 보게 되면 진부하다 여길 수도 있겠지만, 흔하고 진부한 만큼 현실적으로 보이고, 진실로 다가올 수 있을 것이다. 결말이 매우 도덕적이고 미화된 느낌이 들어서 상투적으로 보일 수도 있을 테지만, 그런 점이 용인되는 이유는 무수히 많은 불행한 사건들과 실패와 좌절로 점철된 이야기들로 구성되는 것이 피카레스크 소설의 속성이긴 하지만 그 많은 불행과 좌절이 '비극적으로' 또는 '숙명적으로' 묘사되지는 않기 때문이다. 불행이 시니컬하게 또는 코믹하게 그려져서 그 불행의 무게를 덜어 주는 경쾌함이 바로 '정통파'로 하여금 피카레스크 장르를 경시 또는 무시하게 한 요소이기도 하지만, 독자의 마음은 그로 인해 가벼워지고 위로를 받는다.

안 그래도 무시당하던 장르인 '소설'에 '피카레스크'가 덧붙여져서 더욱 불리한 상황에 처한 피카레스크 소설은 아이러니컬하게도 종래의 목가적이거나 세련된 사랑을 주제로 하던 전통적인 소설이 봉착한 딜레마에 출구를 엿보게 해주는 역할을 자신도 모르게 했다고 사료된다. 이는 현실적인 주인공이 숱한 시련과 좌절을 거름 삼아 성장하여 마침내 모범적이고 성숙한 인간으로 거듭난다는 플롯을 통해 앞서의 부도덕한 여정에 정당성이 부여되고, 이야기의 존재 이유를 획득하면서, '교육소설' 또는 '성장소설'로의 발전 가능성을 보여 주기 때문이다.

다른 한편으로, 소설 주인공의 신분을 하인 또는 그보다 더 경시되는 계층으로 확산시킬 가능성을 열어 준 것도 《질 블라스 이야기》의 공적들 중 하나라고 할 수 있다. 물론 그 전에도 귀족층이 아닌 사회 계층을 주인공으로 하는 이야기들이 없지는 않았다. 중세부터 이어져온 '파블리오' 같은 장르가 대표적인데, 그런 이야기들은 대체로 글로 쓰이기보다는 '구전문학'의 카테고리에 들어가 있다. 한 작가에 의해 쓰이고 인쇄되어 출간된, 그러나 구전되는 이야기처럼 술술 읽히는, 그래서 쉬워 보이고, 그래서 가벼워 보일 수 있는 이 소설은 가볍지만은 않은 지혜들로 가득 차 있고, 소설의 역사와 프랑스 문학사에서 자신도 모르게 중요한 역할을 해냈다.

르사주는 '위대한 세기'로 일컬어지는 17세기의 고전주의에서 개혁의 의지가 충만하여 새로운 시도들로 역동적이던 계몽기로 넘어가는 시기를 살았고, 바로 그 전환점이라 할 수 있는 시기에 《질 블라스 이야기》의 첫 번째 부분이 출간된다. 이는 그저 우연의 일치로 여겨질 것이 아니라, 한껏 의미를 띠는 요인으로 고찰될 수 있다. 그는 고전주의의 전통을 부분적으로 물려받으면서 동시에 이제 맞닥뜨리는 시대의 움직임들에도 유감없이 참여하기 때문이다. 그의 연극들은 18세기에 팽배하던 낙관주의적 '경쾌함'(어떤 이들은 '경박함'이라고 지칭하기도 하지만…)을 보이며 그 시대 문학의 '소명'처럼 여겨지던 풍자를 통해 사회를 비판하기도 하고 동시대인들을 이해하기도 한다. 아울러 소설 양식에서는 이전 세기에서부터 흔히 쓰이던 '회고록 형식', 부수적 플롯 삽입 등의 기법들을 필요에 따라 이용한다. 이렇듯 회고록 형식의 주요 플롯에서 이미 1인칭 화자가 '나의 이야기'를 펼쳐 가는데, 서브플롯들 각각도 1인칭 화자가 각자 '나의 이야기'를 들려주어서 그 무수한 '나'에 독자들은 매번 자신을 대입시켜 볼 수도 있고, 그 많은 '나의 이야기'들 중에서 자신의 이야기와 가장 흡사한 것을 발견할 수도 있을 것이다.

르사주의 풍자적 묘사는 때로는 신랄하게 때로는 유머러스하게 '사실주의적'이어서 독자들은 그의 이야기를 읽다가 자주 고개를 끄덕이거나 미소 짓게 될 것이다. 하지만 객관적 묘사라는 명목으로 배경 묘사가 한없이 이어지는 19세기식 사실주의가 아직은 아니다. 그런 메마름 또는 냉정함은 르사주의 기질이 아니다. 현실에 대한 통찰과 인간의 보편적 삶에 대한 이해와 연민이 뒤섞인 사실주의이다. 그렇다고 주관적인 고집에서 비롯된 주장이나 이념도 아니다. 자신을 포함한 인간들의 긍정적인 면과 부정적인 면 모두를 포용하는 다소 인류학적인 이해가 바탕에 깔려 있다. 그래서 그의 등장인물들은 악당들도 온전히 악당이기만 하지 않고, 선한 자들도 결점과 약점을 보이고야 만다. 그리하여 주인공을 포함한 모든 등장인물들이 변덕스런 상황들에서 비롯되건 자신들의 성격에서 비롯되건 간에 인생의 부침을 무수히 겪는다. 그래서 어떤 성공이나 행운 뒤에는 어김없이 안 좋은 일이 뒤따르고야 만다. 성공했다고 자만하거나 방심해서는 안 된다는 교훈을 주려는 듯 보인다. 그렇다고 해서 허무주의로 빠지지는 않는다. 그런 변화무쌍한, 그래서 때때로 허망함을 느끼게 되기도 하는 인생이지만, 신의(信義)를 지키고 대가 없이 베풀면 결국 평안한 휴식과도 같은 행복한 은퇴 생활로 이어질 수도 있다는 희망을 얘기한다. 이는 단순히 권선징악적 결말이기보다는 오랜 성찰의 귀결이다. 온갖 처지의 인물들이 등장하고, 사회의 온갖 부패와 위선이 비판되고, 저자가 끝내 버리지 않는 기독교를 종교재판을 통해 통렬히 비판하는 《질 블라스 이야기》는 수많은 일화들을 통해 세상에 관해 가르쳐 주고, 등장인물들의 관계 변화를 통해 사회를 적나라하게 보여 주며, 주인공의 성격과 행적을 통해 인간의 품위를 떠올리게 하고, 그의 실수들과 결점들을 통해 겸손을 일깨운다.

알랭-르네 르사주 연보

1668 5월 8일, 브르타뉴 지방의 사르조(모르비앙)에서 사법 업무를 담당하는 왕립 공증인 집안에서 태어나다(외아들로서 형제가 없다).

1677 9월 11일, 어머니가 돌아가시다.

1682 12월 24일, 아버지가 돌아가시다.
반느의 예수회 학교에 입학하다(당시 예수회는 오라토리오 수도회와 더불어 교육에서 큰 역할을 담당하던 터였다). 그가 부모로부터 상속받은 유산은 삼촌들이 횡령한다.

1690 파리로 올라가서, 법학 공부를 한 것으로 추정된다.

1694 9월 28일, 마리-엘리자베트 위야르와 결혼하다. 이 부부는 향후 딸 하나와 아들 셋을 두게 되는데, 딸은 부모 집에 남아 있고, 세 아들 중 첫째와 셋째는 아버지의 반대에도 불구하고 연극배우가 되며, 나머지 둘째 아들은 사제가 된다.

1698 《아리스테네트의 연애편지》(*Lettres galantes d'Aristénète*)를 발표하다. 후기 그리스의 아리스타이네토스의 연애편지 모음집을 자유롭

게 번안한 작품이다. 이 작품은 서점에 출시되긴 했지만, 대중의 눈길을 끌지 못한 채 묻힌다.

1700 《스페인 연극》(*Théâtre espagnol*)을 발표하다. 프란시스코 데 로하스와 로페 데 베가의 연극들을 더 야심차게 번안한 작품으로, 성공을 거두지는 못한다. 르사주는 변호사로 일하다가 루이 14세 때 외무장관을 지낸 아버지를 둔 리욘 주임사제의 비서로 일하게 되는데, 그의 권유로 스페인 문학에 발을 들여놓게 된다. 이 신부는 갑자기 죽음을 맞는 1721년까지 르사주에게 후원금을 대주었다.

1702 프란시스코 데 로하스를 번안한 〈명예에 관한 일〉(*Le Point d'honneur*)을 발표하는데, 테아트르-프랑세 극장에서 두 번밖에 공연되지 못한다.

1704 《경탄할 만한 돈키호테의 새로운 모험》(*Nouvelles Aventures de l'admirable Don Quichotte*) 발표. 세르반테스 소설의 후속이라 자처하며 익명으로 발표된 작품을 일부 번역하고, 일부는 창작한 것들로 구성된 이 소설은 그에게 상당히 큰 성공을 가져다준다.

1707 〈동 세자르 위르생〉(*Don César Ursin*) 발표. 페드로 칼데론 데 라 바르카(1600~1681)의 작품을 번안한 이 연극작품은 테아트르-프랑세의 관객으로부터 외면당한다. 반면 독창적이고 충격적인 단막극 〈자기 주인의 경쟁자 크리스팽〉(*Crispin rival de son maître*)은 갈채를 받는다. 이 작품에서는 크리스팽과 라브랑슈라는 두 하인이 크리스팽의 주인을 속이는 것에서 희극성이 연출된다.

1707 《절름발이 악마》(*Le Diable boiteux*)를 발표한다. 이 소설은 벨레스 데 게바라의 소설 《절름발이 악마》(1641)에서 출발하여 나름대로 손질을 하고 즉흥적으로 꾸미기도 한 작품이다. 18세기 프랑스 서점들에서 가장 큰 성공을 거둔 서너 작품들 중 하나이다. 르사주는 이 소설에서 피카레스크 전통을 이어받으면서 동시에 라브뤼예르나 라로슈푸코 식의 인간 탐구의 관찰을 담는다.

1709 〈튀르카레 또는 자산가〉(*Turcaret ou le Financier*) 발표. 이 연극작품은 무대에 올리기 전에 르사주가 드 부이용 공작부인의 문학 살롱을 위시하여 여러 문학 살롱에서 독회를 하며 반응을 살피곤 했던 터라 그 내용이 이미 알려져 있었다. 그래서 투자나 사업을 하는 사람들이 이 작품의 공연을 오래도록 막았는데, 오를레앙 공에 의해 마침내 공연 지시가 내려졌다. 이 연극은 좋은 반응을 얻는다. 르사주는 자산가들에 대한 반감이 대단했고, 이 반감은 평생토록 지속된다. 산문으로 된 이 5막극은 인물들에 초점을 맞추기보다는 풍자에 치중한 풍속극이라 할 수 있다. 교육도 받지 못하고 양심도 없는 하인이던 튀르카레가 징세청부인이 되어 재산을 축적해 가는 이야기를 통해 르사주는 루이 14세 치세 말기에 만연해 있던 자산가들과 투기꾼들의 조작 행태를 고발하였다. 이야기는 튀르카레가 부유해지는 것으로 결말짓지 않고, 그 또한 사기꾼 집단에 걸려들게 만든다. '사기를 당하는 사기꾼'의 이야기이다.

1710~1712 《천일주화》(*Les Mille et un Jours*) 발표. 이 콩트 모음집은 당시 출간 중이던 《천일야화》가 세간에서 성공을 얻던 상황을 이용하여 쓰였다. 이 작품은 터키어의 번역물들을 제공하는 동양학자 페티 드 라 크루아의 이름으로 출간된 작품을 르사주가 다시 쓰고 손질

한 것이다. 그의 최고 작품들 중 하나다.

1715~ 《질 블라스 데 산티아나 이야기》(*Histoire de Gil Blas de Santillane*)
1735 가 출간된다.

1721 이 해부터 그의 연극작품들을 모아 놓은 《장터 연극》(*Le Théâtre de la Foire*)이 발표되기 시작하는데, 이 선집의 출간은 1737년까지 이어진다. 르사주가 쓴 100여 편의 연극작품 중 이 선집에 실린 소극(笑劇)들과 희극들은 총 64편이다. 민중적인 그의 장터 연극은 궁정 희극의 경박스러움과 위선에 대립되는 것으로서 향후 출현할 '보드빌'(경가극)이나 '오페라 코믹'을 예고하는 듯 여겨질 수도 있다. 르사주의 이 연극들도 그의 소설들과 마찬가지로 세태에 대한 풍자를 담고 있다. 부패한 자산가들과 허영에 찬 귀족들을 등장시켜 반면교사로 삼게 하려는 의도를 보인다.

1732 《구스만 데 알파라체의 이야기》(*Histoire de Guzman d'Alfarache*) 발표. 마테오 알레만의 종교개혁을 반대하는 걸작을 축약하고 좀더 독자들의 구미에 맞게 번안한 작품.

1732 《일명 보셴이라 불리는 기사 로베르의 모험》(*Aventures de Robert Chevalier, dit de Beauchêne*) 발표. 어느 해적의 회고록에서 끌어낸 독창적인 소설.

1736~ 《살라망카의 학사》(*Le Bachelier de Salamanque*) 발표. 그의 마지막
1738 소설작품이기도 하다. 이 외에 노년에 펴낸 작품들로는 《에스테바니야 곤살레스》(*Estévanille Gonzalez*), 《찾아낸 가방》(*La Valise*

trouvée), 《아주 인상적인 정신적 기지와 역사적 특징들이 재미있게 혼합된 선집》(*Mélange amusant de saillies d'esprit et de traits historiques des plus frappants*) 등이 있다.

1747 11월 17일, 불로뉴-쉬르-메르에 있는 아들(참사원)의 집에서 79세의 나이로 죽음을 맞는다. 연로한 나이로 몹시 쇠약해진 상태였다. 르사주는 소박하고 자연스러우며 기지에 찬 전형적인 프랑스 문학의 또 하나의 모델로 여겨지는데, 그가 산 시기로 보나 작품들의 색채로 보나 두 세기에 걸쳐 있는 문인이지만, 여러 면에서 '근대적인' 작가로 평가된다.

지은이 · 옮긴이 소개

지은이_알랭-르네 르사주 (Alain-René Lesage, 1668~1747)

18세기의 대표적인 프랑스 소설가 중 한 명이다. 스페인의 피카레스크 소설 양식을 이용한 《질 블라스 이야기》를 통해 명성을 얻었지만, 정작 가장 많은 작품을 남긴 장르는 연극이다. 장터 연극에서 오랫동안 노력을 쏟았고, 소설을 집필하는 과정에서도 연극에 대한 관심의 끈을 놓지 않은 르사주의 소설은 연극적 요소가 많이 담긴 것이 특징이며, 이는 생동감 넘치는 전개에서도 느껴진다. '사실주의'라는 용어가 아직 사용되기 전 시대에 사실주의적인 풍속소설을 써냈다는 평가를 받는다. 소설 《절름발이 악마》와 연극 〈튀르카레〉 등 프랑스문학사에 의미 있는 족적을 남긴 작품들이 여럿 있다.

옮긴이_이효숙

연세대 불어불문학과를 졸업했다. 프랑스 파리4대학(소르본)에서 20세기 프랑스 문학(베르나노스) 연구로 석사학위, 18세기 프랑스 문학(마담 드 장리스) 연구로 박사학위를 받았다. 연세대에서 강의하고 있으며, 번역한 책으로는 《마음과 정신의 방황》(크레비용), 《랭제뉘》(볼테르), 《80일간의 세계일주》(쥘 베른), 《카사노바》(미셸 들롱) 등이 있다.